我爱故我在

悲夫 / 著

山西出版传媒集团 北岳文艺出版社
BEIYUE LITERATURE & ART PUBLISHING HOUSE
· 太原 ·

图书在版编目（CIP）数据

我爱故我在 / 悲夫著. —太原：北岳文艺出版社，2018.11（2023.9 重印）
ISBN 978-7-5378-5725-3

Ⅰ. ①我… Ⅱ. ①悲… Ⅲ. ①长篇小说－中国－当代
Ⅳ. ①I247.5

中国版本图书馆 CIP 数据核字（2018）第 245729 号

书　　名　我爱故我在
著　　者　悲　夫
责任编辑　李向丽
装帧设计　石媛元

出版发行　山西出版传媒集团·北岳文艺出版社
地　　址　山西省太原市并州南路 57 号
邮　　编　030012
电　　话　0351-5628696（发行部）
　　　　　0351-5628688（总编室）
传　　真　0351-5628680
网　　址　http://www.bywy.com
E－mail　bywycbs@163.com
印刷装订　山西万佳印业有限公司

开　　本　710mm × 1000mm　1/16
字　　数　320 千字
印　　张　20.75
版　　次　2018 年 11 月 第 1 版
印　　次　2023 年 9 月山西第 2 次印刷
书　　号　ISBN 978-7-5378-5725-3
定　　价　68.00 元

目录

上篇

下篇

上篇

大雪纷飞的傍晚，奶奶捡到了我

听奶奶说，她是在一个大雪纷飞的傍晚，捡到我的。腊月二十六日，家家户户都沉浸在即将过新年的喜庆之中，但寡居的奶奶必须捡够烧到正月十五的柴火她才安心。眼看天快黑了，奶奶还没有捡到足够的柴火，而雪却越下越大。奶奶终于捡到了一大捆枯树枝，艰难地背着走出我们家的果园，来到了通往村子的小路上。

突然奶奶听到了一声婴儿的哭声，开始的时候，奶奶以为听错了，但婴儿的哭声越来越真切，于是奶奶便放下背上的柴火，擦了擦被雪花模糊的眼睛，顺着哭声找到了小路边用来避雨的小窑。奶奶看到窑里地上放着一个纸箱，婴儿的哭声就是从纸箱里发出来的。奶奶急忙打开纸箱，只见里面有一条白色的毛巾被，里面裹着一个小小的女婴，奶奶自言自语地说：这是谁家的孩子？怎么会放在这里？奶奶把婴儿抱了一会儿，婴儿竟然不哭了。奶奶又把婴儿放回了纸箱，来到外面找婴儿的家人，可是大雪纷飞的暮色中，根本没有一个人影，奶奶大声地喊叫：这是谁家的孩子？这是谁家的孩子？可是除了纷纷扬扬的大雪，根本没有人答应。这时婴儿又哭了，于是奶奶只好把她珍贵无比的柴火搬进了小窑里，然后抱着婴儿，回到家。这个婴儿就是我。

回到家后，天已经完全黑了，奶奶拉开电灯，抖落了白色毛巾被上的雪花，把我放在炕上，又来到门外把她身上的雪花扫掉。这时我又开始哭了，奶奶说：这可怜的孩子一定是饿了。可是奶奶家里没有奶水，也没有奶粉。情急之中，奶奶想起了刚刚夭折了女儿的奶妈，便抱着我走过我们家和奶妈家之间的小石子坡来到奶妈家。

奶奶对奶妈说，她在捡柴火回来的路上捡到了一个婴儿，可能饿坏了，让奶妈给喂一下奶。奶妈说正好她的奶涨得疼，就把我抱在她温暖的怀里，给我喂上了香甜的奶水。我吃饱奶妈的奶水后就安静地睡着了。奶奶这才让奶妈看放在我衣服内的一块白手绢，奶妈看见手绢上写着我的出生年月日和时间，我是早晨五时出生的，距离奶奶捡到我大约有十几个小时，但奶奶说她是吃了中午饭去我们家果园的，那个时候并没有看到我。奶妈说可能是刚放下不久，大人一定趁天快黑了躲在了暗处，看着你把孩子抱走的。奶奶说她喊人了。奶妈说人家决定要把孩子送人是不会应声的。奶妈翻着看了一会儿包我的白色毛巾被和手绢上的字说，扔这个孩子的人绝不是我们这里的人，那是哪里人？

奶妈说，我们农村的人家没有这样干净的白色毛巾被，也写不出这样秀丽的字，更不会有这样好质量的真丝手绢。奶奶说那这是城里人了？奶妈说有可能，我们这里离县城的那个艺术学校只有两里路，说不定是艺术学校的哪个老师或者学生的孩子。奶奶说不会吧，如果是老师的，那为什么要把孩子扔掉？如果是学生生的，没有结婚怎么会有孩子？奶妈说现在这个社会什么样的事都有可能发生。这样吧，不管这孩子是哪里来的，她的大人一定是有文化的人，孩子的模样也这样灵秀，我就要这个孩子了。奶奶说那可不行，这孩子是我捡的，我要留下来给我儿子做女儿。奶妈说那也行，我还年轻可以再生，这孩子就留给你了，但我给你奶着行吗？奶奶说太好了，那我就过来侍候你月子和照顾小果果。奶妈说好的，我们就随着我们家果果给这个孩子起名叫丫丫吧。奶奶说好听，就叫丫丫。就这样，善良的奶奶和奶妈收养了我，并给我起名叫丫丫。

在奶妈家长到三岁，我才回到奶奶家

农村的生活很苦，但奶妈的奶水却很香甜，很快我就由一个小毛娃似的小小婴儿变白变胖，并且会笑，会喊奶奶、奶妈和哥哥这三个我生命中最亲的亲人了。

奶爸是个木匠，常年在外做工，家里就我们四个人，自从有了我以后，奶奶就和奶妈家合伙了，我长到一岁时就会走路了，于是四岁的果果哥哥就牵着我的小手在奶妈家的院子里玩耍。我长到三岁的时候，奶妈生下了弟弟，我再也不能吃奶妈的奶水了，再也不能在奶妈温暖的怀抱里睡觉了。奶妈生下弟弟的那天晚上，我哭着要吃奶妈的奶，要在奶妈的怀里睡觉。可是奶妈有了弟弟，不能照顾我了。于是奶奶就带我回到了我们家。这天晚上，我哭了一夜没有睡，果果哥哥也哭着坐在我们家的炕上不肯离去。哥哥对奶奶说要带我回家。奶奶也流着泪说丫丫是我们家的孩子，现在你有了弟弟，我们就得把丫丫接回我们家。哥哥说妹妹是我们家的，我要带回去。

但是孩子们哭归哭，闹归闹，我还是回到了我们家，果果哥哥还是回到了奶妈家。其实我们家离奶妈家并不远，中间只隔一条十米长的小石子坡，也就是一条用小石子铺成的小路。我始终不明白，我们村在塬上，可是村里的窑洞全是石窑洞，村里的小路全是石子小路。听说我们的祖先非常勤劳，硬是把红沙石头从司家河滩用毛驴驮用人扛上来，雕好石面，筑成漂亮的石窑洞。奶爸家姓司徒，是我们司家村的大户，而我们家却姓独孤。听奶奶说，我们独孤家的祖先是从南方来的一个落难书生，快要病死了，被司徒家族救活，做了司徒家的女婿，永远留在了我们村。我们独孤家几代单传，到了爸爸这一辈，我还有一个姑姑，却不是奶奶生的。奶奶就生了我爸爸一个儿子，但爸爸在二十岁时得白血病去世了，后来爷爷也去世了，就留下了奶奶一个人。姑姑偶尔也来家看望奶奶，但从来不住这儿，总是当天来当天就走了。我们家是个有文化的家庭，家风相传，旧木箱子里有爷爷和爸爸留下的很多书籍。爷爷留下的书主要是“四大名著”等著作，爸爸留下的书主要是琼瑶等那个时代的经典作品，对我后来喜欢文学，产生了很深的影响。

五岁时就和哥哥进了『洞房』

我们村有一片很大很大的枣林，我五岁的时候，哥哥已经上学了。每天放学回来，哥哥就带着我到枣林里去玩。枣林里有一棵百年老枣树，主干已经腐朽，但树梢还枝繁叶茂，树的中间有一个能容下两个孩子的树洞。哥哥每次带我来玩时，都要把我抱进树洞玩耍。有一次我们来到枣林后，哥哥先把我抱起来在地上转圈，直转得我们晕倒在地。我们并排躺在地上休息了好久，才觉得不晕了。突然哥哥坐起来说，丫丫，我们玩过家家吧？我说好的。哥哥把红手帕盖在我的头上，牵着我的手跪在地上说：一拜天地，二拜高堂，夫妻对拜，送入洞房。哥哥说的洞房就是那个树洞。哥哥把我抱进树洞后，用树枝挑掉我头上的手帕。我们用红枣当酒杯，喝起了交杯酒，然后哥哥在我的脸上亲了一下说：丫丫，我们从此就是夫妻了，永不变心。

五岁的我是一个极细嫩极精致的小女孩，辫子上扎着红绸，身上穿着奶妈做的花花袄，脚上穿着奶妈做的带花布鞋。我们村的人都说我长得好看，就是爱哭。哭了后只有哥哥才能哄过来。不论哥哥走到哪里，我都要跟着去。有一次，哥哥生病了，要进城去看病，我也要跟着去。奶妈带一个病孩子就够累了，但我就是哭闹不停。哥哥说：就让妹妹去吧，我背她。

就这样，病歪歪的哥哥和奶妈交替着把我背到城里又背回来。就连哥哥吃药，中药我要先喝一口，西药我也要先吃一片。我是那样依恋我的哥哥，村里的小孩说我是哥哥的跟屁虫，哥哥说我是他的影子。

六岁时就上了我们村的小学

六岁的时候，我就上了我们村的小学。这时九岁的哥哥已经是小学二年级的学生了，每天早晨哥哥走过石子坡来到我家叫上我，牵着我的手去上学，放学后又牵着我的手把我带到奶妈家去做作业。

奶妈的家里非常干净。奶妈在我三岁时生的那个弟弟不久又夭折了，于是奶妈就把娘家侄儿接过来奶着，现在我的平平弟弟已经三岁了。听奶妈说，平平弟弟到了上学的年龄就要回到舅舅家去，奶妈已经开始为弟弟的即将离去而流泪了。奶奶说，奶妈是个苦命的人，生了三个孩子都在月子里夭折了，奶了三个孩子都是人家的。迟早有一天，三个孩子都会被领走。我已经被奶奶领走了，弟弟也将要被领走。只有哥哥还没有被领走，是因为哥哥的父母离婚了，哥哥判给了他父亲，而哥哥的父亲又再婚了，一时半会儿还不会被领走，说要到上初中的时候才会被领走。

奶奶说，奶妈真的希望哥哥的父亲永远不来领哥哥，可是奶奶又说这是不可能的。哥哥的父亲在城里工作，怎么会永远把独生子留在农村呢？我可怜的奶妈。

我比一般的农村孩子早两年上学，原因是我聪明，这是我奶奶说的。因为我还没有正式上学，哥哥书里的课文我就都会背了。其实主要原因是哥哥每天放学回来就教我认字教我读课文。我虽然比一般的同学早上两年学，但我的学习成绩一直名列前茅。当时我和八岁的司徒芳是一年级，九岁的哥哥和九岁的司徒勇是二年级。后来司徒勇因为不好好学习被留级了，哥哥也为了和我同班，让奶妈找到老师请求留级到我们班。老师说欧阳果果的学习成绩很好，但奶妈说就让他留级吧，这样好照顾丫丫。就这样，我和哥哥、司徒芳、司徒勇成了同班同学，每天一起去上学，一起回家。我虽然比司徒芳小两岁，但我们一般高。我长得美丽，司徒芳长得漂亮，哥哥长得帅气，司徒勇长得英俊，这是老师说的。我们村的人也说我们是两对金童玉女。我们司家小学也因为有我们而在全乡甚至全县农村小学中享有名气，因为在全县、全乡农村小学统考中，我们的成绩都名列榜首，我们学校和我们村都为我们感到自豪。

随着年龄和知识的增长，我们变得越来越出类拔萃，也越来越害羞了，哥哥也由每天牵着我的手上学到不再牵我的手，司徒勇也由帮着司徒芳背书包上学到不再给司徒芳背书包。每天上学时，哥哥和司徒勇走在前面，我和司徒芳走在后面。每天放学后，司徒勇和司徒芳去司徒芳家做作业，我和哥哥到奶妈家做作业。这个时候的奶妈是一个三十多岁的青年妇女，身材修长，面容清秀，牙齿洁白，眼睛明亮。只要看到我和哥哥回来，就过来亲一下我们，然后把我们的书包从背上拿下来，让我们把手洗一洗，吃一些核桃、红枣和花生之类的东西，再去做作业。这个时候平平弟弟就嚷着要和我们玩，奶妈说等哥哥姐姐把作业写完了再玩。说着奶妈就把弟弟抱出去了，我和哥哥就脱掉鞋子上了炕，爬过奶妈家炕上铺的黑色毡子，来到窗前炕角的书桌上写作业。这个书桌是奶爸专门给我们做的写作业的书桌，书桌被漆成浅棕色，上面有奶爸自己画的喜鹊登梅，正面有一个小小抽屉，里面放着哥哥的学习用具和笛子。

我曾经在奶妈家的这条炕上睡过三年，但每一次写完作业下炕时，我都感到特别不舍。特别是到了晚上，我总是磨蹭着不想下炕，好想和奶妈、哥哥、弟弟再在这个炕上睡一夜。这个时候，奶妈就抱着我对奶奶说，今晚让丫丫和我们一起睡吧。奶奶说不用了，我已经给丫丫铺好了被子。奶奶说着就要背我回家，哥哥说让我送妹妹回去吧。已经长成英俊少年的哥哥就背着我，奶奶跟在后面，奶妈抱着弟弟站在门口送我们。哥哥背着我，奶奶拿着我的书包，走过我们家和奶妈家之间的石子坡回到我家，哥哥把我放在炕上说：丫丫，好好睡觉，哥哥明天早晨过来叫你去上学。我说嗯。

哥哥走后，奶奶为我洗了脚，然后把我放进已经很暖和的被窝中。奶奶把门关好，上到炕上准备进她的被窝时，我要奶奶和我睡在一个被窝，奶奶就把她的被子压在我的被子上，然后抱着我睡。奶奶的怀抱和奶妈的一样温暖，只是我们家的炕上没有哥哥。

再长大一些后，我就不用哥哥背着送我回家了。而是哥哥拿着我的书包拉着我的手，照着手电，我们奔跑过石子坡，快速地来到我家。放下书包后，我又把哥哥送到大门口。哥哥用手电照着，让我把大门关好他才走，我让哥哥先走，我再关大门。这样我们一个门里一个门外，好长时间都坚持各自的观点不肯先离去。直到奶奶让我快点回去，哥哥才说：丫丫，关了大门回去吧，哥哥走了。我说嗯。可是我关了大门，从门缝透进的亮光中就知道哥哥还没有走，哥哥说他必须听见我走进家门，才可以放心地回去。

奶奶做的饭非常好吃

奶奶是一个非常爱干净，农活样样精通，而且特别坚强的人。奶奶三十岁才有了我爸爸，五十岁又失去了我爸爸，同年爷爷也病逝了。捡到我时，奶奶已经五十多岁了，但却有信心把我养育成人。我很少见奶奶哭，只有说起爸爸时，才偶尔流一次泪，但很快就擦掉泪水，投入繁忙的农事和家务之中。我奶奶做的饭非常好吃，最好吃的是秋天做的南瓜、土豆和豆角汤面，奶奶把老到家的南瓜、熟透的红土豆和绿色的豆角用素油放上葱丝、辣椒丝、蒜片、花椒面和盐炒到快熟之后再添上水，熬啊熬，直到南瓜、土豆基本化成了汤，而豆角还是绿绿的。这时奶奶就把已经做好的小小面片放进去煮一会儿，半锅红白绿相间、色香味俱全的汤面就做好了。小时候，每次我和哥哥都是吃得再也吃不进去了才舍得放碗。奶奶还擅长粗粮细做，这在我们村很有名气，所以来村里下乡的干部都喜欢在我们家吃饭，后来奶奶干脆就承包了下乡干部吃饭的任务，这样村里就可以帮助我们家做一些我们没有能力做的农活，同时还给我们一些煤炭和米面。我奶奶非常爱我，一般不叫我的名字，而叫我心肝宝贝，而且拼上老命供我上学。因为有奶奶的宠爱，我几乎感觉不到那种没有父母亲的孤单。我也因为有奶奶、奶妈和哥哥，而从来没有想过什么亲生父母的事情。小的时候不懂，以为人就应该是这样的生存模式，有一个亲爱的奶奶，有一个亲爱的奶妈，有一个亲爱的哥哥，就是人生最幸福最完美的亲情组合。在奶奶、奶妈和哥哥的呵护和宠爱下，我幸福快乐地成长着，没有一点遗憾。

七岁那年，村里发生了一次地震

在我七岁的那年冬天，我们司家村发生了一次地震。那天晚上，奶奶病了，早早地就抱着我入睡了。半夜时分，奶奶感觉到炕在摇晃，奶奶用沙哑的声音说：天呐天呐，这是在闹地震吧？可是奶奶病得爬不起来，而我又睡得叫不醒。奶奶以为我和她就这样完了，正在这时，哥哥用脚踢开了我们家院子大门，又踢开屋门，哥哥先把奶奶扶出去，又用被子包着我把我抱到院子里。哥哥刚刚把我抱出来，我们家窑顶就掉下来一块好大好大的土块，正好砸在了刚才我和奶奶睡觉的地方。望着那大大的土块，奶奶哭着说是哥哥救了我们。我也吓得直哭，哥哥抱着我，给我擦了脸上的泪水说：丫丫别怕，有哥哥在。哥哥会永远保护你的。我们家正面有三孔石窑，侧面还有一孔石头砌面的小土窑洞，因为土窑洞暖和，到了冬天，我和奶奶就住在侧窑里。后来听奶妈说，地震的时候，奶妈把哥哥叫起来到院子里，刚刚醒来的哥哥第一个反应就是冲出大门，跑过石子坡来救我。

八岁时就和哥哥下沟去抬水

我们村在离县城两里路的一个塬上，吃的水是我们村和县城之间的司家沟里抽上来的水，司家沟的水是从紫荆山上流下来的泉水，水流很大。我们村便在司家沟修了一个石头水窖，供全村的人吃水。早先的时候，村里的人是靠人挑驴驮，再后来就用柴油机把水抽到塬上的水窖里。几经沧桑，到了我们这会儿，有时不知道什么原因就抽不上来水了。

司徒勇和司徒芳家有爸爸挑水，不用他们下去抬水。可我们家和奶妈家有时还得我们下去抬水。奶妈怕哥哥挑水影响长个儿，就自己下沟去挑水，可是哥哥不让奶妈去挑，要自己挑。因为我们家也没有水吃，我就要和哥哥去抬水。那时我只有八岁，哥哥也只有十一岁。奶奶和奶妈心疼我太小，可是我更心疼哥哥。因为我们四个是好朋友，所以司徒勇和司徒芳也帮我们抬水。这样每天放学后，我们四个人就拿上扁担和水桶下到司家沟去抬水。

扁担是那种两头尖、一丈多长的扁担。虽说是抬水，但哥哥和司徒勇总是把水桶放在离他们很近的地方，我和司徒芳只是扶着扁担的一头，根本感觉不到一点沉重和压力，而且还觉得特别好玩儿。我只要和哥哥在一起，不管做什么都感到特别快乐，哥哥对我的呵护和宠爱无处不在，抬上水走到半坡的一个平地时，我们就会放下水桶休息。每当这时，哥哥就坐在地上，让我坐在他的腿上休息，有时司徒勇也让司徒芳坐在他的腿上。有一次司徒勇说：我们四个人能永远这样就好了。哥哥说：没问题的。司徒勇说：可是果果你是城里人，总有一天你爸爸要把你带走的。哥哥说：我不会走的，我要和你们永远在一起，我要永远照顾奶妈和妹妹。哥哥说这句话的时候，用手把我额前的刘海儿拢起来，又抚摸着我的辫子。司徒勇说：果果，那你一定要说话算话，我们也不能分开。哥哥说：一言为定。听了哥哥和司徒勇的话，我和司徒芳的脸上洋溢着幸福。我们虽然不知道哥哥和司徒勇说的永远在一起有什么更深的含义，但我们真的好想和哥哥们在一起。司徒勇和司徒芳是亲堂兄妹，司徒芳是从外村抱来的。

再长大一些后，哥哥就不让我和他抬水了。奶奶就把我们家的一对小水桶送给哥哥挑水。爸爸和爷爷去世后，坚强的奶奶就买了一对水桶自己挑水。司徒勇也让他爸爸给他买了一对小水桶。这样每天放学后，哥哥和司徒勇就挑上小水桶，我和司徒芳就拿上书包，一起下沟去挑水。如果这是个温暖而美丽的黄昏，那我们就在晚霞的照耀中把作业做完，然后哥哥和司徒勇挑着水，我和司徒芳背着书包，唱着我们听来的不太完整的流行歌曲回家。这样的日子过了不久之后，我们村的水就彻底地抽到了塬上，哥哥就不用下沟挑水了，但还得从塬上的水窖往家里挑水。因为我们村在塬的下边，我们要出村时必须从家里出来再来到塬上，才能走出去。当然距离是很短的，但若不站在塬边，是很难看到我们村的。

我们家的地在桃树坪，每年春天村里的伯伯叔叔们帮助奶奶把庄稼种上，到了秋天又帮我们把庄稼收回来，虽然我们家没有男劳力，但因为奶奶的人缘好，又喜欢帮助婶婶大娘们做事，所以我们家的农事一般都能早早地做完，留下少量的苹果，星期天由我和哥哥、司徒勇、司徒芳帮着，也早早地就收完了。

在我们村，因为有奶妈和弟弟，有哥哥、司徒勇和司徒芳，我和奶奶一点也不感到孤独和寂寞。我是那样的爱我们这个小山村。村里的古庙里、庵里、枣林里和去司家沟的小路上，都留有我们童年的笑声和脚印。

九岁时，哥哥给我做了一个项链

在奶奶家的院子里有一棵高大的核桃树，每年产下的核桃，奶奶都留下来，让我和哥哥、弟弟吃。我九岁那年，奶奶家的核桃结得特别多、特别大，整个秋天我们的手和嘴都被青皮的核桃染得黑红黑红。哥哥说我的白皮肤配上这黑红黑红的小嘴，看上去比城里的小姑娘还美丽。哥哥把核桃树上最大的那个核桃摘下来，去掉皮晒干后，放在石头上磨。磨呀磨，核桃的两头都破了，磨成了两个小小的平面，然后把里面的核桃仁取出来，再用奶奶绣花的红线搓成红绳，把红绳从这边平面上的小孔中穿进去，再从那边平面的小孔中把红绳拿出来，哥哥的两只手分别把两个绳头拿住，让我跟他走出奶奶家的大门。接着哥哥把两个绳头合住用牙咬住，把我抱在石碾盘上，这样我就和他一样高了。哥哥认真地把我的辫子拿起来，把核桃放在我的胸前，把红绳绕过我细细的脖子，在后面系住。哥哥给我戴好后，问我好看吗？我说好看。哥哥又问喜欢吗？我说喜欢。司徒勇也学着哥哥给司徒芳做了一个，并且说我们的这个项链要比城里人的好多了。司徒勇说：丫丫、芳芳听着，今天我和果果送给你们的项链，你们一定要永远戴着。我和司徒芳说：知道了，哥哥们。

一个美丽的月牙伤疤

暑假的时候，我们就到桃树坪、下塬、后坪和介沟等地去刨药材。一天，我们四个人到介沟去刨干酵母，拿了干粮和水下了一道坡，过了一条沟，又上了一道坡，才来到介沟，哥哥和司徒勇到一些比较陡峭的山坡去刨，我和司徒芳在一些缓坡上刨。司徒芳虽然看上去瘦弱，可是劲儿很大，刨的药材比我多多了。我几乎不会用小镢头，也刨不到几个干酵母，还不小心刨在了右脚的脚面上，刨出了一个小孩嘴似的口子，骨头也看见了，血流得把鞋也染红了。我疼得大声哭，司徒芳也吓得大声哭。哥哥和司徒勇听到哭声赶快跑过来看了一下我的伤口，也吓坏了。哥哥心疼地把我的脚抱在他的怀里，从衣服上撕下一块布条，把伤口给包上。可是我还在哭，哥哥一边给我擦泪水，一边说：丫丫，不要哭了。一会儿就不疼了，哥哥背你去卫生所。我说：我的脚能好吗？我会不会成为瘸子？哥哥说：不会。如果丫丫瘸了，哥哥一辈子背着你走路。我说：那我的脚会留下伤疤吗？哥哥说：不会的。即使有伤疤也是一个月牙形的伤疤，多么美丽的伤疤，她们想要还没有呢，只有我们丫丫才有这样美丽的伤疤。我哭着叫着哥哥，不知道是血流多了，还是哭累了，还是疼晕了，我竟然在哥哥的背上睡着了。又下了那道坡，又过了那条沟，又上了这道坡，整整十里的山路，哥哥硬是把我背回到村里的卫生所。医生给我打了破伤风针，又缝了七针，包好。哥哥把我背回家，看到奶奶，哥哥把我放到炕上就跪在地上对奶奶说：奶奶，打我吧，我没有照顾好妹妹。奶奶心疼地抱着我，好久也没有放开。然后才对哥哥说以后再也不要偷偷带妹妹出去了，哥哥说知道了。奶妈过来看我也心疼得直掉泪，但也舍不得打哥哥一下。这个暑假，哥哥一直背着我出出进进，一直到我的伤口好成一个美丽的月牙形伤疤。

爸爸留给我的二胡

我们家的墓地就在桃树坪我们家的地里。墓地里埋着我爷爷和爸爸，从照片上看，爷爷和爸爸很斯文，不像劳动人。特别是爸爸，他那样文静，细长的眼中充满了忧伤。奶奶说我虽然不是爸爸的亲生女儿，但长得很像爸爸，特别是那双眼睛，细细的单眼皮，漆黑的眸子，忧伤的神情。当然这些都是我长大后奶奶告诉我的。小时候奶奶每次带我给爸爸上坟，都会告诉我说这里住着我的爸爸和妈妈，还有爷爷，他们在这里生活得很好，他们希望丫丫快乐成长。其实和爸爸埋在一起的是邻村的一个姑娘。奶奶说那个姑娘和爸爸一直同学到高中，和爸爸一直相爱着，所以爸爸去世后不久，那个姑娘也随爸爸走了。我为爸爸和妈妈的爱而感动。

奶妈说爸爸在世时，拉得一手好二胡，特别是那首经典的曲子《梁祝》，不知打动了多少姑娘的心。奶奶说爸爸病重的时候，已经没有力气说话了，还用生命的最后一点力气，拉了一次《梁祝》，硬是把妈妈给拉走了。奶奶希望我学拉二胡，奶奶说只要能听到二胡的声音，她就能感觉到爸爸的存在，所以从小奶奶就让我们村里的一个瞎眼的爷爷教我拉二胡。

我虽然没有受过正规的教育和培训，但瞎眼爷爷把《梁祝》《二泉映月》

《江河水》都教给了我，我一直在拉这三首曲子。

再后来，我自己学会了《枉凝眉》《葬花吟》等曲子。我曾梦想着长大后做一个二胡演奏家，但我们家的条件不允许我报考音乐学院。作为业余爱好和对爸爸的思念以及对奶奶的孝顺，我一直拉着这几首曲子，陪伴着我的奶奶，让奶奶时刻感觉到爸爸的存在。我学了二胡后，哥哥也跟我们学校一个爱吹笛子的老师学会了吹笛子。

小学快毕业的时候，我们的业余时间，不再是爬树、踢毽子、跳环了，而是拉二胡、吹笛子。每天放学后，我们就来到奶妈家的窑背上。我们村的人家是塬上往下修窑洞的，司徒勇、司徒芳家比我们家高，我们家比奶妈家高，走过小石子坡，往上走就是奶妈家的窑背，往下走就是奶妈家的院子。我们学校在村子最高处的一个古庙里。放学后我们先是走，然后是跑，跑过司徒勇、司徒芳和我们家都不回去，而是来到奶妈家的窑背上。奶妈家侧窑的窑背上有一块十米见方的干净地方，这里有奶爸用过去修窑时余下的石块和石条给我们做的石桌和石凳。我们先把作业做完，然后就在燃烧的晚霞中举行演唱会，我拉二胡，哥哥吹笛子，司徒勇和司徒芳唱歌。我穿着白色连衣裙坐在石凳上拉二胡，哥哥穿着白裤子和黑色短袖衫站在我身边吹笛子，司徒勇手里拿着一个用书卷起来的麦克风，司徒芳手里拿着一朵刚刚采下来的野花唱着歌，每个人都是那么如痴如醉。

每当这时，地里回来的伯伯叔叔们、做好晚饭的婶婶大娘们以及放学回来的哥哥姐姐弟弟妹妹们，就围在奶妈家的窑背上看我们的表演。每当这时，我和哥哥就给乡亲们演奏《梁祝》《二泉映月》《江河水》。一位叔叔说丫丫拉得比他爸爸还好，真是没想到独孤家还会有这样一个好女儿。一位伯伯说是啊是啊，我们司家村还真有福气，一下子来了两个这样神仙般的孩子，果果的笛子也比他们老师吹得好。司徒勇和司徒芳的妈妈说我们家勇勇和芳芳唱得更好。我们在乡亲们的赞扬声中拉了一曲又一曲，唱了一曲又一曲。直到奶奶把我的二胡拿走，奶妈把哥哥的笛子拿走，我们才会停下来。有时，司徒勇和司徒芳也不唱，而是在静静地听我和哥哥演奏《梁祝》，一个个泪流满面，特别是我和奶奶，因为我们在思念爸爸。我在感谢我的奶奶捡回了我，感谢我的奶妈把我养育成人，感谢哥哥对我的呵护和爱，感谢我的爸爸给了我姓氏和二胡，但当我真正应该感谢给了我生命的亲生父母时，却不知道他们是谁。

林黛玉和贾宝玉

五年小学生活很快就过去了，哥哥的数学比我学得好，我的语文比哥哥学得好。我们一直是班里第一、二名学生，好多次哥哥故意为了让我当第一名而做错一些小题，这是老师有一次告诉我的。我们五年级的班主任是一位从县城分配下来的女师范生，她非常喜欢我们四个人，老师说，她没有想到小小的司家小学还会有这样优秀的学生。老师说：独孤丫丫和欧阳果果，你们真的很像《红楼梦》中的林黛玉和贾宝玉。我和哥哥羞红了脸，当时我们不太知道《红楼梦》，后来看了由欧阳奋强主演的贾宝玉和陈晓旭主演的林黛玉，还真的有点像。只是哥哥的脸比欧阳奋强要长一些刚毅一些，眼睛也比欧阳奋强的要长一些迷人一些，整个神态比欧阳奋强要斯文一些飘逸一些。

我和哥哥考上了初中，而弟弟却走了

小学毕业考试的前夜，我们四个人都在奶妈家度过。我们几乎是一夜没睡地在复习，目标是一起考上县城重点初中。奶奶、司徒勇和司徒芳的妈妈都来到奶妈家，给我们做好吃的，陪着我们复习。天快亮的时候，我们终于熬不住东倒西歪地睡在了奶妈家铺着黑色毡子的炕上，小书桌的上方亮着 100 瓦的灯泡。我们没有辜负大人们的希望，我们的成绩都达到了县重点中学的分数线，特别是我和哥哥的成绩全县名列前茅。但义务教育阶段要求初中就近入学，我们四个人只好到我们乡的司家中学读初中。后来调回县城小学任教的我们小学五年级时的班主任女老师特别遗憾地说：如果我们四个能上重点初中，那一定会上重点高中，然后是重点大学。但我们不觉得太难过，因为我们只要四个人在一起，我只要能和哥哥在一起，就满足了。更主要的是司家中学离我们村只有一条一里多一点的小坡，我们每天都可以回家来住。这对我们，特别是哥哥和我更重要，因为我们家只有奶奶一个，奶妈家也只有奶妈一个人，奶爸一直在外做工，平平弟弟也要去舅舅家读书了。舅舅家和我们不在一个县，舅舅家的条件比我们家好，舅舅不想让弟弟在我们村上小学。

弟弟走的头天晚上，整个司家村都浸泡在泪水中。弟弟是个非常乖巧可爱的小男孩，村里的大人和小孩都喜欢他，婶婶大娘们给弟弟送来了红枣、花生、苹果和梨等好吃的，和弟弟一起玩大的小朋友们干脆守在奶奶家不肯回家。奶奶一直抱着弟弟，我和哥哥拥在奶奶和弟弟的身边，每人握着弟弟的一只手。弟弟一直在哭，我们也在哭。

舅舅被深深地感动了，舅舅说没有想到司家村的人这样重情义，没有想到果果和丫丫对平平这样亲。舅舅说他真的不忍心拆散我们一家，但奶奶说为了弟弟的将来，一定要让舅舅把弟弟带回大城市去读书。

我们整个晚上都没有睡觉，天刚蒙蒙亮，趁着弟弟迷糊了，奶奶把弟弟抱到了舅舅的车旁，上车前哥哥想再抱一下弟弟，我也想再亲一下弟弟。哥哥从奶奶的怀里接过了弟弟，我在弟弟的脸上亲了一下，我的泪水滴在了弟弟的脸上，弟弟醒了一下子抱住我和哥哥说：哥哥、姐姐，我不要离开你们，不要离开我们村，不要离开我们的奶奶。哥哥说：弟弟听话，放了寒假你就可以回来了，我们很快就会见面的。弟弟说：我不要。然后挣脱了哥哥的怀抱，向奶奶家里跑去，任凭大人们怎么劝怎么拉，弟弟就是死死抓着奶奶家的大门不肯放手，所有送别的人们都哭了。人群中有人唏嘘着，再也不要把孩子送给别人家奶了，再也不要给别人家奶孩子了。这是干什么！硬要拆散亲亲一家人，谁能受得了？

舅舅对奶奶说：姐姐，就让平平留下吧。我要把平平带走了，真成了拆散你们一家的罪人。奶奶说：我当然想留下平平，可是我们这里的情况会害了平平。舅舅说：果果和丫丫不是成长得很好吗？奶奶说：果果有他父亲，迟早会离开这里。丫丫是个女孩，也迟早要嫁出去。所以平平也不能永远留在我们这个小山村。哥哥说：我不会离开我们村的。我说：我也不会嫁出去的，我要和哥哥、弟弟、奶奶永远在一起。哥哥说：让弟弟留下吧，我会供他上学的。我也说：我会和哥哥一起供弟弟上学的。奶奶说：这些都是孩子话，前面的路是黑的，谁也不知道谁会怎么样。我们现在忍痛割爱，是为了让平平将来幸福。

奶奶对弟弟说：乖平平，奶奶和你一起回老家去。弟弟这才松开了抓门的手，扑到奶奶的怀里。弟弟又哭着说要让我和哥哥陪他一起回老家。奶奶说：好的。

弟弟这才让哥哥背着，由我牵着手，来到车旁。就在弟弟坐进车的一刹那，车启动了，并且以最快的速度驶上了司家塬，拐了一个弯不见了，可是弟弟的哭声一直回响在司家村的上空。我和哥哥把哭晕了的奶奶搀扶回家。一连三天，我和哥哥、奶奶都吃不下饭，静静地躺在奶奶家的炕上，流着泪思念着弟弟。我们不知道弟弟哭成了什么样子，我们不敢去想象。

哥哥的父亲来领哥哥，而哥哥却不走

学校开学了，我和哥哥要去司家中学读书了。奶妈和奶奶把我们送到司家塬。哥哥说：奶妈，要不我不要去上学了，留下来陪你。奶妈说：傻孩子，你一定要去上学，一定要好好学习，一定要照顾好妹妹。哥哥说：知道了，奶妈，你放心吧。

正在这时，哥哥的父亲来了，他说他已经给哥哥联系好了县城重点初中，要接哥哥回县城去读书。奶妈一下子就栽倒在了地上，哥哥叫了一声奶妈，就扑过去抱起奶妈。奶妈好半天才睁开眼睛说：果果，你随你父亲回县城读书去吧，这是迟早的事。哥哥说：不，我要留下来做奶妈的儿子。我和妹妹一起去司家中学读书。哥哥的父亲说：果果，你已经十五岁了，在农村读书已经严重地影响了你的学业，如果再不到重点初中去读书，那你这一辈子就给耽误了。哥哥说：从你们把我送到乡下，送到一个陌生人家的那一刻起，就已经深深地影响了我的一生。如今又要拆散我们，你们太残忍了。舅舅为了弟弟的前途，已经拆散了我们一次。今天你又来当刽子手，难道你想要了我和奶妈的命吗？我决不回去，你回去吧！哥哥的父亲生气地说：我们没有把你从小领回去，是因为家里发生了变故。你奶妈对你有养育之恩，我们知道，我们可以在经济上给予补偿。但你是我唯一的儿子，你必须回到我们家。哥哥说：你错了，我和奶妈之间的感情，不是你区区几个钱能补偿得起的。我要留下来做奶妈的儿子，要给她养老送终。

奶妈紧紧地抱着哥哥说：果果，听奶妈的话，回去吧。我们离得这么近，星期天就可以回来。哥哥说：奶妈，你不要说了，我是不会回去的。弟弟太小，大人们可以骗走他，我不会的。奶妈，你以为我们回到亲生的父母那里就会幸福吗？你错了，我们只有在你的身边，才会有幸福。可怜的弟弟不知道会怎么样。奶妈，不要赶我走好吗？

我也哭着说不让哥哥走。哥哥把我和奶妈拥在一起说：丫丫，哥哥不会走的。哥哥要永远和你、和奶妈在一起。等我长大能做主后，我要把弟弟再接回来。

哥哥的父亲说：全乱套了，全乱套了。果果，如果你不回去，我就再也不给你钱了，看你奶妈拿什么供你读中学？

哥哥说：我不要你的钱，你以为你给的那几个钱，能够我用吗？你一共给了我奶妈几个钱？可奶妈是用她的奶水、心血和热爱把我养育了这么大的！我不会再要你的钱了，你回去吧。

是的，你回去吧！你以为你不给钱，我们就不会供果果上学了吗？不知什么时候，奶爸回来了。奶爸的话让在场的人一惊。

奶爸说：你要带孩回去，好好地和孩子说话。你以为我们奶果果就是为了几十元的奶水钱吗？我们在孩子身上倾注的是世界上最伟大的爱。你们有钱能买下我们和果果之间的这种超越了血缘关系的亲情吗？

我和哥哥来到了奶爸的身边，奶爸抱住我们说：如果是为了钱，谁也别想把我们的孩子带走。

哥哥的父亲说：你们只有奶的权利，没有收养的权利。如果你们不还给我儿子，我要去告你们。

奶爸说：你随便。孩子们，我们回家。

哥哥扶着奶妈，奶爸牵着我的手，我们向奶妈家走去。哥哥的父亲非常生气地走了，司徒勇和司徒芳也和众人返回村里。奶奶说：孩子们，你们不去学校报到了？哥哥说：奶奶，我们下午再去。

回到奶妈家，哥哥说：奶爸、奶妈，今天我胜利了。我坚决不去县城上学，我也不要姓欧阳了，我要姓咱们家的司徒。

奶爸说：果果，刚才奶爸是仗着人多硬撑，你父亲不会甘心的。再说你是他们家唯一的儿子，他不会放开你的，姓什么不重要，只要你和我们做亲就行了。我只是觉得这些人太残忍了，怕你奶妈撑不下去。平平走了，你再走了，就留下你奶妈一个人在家里了。奶爸说着流下了泪水。奶爸说：如果我们自己有一个孩子，你奶妈也不会这么难过。哥哥说：奶爸，你放心，不管怎样，我都不会离开你们。我也说：我也不会离开你们。

奶爸摸着我的小辫说：我们丫丫最有可能不会离开我们的。因为丫丫只有一个奶奶，在这个世界上也许再也没有亲人了。我和你奶妈就是丫丫的亲人。哥哥说：还有我，我会永远照顾妹妹的。奶爸说：果果，你能这样想，我们就放心了。不然有一天，奶奶、我和你奶妈走了，就留下了丫丫一个人，让我们怎么能放心呢？我听到这里哭了。我说：我不要你们走，我要和你们永远在一起。奶爸、奶妈和哥哥都说他们会爱我、亲我一辈子的。

一起考进司家中学的共有八个人

我们村一起考进司家中学的共有八个人，我和哥哥、司徒勇、司徒芳，还有司徒平、司徒海、司徒珍、司徒梅。司徒梅是我奶爸的亲侄女，是我继司徒芳之后，在司家村的另一个好朋友，我们虽然是一个班的同学，但我们的年龄相差不小，司徒珍、司徒海、司徒平已经十六岁了，我哥哥、司徒梅、司徒勇十五岁了，司徒芳十四岁，我十二岁了。女孩子中数我的年龄最小，但我的个头最高，男孩子中我哥哥的年龄在中间，但个头最高。进入司家中学后，第一次确定班干部的时候，由我哥哥出任班长，司徒珍、司徒梅这些大点儿的同学进了班委会。全班五十多个同学，我们村就有三个进了班委会，乡亲们和我们八个人都感到很高兴。第一学期下来，改选班干部时，班长还是由我哥哥担任，我出任了学习委员，司徒勇出任了体育委员，司徒芳出任了文艺委员，司徒梅出任了团支部书记。同时我哥哥当选为学校的学生会主席，司徒珍也改选为学生会的组织委员。学习成绩方面，哥哥和司徒梅是全面发展，司徒珍是数学好，我是语文好。

我们虽然是从离城二里的农村来的，但我们在司家中学乃至全县初中都有影响，就像我们在司家小学时曾经在全县小学中有影响一样。我们的班主任尉迟弘是一位刚刚大学毕业回乡的年轻教师。他的一个在县城中学教书的同学来我们班听课时，被我们班特别是我们村的几个同学的外貌、成绩和多才多艺所折服，激动地对我们的老师说，没有想到一所乡镇中学会有这么多优秀学生。老师说他也没想到。

老师指了指我和哥哥说：特别是欧阳果果和独孤丫丫。老师的同学说：听说他们是兄妹，为什么不姓一个姓？

老师说：他们是一个奶妈奶出来的兄妹。老师的同学感慨万分地说：人世间真是无奇不有，一个农村奶妈竟然奶了两个复姓的孩子，而且这样帅气和美丽。是不是你们姓复姓的人都是这样出色和优秀？

老师说：哪有这样的事，只是我们几个姓复姓的人碰到了一起，再说我们县以及周围几个县姓复姓的人家本就特别多。老师的同学说：是啊，但我对你们复姓的人总是这样情有独钟，大学四年，一直和你是铁哥儿们。今天一看到欧阳和独孤，就觉得特别喜欢。你看他们，一点也不像农村孩子，他们虽然穿着朴素，但他们身上那种与生俱来的气质和美丽是挡也挡不住的。

老师说：是啊，和他们在一起，真有一种特别舒服的感觉。原本让我来司家中学，我是很遗憾的。但有了他们，我的遗憾荡然无存，而且感到特别欣慰。能和他们相处三年时间，我深信这一定是我生命中最有意义最值得回忆的三年。老师的同学说：我很羡慕你，尉迟。

老师说：是啊，今年县春节文艺汇演时，我们学校要出节目，到时候，你一定去看。老师的同学说：是吗？你的这些学生还会演节目？我以为他们只是功课学得好。老师说：是的，主要是我们班出节目。说白了，主要是由欧阳果果和独孤丫丫出节目。老师的同学说：是吗？老师说：是的。我和哥哥听了老师和他同学的对话好紧张好紧张。

老师的同学走后，哥哥对老师说：其实我们并没有什么艺术细胞，只是会吹拉几首曲子，而且妹妹是跟我们村里的一个瞎眼爷爷学的拉二胡，我是跟小学的老师学吹笛子，一点也不正规不专业，怎么能代表司家中学呢？

老师说：我听过你们演奏的曲子，简直敢和他们专业的相比。我们就选你们演奏的《梁祝》《二泉映月》《江河水》，再准备一下《葬花吟》《枉凝眉》。哥哥说：我们怕演不好，给学校丢脸。

老师说他会把他在县城艺术学校教书的女朋友叫过来帮助我们排练。老师说他已经和校长说好了，让我们在全校几个班的音乐课上进行练习。我说我好害怕，我们只是在奶妈家的窑背上演奏过，听我们演奏的只是我们司家村的乡亲们和小朋友们，难登大雅之堂。老师说没问题的，你们会成功的。

我和哥哥第一次在全县春节文艺汇演中演出

我们初二第一学期的国庆长假中，老师真的把他的女朋友叫到我们学校，给我们指导排练。

在我们学校的音乐室里，老师和他的女朋友听了我和哥哥演奏的《梁祝》《二泉映月》后，给予了很高的评价。老师的女朋友说她没有想到我们两个没有受过正规教育和培训的孩子，能把这两支经典的曲子演奏得这么好。她说她的心被深深地震撼了。她说她曾经无数次地听过这两支曲子，但从来没有像我和哥哥演奏时，这样让她激动不已泪流不止过。

老师说他也是。老师在大学时代就是一个小有名气的校园诗人，已有不少作品在报刊上发表。老师说他从我们的演奏中感受到一种强烈的爱。老师问我为什么在演奏的过程中眼含泪水。我说这是我爸爸的二胡，我爸爸在世时，就喜欢拉二胡。就是因为奶奶想念爸爸，要感觉爸爸的存在，才让我学二胡，所以我拉二胡时，就在想念我没有见过面的爸爸，我要把二胡拉活，让奶奶感觉到爸爸的存在和爸爸生命的延续。

老师的女朋友说好感人啊。老师说是啊，只有演奏中有爱，才会这样感人。老师又问哥哥为什么在吹笛子时，也是泪流满面。哥哥说他是因为爱我，才学的笛子，同时感叹我们的身世，才想用笛声表达。哥哥说他和我都是被父母抛弃的孩子，是奶妈用无私的爱和香甜的乳汁把我们养大，所以他吹笛子时，想的是奶妈的养育之恩和对我的怜惜之情。哥哥还告诉老师和他的女朋友说我是奶奶捡来的，至今也不知道亲生父母是谁。他是因为父亲有了婚外情，逼走了母亲而没人要了，才送到奶妈这里的。哥哥说的时候，我们都哭了，哥哥拥着我说他要照顾我一辈子。最后老师和他的女朋友过来把我们抱住，我们四个人都唏嘘不已。

这年冬天的最后两个月，我和哥哥在我们学校练习了几十遍《梁祝》《二泉映月》《江河水》《葬花吟》和《杜凝眉》，几乎每天都能在我们的校园里听到我的二胡声和哥哥的笛子声。我们在并不富裕的生活中，在并不热闹的乡镇中学，演绎着我们的青春与美好。我们用爱与美好才华为我们的乡亲、我们的奶奶、我们的奶妈、我们的学校、我们的老师和我们的同学争取荣誉。

正月十五，全县春节文艺汇演在县影剧院举行。经过两个多月的练习，我们的演奏已经很熟练了；再一方面，我们从小就是因为爱而学，所以一拿到二胡和笛子，我和哥哥就进入了一种崇高悠远的境界。奶奶和奶妈也来看我们的演出了，我们全班的同学都来了。其实这个时候，我们已经不是代表我们司家中学了，而是代表整个教育系统，这是县教育局局长看了我们的演出后的决定。本来教育局和学校都准备出资给我们买一身演出服装，但我们没有要，我们都想穿奶妈给我们做的衣服。我的裤子是黑色丝绸的，右裤腿上有一长串白色的小花；上衣是白色丝绸的，做成了“五四”时期女学生穿的那种样子；脚上是姑姑送我的新年礼物，一双漂亮的红色皮鞋。哥哥的衣服，正好和我相反，白色的长裤，黑色的中式上衣，脚上穿的是老师送的一双漂亮的黑色皮鞋。我看不到我的样子，但我觉得哥哥帅极了，哥哥的皮肤那样白，头发那样黑。我们唯一改变的是，老师的女朋友把我的长辫子撒开披了下来，把哥哥的头发用电吹风吹了一下。我们没有化妆，虽然素面朝天，但二胡和笛子发出声音的那一刻，就把我们从地面上升到了天堂。我们根本没有感觉到台下有万名观众，也没有听到那一阵阵如潮的掌声，我们完全沉浸在我们一直向往和追求的那种无以言说的只有我和哥哥才能到达的那种境界中。我们泪流满面地演奏完《梁祝》之后，我的眼睛还在深深地闭着。我忘记了站起来谢幕，忘记了回到后台，是哥哥拉起了我，给观众谢了幕，拿着我坐的凳子，牵着我的手回到了后台。可是台上的掌声和喊声，又让主持人把我们请出来再演奏一支曲子，一直到把我们预备的曲子全演完了。老师和他的女朋友紧紧地拥抱住我和哥哥，什么也没有说，任激动的泪水长流。我整个人都晕了，任由哥哥牵着回到我们的同学中间，回到奶妈和奶奶中间，奶妈把哥哥抱住，奶奶把我抱住。奶奶说：丫丫，这就是你爸爸的梦想，你帮他实现了。谢谢你，我的心肝宝贝。奶妈说：我的果果和丫丫，你们演奏得太好了。你们真是我的一双好儿女。同学们也说：欧阳、独孤，你们太棒了。

我们第一次在县城演节目的时候，我虚岁十四，我哥哥虚岁十七，其实我刚刚过了十三岁生日，哥哥也是刚刚过了十六岁生日，因为我的生日是农历腊月二十六，我哥哥的生日是农历十月九日。但是我们已经长得很高了，我已经一米五九，我哥哥已经一米七九。哥哥看上去挺拔修长，而我看上去有点弱不禁风。我们的同学给我和哥哥起绰号叫小白杨和大白杨。奶奶和奶妈说这个绰号一点也不难听，只有我们司家沟的泉水，才能养育出这样挺拔俊秀的小白杨和大白杨。

虽然生活很苦，但我们很快乐

由于哥哥的父亲不再给哥哥钱了，哥哥的学费和生活费都要奶爸出，这让哥哥心里很过意不去。奶爸一年四季在外干活，也挣不了多少钱，而且我们进入初三后，什么复习资料呀、复习提纲呀，学校的收费多了起来，为此哥哥什么资料也不买，全靠晚上回来抄我的。再多了我也买不起了，我们就抄司徒勇和司徒芳的。

每天中午我们要在学校吃一顿饭，我和哥哥也只是吃馒头就着奶妈和奶奶给我们带的咸菜。我们用一元钱买四个馒头，我吃一个，哥哥吃三个，有时哥哥舍不得吃三个，硬让我吃两个，我说我真的吃饱了，哥哥这才会含着泪吃第三个馒头。我知道哥哥正在长身体，小小的三个馒头根本吃不饱，但哥哥每一次吃完饭，都说太饱了太饱了，我们的生活简直是在天堂。我心疼哥哥，但我也没有钱。我们家只有一只母鸡，每隔一天才能生出一个鸡蛋，奶奶就让我吃这个鸡蛋，我哪里舍得吃，因为奶奶年龄大了也需要营养。于是每隔一天，我把奶奶给我的这个鸡蛋，上学走时偷偷地给奶奶留在锅里。再过一天，奶奶给我的这个鸡蛋，我就让哥哥在吃中午饭时吃。为了让哥哥相信我根本不能吃鸡蛋，每一次拿出来，我都用手把鼻子捏住，装作怕闻到鸡蛋味道，这样哥哥就说我傻，其实鸡蛋很香的。我说香你就吃吧，我讨厌死了。我看着哥哥很快就把一个鸡蛋吃下去，我的心里好难过，如果我有好多鸡蛋，那我一定让哥哥吃个够，但我没有，只有等三天时间，才能让哥哥吃上一个鸡蛋。好在我哥哥不喜欢吃肉，这样也就不用看着人家吃肉心里难过。而司徒勇和司徒芳的条件比我们好多了，每顿饭都有肉和鸡蛋，也常常拿来和我们一起混着吃，但我们从来不吃他们的肉和鸡蛋。哥哥是不吃肉，我是不喜欢吃肉。有时哥哥心疼我，也劝我说：丫丫，你想吃就吃吧，反正我们四个人是好朋友。我说我真的不想吃。这时，哥哥就在我的头上拍一拍说：走，我们玩去。在同学吃饭的空档，我和哥哥来到学校的操场上，演奏《梁祝》。《梁祝》给我们带来的感动，使我们暂时忘记了生活的窘迫。

到初三以后，我明显偏科了，这让我的老师非常着急。老师说：独孤丫丫，你这样偏科，对考重点高中十分不利。我说：可是我就是不想学数学。老师说：不想学也得学。老师再也不允许我向报社投稿了。老师说：在报刊上发表一些小散文和小诗歌，与考重点高中和重点大学无关，这些事等考上了大学再说。我说：知道了。老师的女朋友让我报考她们的艺术学校，将来做一名二胡演奏家。但哥哥不让，哥哥说我们一定要上文化类大学，这样才能实现我们的理想。哥哥的理想是做检察官，我的理想是当作家，司徒勇的理想是当医生，司徒芳的理想是当会计师，司徒珍的理想是当翻译家，司徒梅的理想是当教师，司徒海的理想是当果树专家，司徒平的理想是当总经理。我们几个人的人生理想仿佛十分明确，这让我们的老师很是欣慰。老师高兴地说：这么说不远的将来，你们司家村就要出一个检察官、一个作家、一个翻译家、一个医生、一个教师、一个会计师、一个果树专家和一个企业老总了。我们说：我们一定要努力实现自己的理想。

虽然我和哥哥的生活很苦，但我们的学习很好，我们的生活过得很快乐。每天早晨，我们迎着朝阳，奔跑着来到司家中学上学。每天晚上，我们又踏着月色回到家中和亲爱的奶奶、奶妈享受天伦之乐。司家中学为了照顾我们这些不住校的学生，把晚自习提前到下午最后一节课结束后的两个小时，这样就保证了我们的学习时间。夏天放学后，天还亮着，我们路过司家河时，还有时间洗衣服、洗头发，哥哥他们干脆跳进河水中洗澡。到了秋天和冬天，我们下了自习后，天已经黑了。如果有月亮，我们就在月色相伴下回家；如果没有月亮，那我们就拿着手电照着亮回家。每当这个时候，哥哥就牵着我的手，司徒勇和司徒芳也是如此。其余四个人就各自单奔，司徒珍生性坚强不需要男生的照顾，司徒梅比较腼腆不好意思让男生照顾，所以过司家河上的踏石时，哥哥拉着我的手，我拉着司徒梅的手。

因为哥哥一直是我们的班长，老师让他做我们村八个人的组长，一定要把八个同学一起带到学校，然后带回家。司徒勇说：果果，有时候，你真像我们的大伯。哥哥说：谁让你们长不大。司徒珍说：果果，你敢说姐姐们？哥哥说：不敢，我是说他们几个小的。司徒平说：我们八个人中，只有司徒芳和丫丫比你小。我们虽然同岁，可你的生日却在冬天。哥哥说：那我再不敢管你们了，只管司徒芳和丫丫。可是第二天早晨，哥哥依然一个一个叫上我们到学校去。由于有哥哥的组织，我们在司家中学读书的三年中，谁也没有迟到早退过。

因为司家村的人都姓司徒，我和哥哥又是奶妈奶大的孩子，村里的人们几乎都把我和哥哥当作司徒家族的孩子，所以我们几个人之间的关系也非常好。他们从来都不叫我和哥哥的姓，有一次我们去县城参加一个活动，统一由司徒勇签名，司徒勇干脆把我和哥哥写成司徒丫丫和司徒果果。我和哥哥也很喜欢“司徒”这个姓。特别是哥哥，他一点也不想姓欧阳，只是奶爸不让，怕哥哥的父亲知道后闹事，这样哥哥就不能和我们在一起了。我呢？我虽然觉得独孤这个姓不好，但我一想到是奶奶把我捡回来的，而爸爸又在冥冥之中那样爱我，特别是他留给我的二胡，让我知道了世界上还有这样美妙的乐器和这样美丽的音乐，所以我也就默认了“独孤”这个姓氏。不管怎样，含辛茹苦把我养大的奶奶，总算没有让独孤家断了香火。我姑姑本来对我不太亲，但越来越年长的姑姑，慢慢也觉得我是她的娘家人了。在这个世界上终于有一个人和她一起姓独孤了。本来姑姑家有两个男孩子，我的表哥和表弟，但在奶奶千方百计给爸爸找过继人的时候，姑姑根本就没有想让她的任何一个儿子做爸爸的孩子而姓独孤。而我这个被捡回来的孩子，却承担起了继承和发扬独孤家风的重担，所以姑姑后来对我还是比较好，一直资助我的一部分学费，我也真的很感谢我的姑姑。

弟弟说他非常想念我们和我们的小山村

我们初三这年的春节，弟弟回来了。几年没见面，弟弟已经长得很高了。奶妈说：真是太好了，吃了我奶水的孩子都是高个子。奶爸说：那是因为他们三个人的遗传基因好。奶爸说：果果的父亲是高大英俊的男人，平平的爸爸也是，我想丫丫的父亲也一定是。我说我听奶奶说我爸爸的个子也非常高，而且很帅气。奶爸说：是啊，是啊，你爸爸从小和我一起长大，一直喜欢读书和拉二胡，梦想着做音乐家和诗人，没有想到这么早就走了。

奶妈说：怎么说着说着就远了呢？我觉得我们的三个孩子，主要是因为吃了我的奶水才这么漂亮的。奶爸说：那你是说我不漂亮了。哥哥说：奶爸才是世界上最漂亮的爸爸。我们都是吃了奶爸的饭，才这样漂亮的。奶爸高兴地说：还是我们果果和奶爸亲。我说：我也一样。弟弟说：我也一样。奶爸说：好！好！你们都和奶爸亲。

奶爸说：我这一辈子没有自己的孩子，但有你们三个也就知足了。哥哥说：奶爸，再也不要说你没有自己的孩子，我们都是你的亲孩子。你再这么说我们会难过的。奶爸说：不说了，不说了。我和你奶妈老了还指望你们呢！哥哥说：我们会永远亲你和奶妈的，会永远孝顺你们的，会为你们养老送终的。奶爸高兴地亲自下厨给我们做了很多好吃的饭菜。

弟弟说他非常想念我们和我们的小山村。弟弟说那年他是一直哭回家的，回去后三天没有吃饭。我说我们也是三天没有吃饭。弟弟说：你们说好了，要去看我的，可我每天等每天盼，三年了，只有奶妈去过一次。哥哥说：我们离得这么远，学习又这么紧，所以对不起了。我说：其实是我们没有钱，买不起车票，才没有去看你。弟弟说：那你们应该给我写信，让我给你们寄钱买车票。哥哥说：我们怎么好意思呢？舅舅家也不容易。弟弟说：那边的家比我们这边的家有钱多了，但我还是想回我们这边的家，想吃奶妈做的饭，想和哥哥姐姐一起玩，特别想听哥哥姐姐的笛子和二胡。哥哥说：那好，除夕的晚上，我们一夜不睡，给你演奏。弟弟说：太好了。

这一夜，我经过奶奶的特许，留在奶妈家过夜。到了睡觉的时候，我们都争着要挨奶妈睡，特别是我和弟弟，我们已经好久没有和奶妈在一起睡了。刚开始，奶妈让我睡在她的这边，那边睡着弟弟、哥哥和奶爸。我说边上我害怕，奶妈说让奶爸过来睡在我的外边。奶爸说他已经睡下了不想再起来了，让哥哥睡在我的外边。哥哥高兴地抱着他的被子来到了我的外边睡下，其实我也是想让哥哥睡在我的外边，我们已经好久没有睡在一起了。小的时候，哥哥就睡在我的外边，因为我特别胆小，半夜醒来如果哥哥或者奶妈不在，我就吓得直哭。现在我们已经长大了，哥哥几乎是大人了，但我的感觉还是和小时候一样亲。记得小时候回到我们家后，我害怕在边上睡，不让哥哥走，哥哥就用多余的被子做一个“假哥哥”睡在我的外边，一直延续到现在。奶奶也习惯了，每天铺被子时一定不忘记给我做一个“假哥哥”，这样我才可以睡得踏实。

这一夜，奶妈家的电灯一直亮着，我们一直说着话，我们不断地爬起来依偎在奶妈身上和弟弟说话，有时弟弟干脆跑过来睡在哥哥的被窝里，搂着哥哥和我的脖子说话。后来弟弟睡着了，奶妈又把弟弟抱进她的被窝，因为奶妈想尽量多地和弟弟在一起。后来我也困了，不知什么时候竟然也钻进了奶妈的被窝里。就这样奶妈用一只手臂抱着我，一只手臂抱着弟弟，还一边对哥哥说：果果不要难过，弟弟妹妹还小，再说你也一直和奶妈在一起。哥哥说：我知道，弟弟妹妹回来一趟不容易，但我真的好想和你们睡在一个被窝里。奶妈说：果果乖，把手放在奶妈的被窝里，让奶妈握着。于是哥哥便把他的一只手放进了奶妈的被窝。我亲爱的奶妈，三个孩子都是她的心头肉。在这样温暖的夜晚，触景生情，我们都想在奶妈的怀抱里睡。我亲爱的奶妈抱着我和弟弟，还用抱我的这只手握着哥哥的手，而不让哥哥感到冷落。

除夕夜，我们全村灯火通明，爆竹声声，奶妈想让我和哥哥、弟弟一起过年，又怕奶奶一个人寂寞，就让我们把奶奶请过来。我抱着奶奶说：弟弟回来了，我们就一起过年吧。奶奶说：好吧！好吧！奶奶让我们把我们家准备下的过年的食物全拿到奶妈家。

弟弟嚷着要看我和哥哥的演出，奶爸就在院子里拉了好几个大灯泡，生了一个霸王炉子，我们吃了年夜饭后，就开始演节目了。音乐刚刚响起，司徒勇、司徒芳、司徒珍、司徒梅、司徒海、司徒平，还有村里一些年轻人和小孩子们就来了。

因为是除夕夜，过新年，奶妈不让我们演奏那些凄凄惨惨的曲子，我们就演奏一些快乐的喜庆的曲子，司徒勇、司徒芳他们也唱一些流行的歌曲，我们感到特别快乐和幸福。

夜越来越深了，有的孩子熬不住回去了，有的大人也回去煮饺子了，就留下了我们的几个同学和奶奶、奶妈和奶爸。这时，奶奶说：丫丫，再拉一遍你爸爸拉的那首曲子吧，让你爸爸回来吃新年的饺子。我说好的。因为我只要拿起了二胡，就会想起爸爸，就难过不已。因为我没有爸爸，我生来就没有叫爸爸的机会，是我的这个没有见过的爸爸，让我在名誉和身份上有了爸爸，让我成了一个拥有父母的孩子。

今天是除夕之夜，我的爸爸和妈妈，还有我的爷爷，他们也在那边过年吗？《梁祝》的曲子响起来，我们又都泪流满面了。琴声中，我仿佛看见爸爸和妈妈扶着爷爷回来了，仿佛听见爸爸对我说：丫丫，我的乖女儿，谢谢你用二胡声安慰你孤独的奶奶，谢谢你帮爸爸照顾奶奶。我在心里说：爸爸，你放心吧，我会好好地照顾奶奶，会为奶奶养老送终的。

奶奶看见我眼含泪水，而且哭出了声，也哭着说：丫丫，别拉了。你爸爸、妈妈和爷爷回来了，我们回家给他们煮饺子吧。我说好的。我和奶奶回到我们家，把饺子煮好，供在我们家的供桌上，上面有哥哥用毛笔字写的爸爸、妈妈和爷爷的灵位。

哥哥和弟弟也来到了我们家，和我一起跪在供桌前，为我的爷爷、爸爸、妈妈磕头。之后，哥哥和弟弟把我扶起来。哥哥说：丫丫，别难过了，哥哥会帮着你照顾奶奶的。弟弟也说：姐姐，我长大了会回来陪你和奶奶的。

奶奶说：我这一辈子虽然失去了亲爱的儿子，但我有一个孝顺的好孙女，还有两个可爱的乖孙子。奶奶说完后，给我们三个人发了红包。

哥哥说什么也不要。但奶奶说包里没几个钱，是奶奶的一点心意，主要是感谢哥哥对我的照顾。奶奶说：果果、平平，你们一辈子都要和丫丫做亲。有一天奶奶不在了，我们丫丫，就只有你们两个亲人了。哥哥说：奶奶你放心，我会一辈子照顾妹妹的。弟弟也说：奶奶，我也是。奶奶说：这奶奶就放心了。你们都是奶奶的好孙子。

从初一到初五，我和哥哥一直陪着弟弟玩，我们仿佛又回到了童年时代。我们把小时候玩的所有游戏都玩了一次，特别是弟弟，每一次都玩得大汗淋漓。弟弟说那边的家人，从来不和他这样玩，和他这样亲。

我和哥哥初六上学走的时候，弟弟拉着我们的手说：哥哥、姐姐，我不想去那边的家了。我要在我们村读小学，然后到司家中学读初中，然后去县城读高中，然后去省城读大学。我和哥哥说：你在那边学习很好，就回去吧！我们马上就初中毕业了，今年暑假一定和奶妈去看你，和你玩一个假期，反正我们等通知，有的是时间。

弟弟说：你们要说话算话，我这次走的时候就把买车票的钱给你们留下。哥哥说：不用了，我们放了假刨几天药材，就够买车票了。弟弟说：我不要你们再去刨药材，特别是姐姐，脚上已经有一个伤疤了。如果再受了伤，怎么办？哥哥说：我不会再让丫丫去刨药材了，我一个人就行。

弟弟一直把我们送到塬上，才停下脚步，和奶妈一直目送着我们。司徒勇说：你们经常这样送来送去，好像是生离死别一样让人伤感。司徒梅说：是啊，我婶婶太可怜了，辛辛苦苦把果果、丫丫、平平奶大，可是一个个都要走了。哥哥说：谁说我们要走了？我要永远地留在司家村。我说：我也是。司徒珍说：当然现在是这样想的，将来考上重点高中、重点大学还会回来吗？司徒芳说：我觉得果果和丫丫会回来的。司徒平说：那可不一定。司徒海说：现在就考虑将来的事，累不累？

我和哥哥，特别是哥哥的去留，一直是奶妈、奶爸和村里人的一个心病，所有的人都想让哥哥留下做奶妈的儿子，当然我更想了。好在哥哥的父亲再也没有来叫哥哥回去，也真的不再给哥哥钱了，但这却给了我们极大的安慰和希望。

司徒勇和司徒芳私奔了

中考的那两天，奶奶、奶妈、司徒勇的父母、司徒芳的父母以及司徒珍、司徒梅、司徒平、司徒海的父母都来到了县城的考点。由于我和哥哥平时的成绩比较好，再加上初三最后一学期的拼命复习，我们考得就比较轻松，我们的理想当然是市重点高中了，司徒珍和司徒梅也没问题。每考一场下来，奶奶和奶妈就抱着我们鼓励一下。我虽然没有父母，哥哥也没有，但我们有奶奶和奶妈就够了。奶爸给我们捎话回来说活儿太紧离不开，他要赶活儿，给哥哥挣高中的学费。

我很不明白，哥哥的父亲就在城里上班，但他竟然真的没有来看哥哥。听司徒勇的爸爸说，哥哥的继母给哥哥的父亲生下了儿子，所以真的不要哥哥了。哥哥说：这真是太好了，他不要我了，我还不想回去呢！

两天中考结束后，哥哥对我说：丫丫，拿上二胡，我们好好地玩一会儿。我拿上二胡，哥哥拿上笛子，我们和司徒勇、司徒芳一起来到我们村的枣林。时值盛夏，枣林里郁郁葱葱，枣树上挂满了累累青枣。哥哥来到小时候带我来玩的那棵大枣树下，指着枣树上的树洞说：丫丫，还记得我们的洞房吗？我说：记得。

司徒勇说：那是你们的洞房吗？哥哥说：是的。司徒芳说：你们已经有洞房了？我说：是的。

司徒勇跃上树洞说：芳芳，上来，我们也进一次洞房。司徒芳说：那是果果和丫丫的洞房，我们怎么能进呢？哥哥说：进吧，没关系。司徒勇说：就是啊，我们先借用一下。来吧！说着把司徒芳拉了上去。

这个情景，正好被司徒勇和司徒芳的三叔看见了，他大声地说：勇勇、芳芳，你们是亲堂兄妹，怎么能进洞房？司徒勇说：我们是闹着玩呢。三叔说：村里早有风言风语说你们几个之间有问题，一对是亲堂兄妹，一对是一个奶妈养大的亲兄妹。

我们听了三叔的话，一下子蒙了，愣在了那里。是的，我们四个人的关系是比较好，但我们是兄妹呀。我们从小一起长大，一起上小学，一起上初中，而且将要一起上高中。我们怎么啦？你们不是很爱我们吗？不是叫我们金童玉女吗？

三叔见司徒勇和司徒芳愣在树洞里不下来，真生气了，便大声地说：勇勇，还不快下来？要不我叫你爸和你二叔去？

司徒芳吓得要下来，司徒勇抓着司徒芳的手说：不要下去，让他去叫吧！

三叔气愤地叫司徒勇的爸爸和司徒芳的爸爸去了。我和哥哥赶快把司徒勇和司徒芳叫下来。我们不敢回家，就来到当年奶奶捡到我的那个小窑洞里。我们四个人坐在曾经放过我的小窑洞里，第一次思考起了我们之间的关系，我觉得我们没有错，但是为什么三叔要那样大惊小怪呢？

我问哥哥说：怕吗？我们今后是不是不能在一起了？哥哥说：不怕，谁也不能把我们分开。司徒勇说：怕什么？我就是要和芳芳在一起。司徒芳已经吓得哭了。司徒勇说：芳芳，没你的事。他们来了，有我在。司徒芳说：我爸爸的脾气不好，肯定会打我的。司徒勇说：二叔敢打你，我就和他拼了。

天已经快黑了，小窑洞里一片漆黑，哥哥知道我害怕，就把我拥在他的怀里，司徒勇也拉着司徒芳的手靠在一起。我们虽然嘴里说不怕，但毕竟是第一次遇到这样的事。司徒芳说：早知道这样，我们就不该到枣林里来玩。我说：都是我和哥哥害了你们。司徒勇说：什么话，我们四个人谁和谁？哥哥说：过一会儿我们回去，先到我们家看一下情况，让奶妈给拿个主意。司徒芳说：我不敢回去。哥哥说：如果我们主动回去，情况可能会好一点。如果让他们找来了，就会有麻烦的。

正说着，就听见我们村的那个方向有说话的声音传来，并有手电光一闪一闪的。我说：我们怎么办？哥哥说：不要怕，丫丫和芳芳躺在麦秸垛里，我和司徒勇出去应付。哥哥还没有说完，手电光已经照在了我们的身上，哥哥还拥着我，司徒勇还拉着司徒芳的手。

三叔第一个看见我们，大声地说：原来他们在这里，大哥、二哥，快来看你们的好儿女。在强烈的手电光下，我们吓得忘记了分开和放手。这样越发激怒了三叔和司徒勇、司徒芳的爸爸。他们不由分说就扑进来，在司徒勇和司徒芳的脸上打了一下。哥哥站起来拦他们，他们把哥哥推倒在地，我吓得哭了起来。

三叔说：哭什么，整个一个妖女，让多少男孩子不能安生。哥哥说：有什么事找我，不要骂我妹妹。

三叔说：就骂她了怎么样？女娃子太漂亮了，就是祸根。芳芳不是和她学，会成这样吗？司徒勇说：你要杀要剐随便，不要伤害果果和丫丫。他们只是我们的好朋友，没有让我们学坏。司徒勇的爸爸说：你还敢嘴硬。说着又打了司徒勇一个耳光。

正在这时，奶奶和奶妈也来了，奶奶说：这是怎么啦？把孩子们围在这个小窑洞里。三叔说：婶子，这就是你的几个好孙子。奶奶说：怎么啦？我的这几个孙子都是好孩子。奶奶看见我哭，便把我拥在怀里说：丫丫，别怕，有奶奶在。奶妈也把哥哥从地上拉起来说：果果，跟奶妈回家。我和哥哥被奶奶和奶妈带走了，司徒勇和司徒芳也被他们的父亲带走了。

不久，我们的通知书就下来了，我和哥哥达到了市重点高中的分数线，司徒珍和司徒梅考上了县重点高中，司徒勇和司徒芳考上了县普通高中，司徒海和司徒平没有考上。司徒平报了一个职业技术学校，司徒海要回到村里接管他爸爸的苹果园，在农村干一番事业。

我们在高兴之余，又听说司徒勇和司徒芳的爸爸，坚决不让他们到一个学校读高中。而且司徒勇的爸爸要司徒勇和他在县城工作的战友的女儿订婚，条件是倒插门，那家就一个女孩子，已经参加工作了。司徒勇坚决不干，而且和家里挑明了他就爱司徒芳一个人。司徒勇的爸爸说：你们是亲堂兄妹，不能结婚。司徒勇说：我们没有血缘关系。他的爸爸说那也不行，说他们司徒家是一个大户，家族的规定不允许这样。司徒勇说他不管，他就要和司徒芳在一起。司徒芳的态度也非常坚决。司徒芳对她的父母说，本来她和司徒勇什么也不懂，就是因为三叔的话启发了她们，现在干脆就挑明了，免得再说闲话。他们两个人的事，一时间成了我们村的热门话题，走到哪里也是说这个事。奶奶和奶妈也不让我们和司徒勇、司徒芳在一起玩了，就准备着让我们去市里上高中。

哥哥从塬上挑水回来的路上，司徒平告诉哥哥说：快救救司徒勇和司徒芳吧，今天晚上司徒家族要在祠堂里开他们的批斗会，如果不听话就用家法。哥哥问司徒平：家法是什么意思？司徒平说：就是轻者赶出司徒姓门中，重者打断他们的腿。哥哥说：不会吧？司徒平说：我们司徒家历史上就有这样的例子，只是比规定的更惨，硬是把那两个相爱的同姓兄妹打死了。

哥哥听了吓坏了，可是司徒勇和司徒芳还不知道呢。司徒平说：司徒勇和司徒芳的三叔就喜欢对家族中的人施刑，亲侄儿和侄女也不会放过。况且司徒勇的太爷爷还活着，谁也不敢违背家法。司徒平说：也只有果果你和丫丫能救司徒勇和司徒芳了。

哥哥把水倒进缸里后，对我说：丫丫，你把二胡拿上出来一下，这样奶奶就不会怀疑了。我和哥哥来到奶妈家的窑背上，练了一会儿曲子。哥哥对我说：我们要想办法通知司徒勇和司徒芳。

我们的办法是来到塬上演奏凄凄惨惨的《江河水》。这是我们和司徒勇、司徒芳约定的暗号，如果我们拉一遍，就是到小路上的那个小窑洞里集合；如果是两遍，那就是到桃树坪我们家的果园集合。拉了两遍之后，我和哥哥就收起二胡和笛子，拿上镰刀和绳子，看到人就说去拾柴火。我和哥哥赶到果园不久，司徒勇和司徒芳就来了。

司徒勇说：果果，你们已经知道了。哥哥说：是的。司徒勇说：是我妈妈告诉我的。妈妈怕我们被打死，让我赶快逃跑，可是我不能丢下芳芳，他们会对芳芳下毒手的。司徒芳说：我要和勇勇私奔。我说：你们要私奔？哥哥说：那你们不读书了？不上高中了？司徒勇说：出去躲一段时间再说。如果没事了就回来读书，如果有事就不回来了。反正回来也不能和芳芳在一起，那我们还不如留在外面，让他们永远也找不到。哥哥说：能行吗？司徒勇说：没问题，只是我不能实现当医生的理想，芳芳不能实现当会计师的理想了。也许从此我们就要天涯海角地漂泊了。哥哥说：我和丫丫也没有什么钱，帮不上你们的忙。司徒勇说：钱，我妈妈给了我不少，芳芳也有一些。哥哥把奶奶刚给他买的白色长裤送给了司徒勇，我也把奶奶刚给我做的白色短袖衫送给了司徒芳。

司徒勇说：果果，我们走了，你们的任务是拖延时间，让他们在天黑之前不知道我们已经走了。哥哥说：没问题，你们一定要保重，有条件就和我们联系。

司徒勇说：帮我常去看看我妈妈。哥哥说：没问题。司徒芳说：丫丫，你替我看看我妈妈，但是千万不敢说漏嘴。我说：知道了。我们四个人拥抱告别，我和司徒芳哭成了泪人，但都不敢出声。

司徒勇和司徒芳走后，我和哥哥一直躲在我们家的苹果园里。到了傍晚，哥哥才背了一捆树枝，我拿了二胡和笛子回到村里。一进村，我们就感到气氛不对，司徒平悄悄告诉我们说司徒家祠堂马上就要开会了，可就是找不到司徒勇和司徒芳。司徒平说：三叔可能会问你们的，我想你们一定知道该怎么回答的。哥哥说：知道的。

果然三叔拦住我们问司徒勇和司徒芳的下落，哥哥说：我一早就和妹妹去了果园，没有看见司徒勇和司徒芳。三叔指着我手里的二胡和笛子说：那你们拿着二胡和笛子干什么？是不是在果园开演奏会了？哥哥说：没有，我们拿着二胡和笛子，是干活累了，休息时玩的。

三叔不相信地看了一会儿我们，才放我们回家。我说：三叔再找来怎么办？

哥哥说：不怕。

回到家里。奶奶说：丫丫，再也不要和勇勇、芳芳玩了，看出事了吧。那些司徒家的人是不会放过勇勇和芳芳的。我说：司徒勇和司徒芳没有错。奶奶说：那亲堂兄妹也是不允许结婚的。不一会儿，奶妈和哥哥也来到了我们家。奶妈忧虑地说：勇勇、芳芳到哪里去了？他们一定还会再来问果果和丫丫的。哥哥说：问就问吧，我们又不知道，奶奶和奶妈不用害怕。

果真，司徒勇的爸爸、司徒芳的爸爸和三叔都来了，但不管他们怎么问，我和哥哥说就是不知道。大家正吵着，司徒芳的妈妈也来了，哭着说：丫丫，你和芳芳是最好的朋友，她去了哪里，一定会告诉你的。我说：她这次真的没有告诉我，我真的不知道她去了哪里。可是司徒芳的妈妈就是不放过我。我奶奶生气了，奶奶说：我们丫丫不知道就是不知道，你这样抓着不放，会吓坏孩子的。哥哥也说：我和妹妹一直在果园里劳动，我们根本就没有看见他们两个人。

最后三叔说要带我们去司徒家祠堂顶司徒勇和司徒芳受过。奶奶说：那是你们司徒家的事，把我们独孤家的孩子带去干什么？奶妈也说：果果和丫丫不是我们司徒家的孩子，不能进我们司徒家的祠堂。三叔指着奶妈说：都是你奶的这两个好孩子，才惹出这些事，要不是他们搞什么演唱会，勇勇和芳芳能经常和他们混在一起吗？会有那些古怪的想法？奶妈说：我们家果果和丫丫都是好孩子。孩子们大了相互爱慕，这是正常的现象，你们不好好教育，而且采取这种迷信做法，把孩子们吓跑了，倒怨在我们的孩子身上。

三叔说：丫丫是独孤家的人，可是果果的父亲不要果果了，给你们家做了儿子，就得姓我们司徒。奶妈说：果果的父亲只是一时气话，人家怎么舍得把儿子给了我们呢？果果现在还姓着欧阳，不能进我们司徒家的祠堂。哥哥说：如果让我姓司徒更好，不要说替司徒勇、司徒芳顶过，做什么我也愿意，我就是想姓司徒，就是想做奶妈的儿子。

三叔说：那好，果果现在就到司徒家的祠堂里给太爷爷把勇勇和芳芳的事说清楚。奶妈说：你们就是打死我，也不能让我的果果进司徒家的祠堂去受罪。哥哥说：不怕的，奶奶。但奶奶就是不让三叔他们带走我哥哥，最终哥哥没有被带走，司徒家祠堂的批斗会也没有开成。

这件事在我的心中留下了深深的阴影，我对哥哥说：这件事之后，我觉得我们热爱的司家村不是那么可爱了。哥哥说：不要这样，这里是养育我们的地方。如果不是司家村，不是奶奶和奶妈，就没有我们。哥哥始终是那样宽容仁慈。

奶爸离开了我们

我们接到市重点高中的通知书后，一点也高兴不起来。去市重点高中，是我们的梦想，可是学费和最低生活费，一年也要几千元钱，我们家和奶妈家都没有这个能力供我们上学。所以我和哥哥决定到县里读高中，这样和读初中一样，每天可以回家吃住，但奶奶和奶妈都想让我们读市重点高中。

奶妈捎信让奶爸赶快回来筹集哥哥的学费。奶奶也准备去县城找姑姑，再就是把我们家的土地和果园一次性承包给别人。我和哥哥觉得这样做一点也不合算，因为我们的生活全靠这点土地和果园。但奶妈和奶奶说，现在什么也没有我们的前途要紧。

奶妈给奶爸捎信后的第二天，我们这里下了一场大暴雨，听说司家河发洪水了，从上游冲下来许多死猪和死羊，好像还有人呢。奶妈听说后，对我和哥哥说：赶快去看一下，你奶爸回来就要经过司家河。我们吓了一跳，我和哥哥奔跑着下了司家坡，来到司家河边，只见昔日可爱的司家河，如一头发疯的野兽正在疯狂地咆哮着，洪水中真的有许多猪、羊和大树。我们无法看清这里面有没有人，更不敢想象有没有我们的奶爸。

我们怀着极其紧张和恐惧的心情，等待着司家河的洪水退去。从上午一直等到中午，洪水才渐渐小了些，哥哥把我背过河，我们一路奔跑来到奶爸做工的地方。一问才知道，奶爸已于早晨离开工地回家了，我觉得头晕了一下就什么也不知道了。哥哥抱着我大声地哭叫道：丫丫，丫丫，快醒醒，我们的奶爸不会有事的。我们赶快回家，看奶爸回去了没有。我听到哥哥的叫声后，醒了过来。我哭着说：哥哥，奶爸肯定出事了，我有预感。哥哥说：别胡说，不会的。我们赶快回家吧，说不定奶爸已经回去了。

我们返回到司家河边时，看到离我们不远的地方围了许多人。我说：哥哥，我们过去看看那里发生了什么事。哥哥说：我们还是先回家，看看奶爸回去了没有。我说：我们还是先看看再说吧。我们又奔跑着来到了人群中，只见地上躺着一个浑身是泥水、面目全毁的人。但是我还是能认出，他是我们亲爱的奶爸。我和哥哥扑了上去，抱着奶爸哭了起来。

哥哥说：奶爸，奶爸，是我害了你，是我害了你。你要不回来给我们筹集学费，也不会遭遇这场洪水。奶爸，奶爸，奶妈让我们出来找你，我们回去怎么向奶妈交代？围观的人中有认识奶爸的，也有认识我们的。有人把我和哥哥拉起来说：现在不是哭的时候，赶快找人把你奶爸拉回去。哥哥不听劝说，又跪下来抱着奶爸不放开，整个人像傻了一样，我也悲痛得不能自已。

奶爸拉回来后，不让进村，就放在了当年放我的那个小窑洞里。奶爸还不到四十岁，后事无从谈起，奶妈家连埋葬奶爸的钱也没有。在给奶爸换衣服时，哥哥在奶爸的上衣贴身口袋里发现一千元钱。这是奶爸最后的全部的工钱。啊，奶爸，你就是为了给我们送这一千元的学费，才遭此劫难的。哥哥哭着倒在了奶爸的身边背过了气。伯伯叔叔们说：果果，你要坚强，你奶爸没有了，你们家的事全靠你。你再这样，你奶妈怎么办？哥哥说他不能接受突然没有了奶爸的这个事实。哥哥在奶爸家生活了十八年，十八年的养育之恩，十八年的父子亲情，哥哥真的受不了。由于是夏天，奶爸不能久放，本来伯伯叔叔们就打算用这一千元钱安葬奶爸，但哥哥不让。哥哥向全村的人磕头借钱，要给奶爸买最好的棺材、最好的寿衣，给奶爸修砖墓窑。哥哥对乡亲们说他不读高中了，他会拼命挣钱还乡亲们的钱。就这样，哥哥给奶爸举行了隆重的葬礼，除了奶爸的一千元钱，哥哥还借下了五千元外债。

埋葬了奶爸，哥哥整个人瘦了一圈，也成熟了许多，一下子由一个中学生变成了大人。自从奶爸出事后，奶奶就让我住在奶妈家陪奶妈。每天晚上，我和哥哥睡在奶妈的两边，抱着奶妈一起流泪。哥哥说：奶妈，奶爸没了，你不会孤独的，有我和妹妹，我也不读高中了，就留在我们村种地。我要把村里人不愿种的地和果园都承包过来，我一定会很快还清外债，让奶妈过上幸福的生活。

奶妈说：果果，你一定要读高中，市里去不成了，县里也一定要去。奶妈还年轻，奶妈要供你上高中，上大学。你奶爸活着的时候，就想把你供成大学生，现在由奶妈完成他的这个心愿。哥哥说：奶妈，我不上大学也照样会生活得很好，照样能照顾奶妈和妹妹。我说：我也不上高中了，我也要留下来和哥哥一起还外债，照顾奶奶和奶妈。再说我们家也没有能力供我们，再读书。哥哥说：丫丫，你一定要上高中，你学习那么好，又有崇高的理想，哥哥来供你上学，然后再帮助你实现你的人生理想，成为一名作家。

哥哥为了断了自己上高中的念头，当着我和奶妈的面，把市重点高中的录取通知书撕了。为了表达我的决绝之情，我也把通知书撕了。奶妈哭着说：他爸，你为什么要走呢？你这一走，我们的果果和丫丫就毁了。哥哥说：奶妈，我不会毁的，丫丫也不会毁了，我一定会供妹妹上学的。

哥哥被他母亲带走了

奶爸过了“二七”之后，哥哥就开始为他在农村干一辈子做准备。哥哥先和我跑到县城中学，找到了已由司家中学调到县城中学任教的尉迟老师。哥哥对老师说让我到县城中学读高中，并希望老师先给我垫支学费。老师说：果果，我不但要资助丫丫，还要资助你。哥哥说：谢谢老师，但我真的不能继续上学了。我家有外债，奶妈有病，还要供妹妹，我暂时不上了。等情况好了以后，我上自考，同样可以成就我的人生理想。老师感动地说：果果，你真是一个有责任感的好孩子。

回到家后，哥哥对奶妈说他要把欧阳改为司徒。奶妈说：你的心愿奶妈理解，但这不是重要的事，姓什么都一样。哥哥说：我要让奶爸在九泉之下安心，我要姓司徒。

这天中午，奶妈自奶爸去世后，第一次起来给我们做饭，我们刚刚把哥哥喜欢吃的西红柿鸡蛋炒面端到饭桌上，就看见从奶妈家的大门口走进来一个提着大包小包的年轻人和一个雍容华贵看不出年龄的妇人。

我们三个人都不认识他们，那位妇人说：这是欧阳果果的家吧！哥哥说：是的，你找谁？那位妇人说：你是谁？哥哥说：我就是欧阳果果。

那位妇人一下抱住哥哥说：果果，我的孩子。我们一脸的莫名其妙。

哥哥紧张地说：你是谁？我怎么会是你的孩子？那妇人说：我是你妈妈。果果，让妈妈看看你。那妇人把哥哥从头到脚看了一遍说：和我想象的一模一样，我的儿子太帅了，只是穿的衣服太旧了。儿子，你为什么看上去这样疲累？

哥哥再没有说什么，挣脱了他母亲的怀抱，来到了我和奶奶的身边，一手抓着我的手，一手抓着奶奶的手。

哥哥的母亲这才擦干了泪水，对奶奶说：你就是果果的奶妈吧！奶妈说：是的。

哥哥的母亲又指着我说：这个美丽的女孩，是你的女儿了？奶妈说：是的。

哥哥的母亲说：天呢，世界上真有这样美丽有灵性的女孩，而且和我们果果太相配了。奶妈说：是啊，他们都是我奶大的，都是我的好孩子。

哥哥的母亲说：果果奶妈，我今天是来接果果的。奶妈说：果果不是判给他的父亲了吗？哥哥的母亲说：是的，可是他父亲又有了儿子，我要把果果带走。我已经在省城给果果联系好了学校，马上就让果果去省城读高中。哥哥说：我哪里也不会去，我要留在我们村，我要给奶妈做儿子。

哥哥的母亲说：傻孩子，你长这么大妈妈也没有照顾过你。现在妈妈的情况好了，一定要给你补回十八年的母爱。你奶妈这里，我们可以做经济补偿，妈妈今天拿来了一万元钱，留下让你奶妈还外债和生活，还能给你妹妹交学费。哥哥说：我们不要你的钱，我也不跟你去省城。

哥哥的母亲说：孩子还小不懂事，为了果果的前途，作为奶妈，你要说句话。

奶妈流着泪说：我当然舍不得我的果果，可是果果，既然你妈妈要带你去省城读高中，那你就去吧。钱，我们不要，只要你能上学，奶妈再舍不得也要让你去。哥哥哭着抱住奶妈说：奶妈，我不去。我离不开我们村，离不开你和妹妹。我要留下来照顾你和妹妹。奶妈，我们的困难是暂时的，我们会好起来的。

哥哥的母亲说：果果和果果的奶妈，你们要好好地想一想，我先回到县城的宾馆住下，等你们想好了，我再来接果果。说着把大包小包的东西放下，又放下了一万元钱，开车走了。

哥哥没有去送他的母亲，我和奶妈也没有去送。我们全家被这突然出现的状况给搞蒙了，我们不知道这年的夏秋之交，家里会发生这么多的意外和灾难。哥哥要被他的母亲带走了，我一下子像抽了筋一样软弱无力。我躺在奶妈家的炕上，觉得难过无比，意识也开始模糊起来。我幻想着，当我再次醒来的时候，我的奶爸回来了，我的哥哥也不走了，我们又是幸福的一家人。可是我醒来后，奶爸没有回来，而哥哥必须走的事，已经成了全村人讨论的大事。奶爸家的那些伯伯叔叔们都被奶妈叫来了，大家讨论的结果，是让哥哥随他的母亲回省城上高中。哥哥坚决不同意，后来奶妈生气了，奶妈说如果哥哥再不听话，她就不活了。哥哥这时候跪在奶妈的面前眼含泪水，长跪不起。

最后哥哥说他要带奶妈和我去省城，如果他母亲不答应这个条件，他就不走。奶妈说我们不能这样做。奶妈说：果果，你一个人去，假期就可以回来，奶妈留在家里等你。丫丫也不能去，奶奶怎么办？哥哥说让奶奶也去。奶妈说：傻孩子，别说傻话了。我们在农村的生活都难以维持，到了省城怎么办？哥哥说：租个房子，我们住在一起。星期天和假期，我和丫丫去挣钱，完全可以维持我们的生活。

哥哥的母亲说：只要果果同意去，什么样的条件都可以答应。但是奶妈坚决不和哥哥一起去，奶奶更不去。只有我一个人想和哥哥去。可是奶奶怎么办？所有的想法都是靠不住的。最后大家决定，把一万元钱留下来，还了埋葬奶爸借下的五千元外债，给我交两千元学费，给奶妈留下三千元生活费，哥哥还是不同意。哥哥的母亲说：果果，妈妈理解你的心情，那就带上你妹妹一起到省城去上高中吧。哥哥这才点了点头。可是奶奶不同意了，奶奶把我从小养大，从来没有离开过我，就连在奶妈家睡一夜，奶奶也要过来看几次，一下子把我带到千里之外的省城，半年也见不上一面，奶奶无法承受。

我也离不开奶奶，尽管我很想和哥哥去，尽管我也离不开哥哥，但哥哥毕竟年轻，承受离别痛苦的能力要比奶奶强。再说我们还年轻，我们还有几十年在一起的机会，而我奶奶已经是快七十岁的人了。况且我和哥哥一起走了，刚刚失去奶爸的奶妈能支撑下去吗？想到这里，我对哥哥说：哥哥，你就随你妈妈一起去省城读高中去吧，我留下来照顾奶妈和奶奶。哥哥说：这不行，我不能丢下你们，特别是你。十几年来，我们一起长大，一下子分开了，我会很难过的。

我说：我也是，可是哥哥，我们是为了前途才暂时分开的。我们只有成就了事业，才有可能让我们的奶妈和奶奶幸福，不是吗？哥哥说：那也不行。你这么胆小，这么瘦弱，我不在你身边，怎么能放心呢？上学的路上谁和你做伴？回来的路上谁背你过河？有了病谁带你去看医生？我说：我会一天天长大的。哥哥说：不行。那你想我了怎么办？是啊，我想哥哥了怎么办？十几年了，我从来没有想过这个问题。从我睁开眼睛开始，我的哥哥就在我的身边，我从来没有想过要离开哥哥，我总认为我会和哥哥永远在一起。如今哥哥要走了，我想哥哥了怎么办？想着我就哭了，我不能没有哥哥，有哥哥的我才是世界上最幸福的女孩，没有了哥哥，那我的世界会怎么样？我无法想象。

然而，尽管哥哥已经虚岁十八，我也已经虚岁十五了，但我们在强大的现实面前，是那么无奈。这一天，哥哥要离开我们了，初秋的雨缠缠绵绵，我的心一直在哭泣，我跟随了十几年的哥哥就要离开我了，我痛苦得没有力气去送哥哥，但我必须去送。哥哥一次次给奶妈跪下，一次次扑进奶妈的怀抱。弟弟被带走的那一幕又在司家塬上演了，送别的人群中哭泣声连成一片。毕竟弟弟只在我们村生活了八年，而哥哥却整整生活了十八年。果果，这个亲切的名字，司家村的乡亲们已经叫了十八年了，从此这个名字将成为一种记忆，乡亲们怎能舍得呢？

不知道告别了多少次，不知道奶妈拥抱了哥哥多少次，不知道叫了多少次“我的好孩子果果”，最终，在我、哥哥和奶妈的哭声中，我亲爱的哥哥被强行拉上了他母亲黑色的车里。这些可恶的黑色幽灵，曾经把我亲爱的弟弟拉走了，如今又把我亲爱的哥哥拉走了。

正在我和奶妈哭得一塌糊涂的时候，哥哥又哭着跑回来。哥哥最后一次扑进奶奶的怀抱说：奶奶，等着我，我一定会回来的。奶奶说：奶奶等你，果果一定要回来，听妈妈的话，好好照顾自己。哥哥说：奶奶，你一定要保重，等我回来接你们。奶奶说：奶奶记住了。哥哥说：奶奶，让妹妹送我到司家河边吧。奶奶说：好的。哥哥拉着泪如雨下的我，一步一回头离开了司家村。

哥哥对他的母亲说让她们坐上车先走。然后哥哥把哭得稀里哗啦的我背着，一步一步走过桃树坪，下了司家坡，来到我们曾经无数次玩耍过的司家河边。哥哥抱着我坐在河边的一块大石头上，哥哥一次次把我额前的刘海儿拢上去，一次次抚摸着我的长辫，一次次给我擦掉泪水，一次次捧着我的脸深情地注视着。突然哥哥把我紧紧地抱住，好久好久，哥哥才放开我，说：丫丫，你一定要等着哥哥，无论发生什么，一定要等哥哥回来，知道吗？我说：知道了。

这时，我们的同学司徒珍、司徒梅、司徒海、司徒平来到了司家河边，他们一个个拥别了哥哥，哥哥又一次次拥抱了他们。大家都流着泪说：果果，我们等着你，你一定要回来。哥哥说：我一定会回来的，我爱你们，我爱司家村。哥哥最后说：希望你们替我照顾好我奶奶和我妹妹。

我们把哥哥送过司家河，来到公路上的汽车旁，哥哥上车前又一次拥抱了我，才流着泪上了车。我在车外面，哥哥在车里面，我们的手久久地拉着，不想放开。车慢慢地启动了，我们的手也在一寸一寸地分开，最后彻底分开了。我哭着、叫着、追着哥哥的车跑去，跌倒了又爬起来继续追，一连跌倒三次后就爬不起来了，哥哥又让车停下来，跑来把我拉起来说：丫丫，哥哥不走了，我们回家去。但是哥哥被他的母亲和司机强拉走了，我被我的同学们拉住了，司徒海和司徒平轮流把我背回家。过了很久，我才从和哥哥分别的痛苦中，回到现实世界。

我再也找不到哥哥了

哥哥走了，我们村没有电话，我再无法听到哥哥的声音了。哥哥走了，我跑遍了所有我和哥哥去过的地方都找不到哥哥。奶爸的墓地、桃树坪的果园、小路上的小窑洞、枣林的洞房、奶妈家的窑背上，都没有了哥哥挺拔的身影和优美的声音。哥哥走了，司家村的天空是那么的灰暗，我和奶妈的心里是那么的悲凉。哥哥走了，哥哥走时，为我们所做的一切，我和奶妈都舍不得去碰。哥哥挑满的我们家和奶妈家的水缸，我们舍不得用一点；哥哥给我们两家劈的柴火，我们舍不得用一根；哥哥给我们摘回来的苹果，我们舍不得吃一个。哥哥用过的筷子和碗，每顿吃饭时照样摆在饭桌上；哥哥睡过的地方，盖过的被子，我们都给哥哥留着，放在他的书桌边。就连哥哥最后给奶妈在侧窑里用来做饭生着的炉子，奶妈都一直添着煤不让灭掉。哥哥，你走了，我们在你生活过的地方找不到你了。哥哥，你没有走，在我们心里，和你生活过的地方，处处留有你的身影和声音。哥哥，你什么时候回来？我和奶妈在等着你。

哥哥走后的第三天就是奶爸的“三七”。奶爸“头七”“二七”都是我和哥哥来上坟，如今哥哥走了，我只好和司徒梅来给奶爸上坟。哥哥走的时候，和我一起来与奶爸告别，哥哥跪在奶爸的坟前哭得死去活来。哥哥说：奶爸，我会回来的，我一定会回来的。我是你的儿子，我永远是你的儿子。奶爸，保佑奶妈和妹妹，等我回来。

我远远地看见奶爸的墓就哭了。来到奶爸的墓前，我跪着爬到奶爸的墓头上哭喊：奶爸、奶爸，哥哥走了。哥哥走的时候，哭得好难过好难过。奶爸，哥哥走了，我留下来陪你和奶妈。哥哥说他一定会回来的。奶爸，保佑哥哥，我们一起等哥哥回来。

哥哥走后的第五天，尉迟老师来司家村看我。一看到老师，我就哭着说我哥哥走了。老师说：老师知道，但是丫丫，人总是要分别的，再亲的亲人也不能每时每刻在一起。果果只是去求学了，他还会回来的。我说：我知道，可是我的心里就是难过得不行。老师说：你们从小一起长大，兄妹情深，是可以理解的。慢慢地，这种难过就会变成一种思念。思念是美好的，可以激励你努力学习，争取有一天再和果果在一起。

老师这次来的目的，是受哥哥之托，来告诉我新学期我的学费，他已经给我准备好了。奶妈说：果果走的时候，给丫丫留下了学费。奶妈哭了说：我们果果是为了还外债和负担我的生活以及丫丫的学费才被迫离开我们的。如果不是为了这些，果果绝不会走。如果他奶爸还在，我们果果也不会走的。我说：是的。哥哥就是为了让我能上高中，奶妈能生活，才同意和他母亲走的。老师说：你们不要这样认为，果果是个有理想有责任感的好孩子，你们暂时的分离，对他的未来有好处，他一定会好好学习，考上大学，成就他的人生理想。到时候，他才有能力好好照顾你们。

老师说：果果留下的两千元可以用作丫丫的学费，丫丫的生活费，我来资助。我爱人也非常喜欢丫丫，她同意我资助丫丫。奶妈说：真是太感谢你们了。我们家里有果园有地，我还能劳动，果果留下的那些钱，我也会给丫丫用的。我说：奶妈，那是哥哥留给你的。奶奶也说：我们家也有地有果园，老师你就不用操心丫丫的生活了，只要照顾好她的学习就行了。老师说：学习和生活都要照顾，你们就放心吧，有这么多人帮助，丫丫一定会顺利读完高中，考上大学的。

哥哥让我一定要等着他

哥哥走后的第七天下午，司徒勇的爸爸让司徒海给我送来了哥哥的信。我一看到哥哥那熟悉的字就哭了。奶妈说：丫丫，快拆开，看看果果写的什么。我颤抖着手把哥哥的信拆开，信是这样写的，我一边哭一边读给奶妈：

我最亲爱的奶妈和妹妹：

怀着对你们强烈的思念，我来到了省城妈妈的家里，虽然妈妈的家比我们的家好一百倍，但我一点也不喜欢。妈妈家的饭菜也比我们家的好一百倍，但我一点也不想吃。我就是想念你们，想念我们的小山村。

奶妈，我好想回到你的身边，好想吃你做的饭，好想在我们家的土炕上睡觉。丫丫，我好想和你一起在县城读高中，好想每天牵着你的手去上学，放学后回到我们家的窑背上吹笛子。丫丫，我走得太匆忙，忘了拿笛子，你就给哥哥收起来，等寒假回去后，我们好在一起演奏《梁祝》。丫丫，你还小，哥哥现在只能说，希望我们永远在一起演奏《梁祝》，懂吗？我们要永远在一起，一定要等哥哥。丫丫，你一定要好好学习，我们争取考进同一所大学，这样我们就可以带上奶妈和奶奶上学，就可以永远在一起了。丫丫，我最亲爱的妹妹，替我好好照顾奶妈和奶奶，替我问候我们的同学们和全村的乡亲们。丫丫，不要太节约，好好吃饭，我在这里有很多零用钱，但我不会花一分钱，我都要存起来寄给你。丫丫，乖一点，大胆一点，没有了哥哥在你身边，你一定要学会克服困难，千万不要哭，不要流泪，这样哥哥会心疼的。丫丫，千万记住，一定要等哥哥，我一定会回去的。

最后拥抱亲爱的奶妈，亲吻亲爱的丫丫。祝奶妈身体健康，祝丫丫学习进步。

日日夜夜想念你们的果果

哥哥的信，让我和奶妈难过得不能吃晚饭，我们想念哥哥，我们没法度过没有哥哥的最初阶段。这天晚上，我抹着泪水给哥哥写了回信，第二天就到县城给哥哥寄了信，我想让哥哥尽快看到我的信。

马上就要开学了，奶妈给我做了两套衣服，一套是白丝绸的，一套是黑丝绸的，上衣都是中式斜襟的，下衣都是西裤。同时做了两双粉红色的确良布鞋，一双有带的，一双松紧的。奶妈把我的长发放进清水中洗了又洗，把一个母亲全部的爱全部的情都融进去了。奶奶看着奶妈对我的精心照顾和无微不至的关怀，十分感动地说：我们丫丫虽然没有妈妈，但你奶妈对你的爱远远超出了亲生的妈妈。奶奶说：丫丫，现在果果和平平都走了，你成了你奶妈唯一的孩子，一定要好好亲奶妈，为奶妈养老送终。我说：我会的。我永远不离开奶奶和奶妈。

奶奶说：是的，到时候给丫丫找个倒插门的女婿来我们司家村住，一定不让丫丫离开我们。奶妈说：没有人会来我们这个小山村倒插门的。我说：我哥哥会回来的，我不要倒插门女婿，我要等哥哥回来。奶妈说：果果是你的哥哥，果果也会成家的。就是回来，也要娶个媳妇回来。我说：哥哥不会娶媳妇的。哥哥说他要和我们永远在一起。奶妈欲言又止，眼睛里充满了泪水。

奶妈也走了

再有两天就要开学了，我要用哥哥用过的小水桶把奶妈家和我们家的水缸挑满，不知道跌倒了多少次，洒掉了多少水，才挑满了我们两家的水缸。长这么大，哥哥承担了我们两家全部的力气活，哥哥从来不让我做什么，只是让我时刻跟在他的身边。我们虽然贫穷，我虽然是农村的孩子，但我的奶奶、奶妈和哥哥始终把我当作宝贝，特别是哥哥。可是，哥哥，如今你走了，你留下的一切事都要我来做。我一边在心里思念着哥哥，一边做着哥哥以前做过的事。

我挑最后一担水的时候，舅舅和弟弟来了。弟弟一看见我就扑过来，碰掉了我肩上的水桶。弟弟哭着说：姐姐，你的肩膀太小了，你挑不动水的。现在我回来了，让我挑吧。我认真地看了看小我三岁的弟弟，已经长得和我一般高了，而且比我结实多了。我说：姐姐能挑动，你还小，等你再长两岁再挑。舅舅也摸着我的头说：丫丫，你哥哥走了，家里的活就落在了你的肩上，真是难为你了。我说：我能行。舅舅你们先回家里吧，我奶妈在，我再去挑水。舅舅说：不用挑了丫丫，舅舅要带你们走，再也不让你和你奶妈受罪了。我说：舅舅要带我们走？舅舅说：是的。舅舅让他的司机把空桶挑着，拉着我和弟弟的手回到了奶妈家。

奶妈看到了舅舅和弟弟，又是一场撕心裂肺的痛哭。舅舅说：姐夫不在了，你们也不及时告诉我们，要不是果果给我写信，我还不知道出了这么大的事。现在果果也走了，我要带姐姐和丫丫回我们老家去，和我们一起生活。

奶妈说：我们不给你们添麻烦，果果走的时候，把什么都安排好了。我还年轻还能劳动，嫁给你姐夫快二十年了，我已经习惯了这里的生活。我要留下来守着你姐夫和我们的土地以及果园，陪着丫丫等果果和平平回来。

舅舅说：姐姐，平平的妈妈已经到了肺癌晚期，我们也需要你的帮助，平平的生活还需要你来照顾。就当是我求姐姐了，和我们一起回老家吧！把丫丫也带上，放寒假了，也让果果回我们那边。

奶妈听说舅妈病了，弟弟没人照顾，一下子愣在那里。我不知道说什么好，我舍不得奶妈，可是弟弟年龄还小，更需要奶妈。奶奶说：丫丫的奶妈去吧。我们家丫丫就不去了，要留下来和我在一起。舅舅说：丫丫不去，姐姐会难过的。再说我也可以供丫丫到大学毕业。

奶妈让舅舅先不要说什么，她要好好地想一想。这天晚上，奶妈没有让我回家，抱着我和弟弟一起流泪，手心手背都是肉，哥哥找到了妈妈，哥哥也大了，可是我没有找到妈妈，弟弟的妈妈也要不久于人世了。奶妈带上我走，奶奶怎么办？不和舅舅回老家去，弟弟怎么办？

可怜的奶妈为了我们三个不是她亲生的孩子，真是把泪水都流干了。

最后还是舅舅做主，把奶妈家的土地和果园都留给了奶爸的亲弟弟、我们的叔叔、司徒梅的爸爸。叔叔说：嫂子，你放心走吧。土地和果园我会给你好好照顾着，收入我给你寄过去也行，存起来也行。奶妈说：就供丫丫上学吧。叔叔说：也行。叔叔说：嫂子，你放心。丫丫，我也会对你像亲侄女一样照顾的。

舅妈那边没有人照顾，处理好家里的事后，天已经快黑了，但舅舅说非走不行了。啊，奶妈，前几天我们刚刚经历了一场生离死别。当年弟弟走的时候，我们的心就碎了，前几天哥哥走的时候，我们刚刚修复好的心又碎了。今天我的心又要碎一次了。奶妈，这次碎了，我的心还能修复好吗？

奶妈带着我和弟弟，还有舅舅来到奶爸的墓前，奶妈说：他爸，我要回老家去照顾平平，你就安息吧！保佑我们的丫丫。现在只有丫丫留下来陪你了，一定要照顾好我们的丫丫。总有一天，我和果果、平平都会回来的。我说：奶爸，你放心吧，我不会离开你。我要留在家里，等着奶妈和哥哥、弟弟回来，到时候我们一家人再团圆。弟弟也说：奶爸，我们一定会回来的。

奶妈上车前抱着我说：丫丫，我可怜的孩子，奶妈走了，现在就留下了你一个人，你一定要坚强起来。好女儿，不要再哭了，不要再流泪了。奶妈一定会回来的，你哥哥和弟弟也一定会回来。你一定要好好学习，照顾好自己。奶妈去了舅舅那里会给你打电话，你到了城里上学就有机会接奶妈打来的电话了。丫丫，原谅奶妈，要不是有你奶奶照顾你，奶妈一定会带你去舅舅家的。

我说：我知道。奶妈，我一定会坚强起来，好好学习，等奶妈和哥哥、弟弟回来。奶妈，不要忘了丫丫，不要忘记了在司家村还有一个女儿。

奶妈说：奶妈不会忘记丫丫的！

带着奶奶上高中

我是不幸的，刚生下来就被父母遗弃。但我是幸福的，因为我有亲爱的奶奶、奶妈和哥哥宠着爱着，有奶爸和弟弟亲着疼着，还有好友司徒芳和司徒梅。可是这一切只持续到我初中毕业。我原以为我会永远生活在爱的海洋中，没有想到这么快，这一切就灰飞烟灭了。先是司徒勇和司徒芳离开了我们，至今也没有消息。接着是舅舅带走了弟弟，我再也不能和弟弟在一起玩。接着是奶爸永远地离开了我们。接着又是哥哥的母亲带走了哥哥，我何时才能再见到哥哥？今天奶妈又要离开了，我们家就留下了我和奶奶。

亲人们，你们为什么都要离开我？你们不是说要和我永远在一起的吗？可是现在你们都走了，而且走的理由又那么充分，把我一个人留在这里，让我怎么活下去？你们走得太急了，你们为什么不走得拉开一点距离？让我慢慢适应一下离开你们的生活。你们真的是好残忍啊！让我一个人留下来承担这离别之苦。为什么就在奶爸去世后的这段短暂的时间里，哥哥的母亲也找来了，弟弟的妈妈也不行了，可是我的亲生父母呢？我的亲生父母为什么不来接我？

我的亲生父母是谁？你们为什么要把我带到这个世界上而又遗弃？

奶妈走后的这天晚上，我生病了，发烧说胡话。奶奶说：可怜的孩子，被一连串的离别给打倒了。发烧中的我叫着哥哥、叫着弟弟、叫着奶妈和奶爸，还有我的亲生父母，可是没有一个亲人来到我的身边，只有年迈的奶奶陪着我。

哥哥，如果你在，你一定背着我去看医生。哥哥，我好想你，我还能再见到你吗？哥哥，你还会回来吗？病中的我，特别想念哥哥，可是我们这里没有电话，也不能及时收到哥哥的信。

开学第三天了，尉迟老师等不到我去报到，便来到我们家，才知道我生病了。看到老师，我绝望地说：老师，我奶妈也走了，他们都不要我了，把我一个人留给了奶奶。老师难过地说：丫丫，别这样想，你哥哥和你奶妈都是迫不得已离开你的。别难过！还有老师和奶奶，马上又会有好多同学，你不会孤独的。起来吧，老师带你进城输点液就好了。学校已经开学，班里已经开始上课了。

我说：那我奶奶怎么办？哥哥在的时候早晨带着我去上学，晚上再带着我回来，现在哥哥走了，我以后再也不敢跑校了。

老师说：这些我都安排好了。我在学校附近给你和奶奶租了一间房子，我们这就带着奶奶去上学。我说：是吗？老师说：是的。老师说：房租也不贵，我已经帮你们预付了一年的房租。你们就放心地去住吧。我说：我们的秋粮和苹果还没有收回来。老师说：不怕的，我们周末和同学们一起回来收，然后拉到城里卖掉。我说：这行吗？老师说：没问题。奶奶有点舍不得离开司家村。但老师说：这只是暂时的，也是为了丫丫照顾奶奶方便，奶奶照顾丫丫方便。

表哥也在我们班里

开学进班后，我才知道我姑姑的大儿子、我的表哥也在我们班里。表哥看到我后高兴地说：丫丫，你也考进这所学校了？我说：是的。表哥在县城学校读的初中，表哥比我大一岁，个头也很高，看上去也很英俊。姑夫家单姓林，表哥叫林森。可能是表哥回去告诉了姑姑，姑姑这才跑到我和奶奶住的出租屋。姑姑看上去气色很好，听说姑夫最近又被提拔了。姑姑说：丫丫在县城读高中也好，不一定要去市里。在这里有什么情况，有她姑夫可以照应。奶奶说：丫丫只在这儿读书，不会有什么事的。姑姑说：那也不一定。不过关心丫丫的人还真不少，我本打算给丫丫交这个学期的学费，可听说她的班主任老师已经给交了，天下真有这样的好人。不过，丫丫，你一定要多个心眼儿，你的老师平白无故地给你交学费，可不是那么简单。

奶奶说：那有什么呀，我看丫丫的老师很好。我什么也没有说，心里觉得姑姑特烦。姑姑还在和奶奶说着什么，我就来到门外，表哥也一起出来了。表哥说：丫丫，你们住的这个房子太差了，还不如住在我们家。我家还有一间房子空着。我说：不用了，我觉得这里很好。表哥对随后出来的姑姑说：妈妈，就让外婆和表妹住在我们家吧。姑姑没有思想准备，看上去有点紧张，不知道该怎么回答表哥的话。奶奶急忙说：不用了，我们这里离学校很近，丫丫上学方便。再说丫丫的老师已经帮忙交了一年的房租。姑姑说：那就好，那就先住着吧！

由于没有哥哥，没有我们村的那几个同学，我在高中的新生班一点也感觉不到快乐。好在有老师，老师始终在关心着我的学习和生活。在确定新生班干部时，我被确定为学习委员。我说：我不想当。老师说：你在初中时就是学习委员，一直做得很好。我说：那是因为我哥哥是班长。老师说：丫丫，不要一直生活在过去，我们现在的班里有很多优秀的学生，他们都是全县的尖子生。我说：那也不能和哥哥相比。老师说：那是因为你哥哥对你太好的原因。丫丫，你要记住，哥哥是不能永远陪着妹妹的，人生的很多事都需要你一个人去应对的。我说：哥哥说他会永远照顾我的。老师说：但世事难料，你们现在不是已经分开了吗？果果现在在省城，不可能每时每刻都照顾到你。你一定要好好学习，学会照顾自己。我没有再说什么，泪水又流了下来。老师说：好了，好了，我们不说你哥哥了。慢慢一切都会好起来的。

我在初中的时候，除了数学不是太好外，其余各门功课都很好，特别是语文。可进了高中，由于想念哥哥和奶妈，第一学期我的成绩只在中游，老师着急地给哥哥写信。哥哥给我来信说：丫丫，我知道你在想哥哥和奶妈，哥哥也非常想你。但是你一定要振作起来，好好学习，只有考上我们理想中的同一所大学，你才能和哥哥在一起，知道吗？一定要好好学习，三年很快就会过去的。到了寒假，哥哥就回去了，然后带你去看奶妈。我给哥哥回信说：哥哥，我什么都明白，但就是想哥哥和奶妈想得不行。哥哥，你寒假一定要回来看我。

哥哥几乎每个星期都给我写一封信，倾诉对我的思念之情，要我好好学习，并把他的一些学习资料和书籍，以及凡是他觉得有用的东西都给我寄来。同时，把他的零用钱也给我寄来。我在信中告诉哥哥说：我和奶奶生活得很好，希望哥哥再不要给我寄钱了，一定不要因为节约用钱，把身体搞垮。哥哥说：不会的，我比过去胖了两斤，不信我给你寄张照片，并让我也给他寄张照片，看我瘦了没有。

哥哥走的时候，拿了我们两个人在一起的很多照片，还有我的初中毕业照，就是那张我穿着花布棉袄、扎着两条辫子、脸上稚气未脱的照片。还有一张奶妈抱着我，我正在哭着，而且嘴里含着自己的一个手指的照片。我也有哥哥的很多照片，每天晚上，我做完作业，都要拿出哥哥的照片，一张一张地看，一边看一边流泪。看完了就抱着哥哥的照片睡去，哥哥的每一张照片上都有我的泪痕。

哥哥，我们什么时候能再在一起学习，一起演奏，一起看太阳升起，一起看夕阳落下？

一张我窑背上拉二胡的照片

我对老师说：哥哥要一张我现在的照片。老师说：那你给他寄一张过去。我说：我想到奶妈家的窑背上，去照一张我在黄昏中拉二胡的照片给哥哥寄去。老师说：那好，周末我拿上照相机，和你一起回去照。我说：谢谢老师了。那师母去吗？老师说：你师母怀孕了，懒得动，就不去了。

哥哥和奶妈走后，我和奶奶几乎每周都回司家村。虽然村里的伯伯、叔叔帮助我们照看庄稼和果树，但我们每周还是会回去的。

这个周末，我和奶奶、老师一起回到了司家村。秋天已经结束了，地里的庄稼和果品都收回去了，但乡亲们还在地里一起做最后的收割和清理。我们是下午回去的，来到奶妈家的窑背上时，天是那么蓝、那么高，白色的云彩被晚霞罩上了金边。我穿着白色衣服，裤子宽宽大大，上衣小小巧巧，戴了一副银边的近视眼镜，披散着瀑布一样的长发，整个人看上去瘦瘦高高的，脸色苍白疲惫，眼神忧伤迷离。我轻轻地坐在了奶爸留下的石凳子上，刚开始给二胡定弦，泪水就涌了出来。

曾几何时，我和哥哥在这里演奏过无数次的《梁祝》，如今哥哥走了，就留下了我一个人，这首经典的曲子，我一个人还能演奏出那种荡气回肠、令人神往的境界吗？老师拿着照相机，对准了我。我早已忘记了我们是回来拍照片的。我一拿到二胡，手指碰到琴弦，琴声一响起我就哭了。

《梁祝》拉完了，我又接着拉《二泉映月》《江河水》《葬花吟》《枉凝眉》。我完全沉浸在了那种只有我和哥哥才拥有的心情和意境中，我觉得哥哥就在我的身边，我听到了哥哥的笛子声，我感觉到了哥哥的存在，还有司徒勇、司徒芳的歌声。我看到了奶妈、奶爸和弟弟。我终于哭得不能拉了，老师也哭了。

老师说：丫丫，我们再也不要拉这些曲子了。我们先把二胡放在奶妈的家里，等果果回来了，你们再一起演奏。我刚才给你照了十几张你拉二胡的照片，洗出来后，你挑一张寄给果果。我说：哦，但是老师，我想把二胡拿到城里，我想哥哥了就拉一会儿。这样就可以减轻我的思念之情了。老师说：你越这样越难以忘怀。丫丫，果果只是到省城去读书了，你想高兴一点不好吗？你难道不希望你的哥哥学成后成为国家的有用人才吗？为什么就不能让自己从那种悲伤的情怀中解脱出来呢？我说：老师，你没有这样的人生经历，你可能无法理解我们之间的这种感情。我们都是被遗弃的孩子，我们从小相依为命，我对哥哥的依恋超过了世界上的任何一个人。哥哥、奶妈和奶奶是我在这个世界最亲的亲人，特别是哥哥，给我的不仅仅是兄妹亲情。

老师说：我知道。但是我们也要面对现实。我觉得果果被他的母亲带走，情况相对要比和你奶妈在一起好一些。至于你，如果不是因为有奶奶，老师也会资助你和果果一起去省城上高中的。老师真的是不忍心看着你们分开，但是有些事情是不能以人的意志为转移的。丫丫，你现在这样想好吗？你想果果寒假就会回来，你们有一天会考进同一所大学，考进同一个班，又会每时每刻都在一起，又可以一起演奏《梁祝》了。

我在老师照的十几张照片中，选了一张背景是金色的晚霞，远山近景照得一片通亮，一身白衣、长发飘飘的我拉着二胡泪流满面的照片寄给了哥哥。

哥哥给我寄来的是一张他给我写信时的照片，背景是在一个漂亮的书房里，哥哥穿着白色圆领T恤，脖子上戴着一颗红豆，那是我送给哥哥的。哥哥的头发比过去长了一些，看上去更帅了，眼睛看着稿纸，眼中泪光闪烁，戴了一副很秀气的上边黑框下边没有框的近视眼镜。整个人看上去比过去瘦了一些，但更白净更刚毅了，鼻子还是那样笔直，嘴唇还是那样迷人。我知道哥哥是因为想我和奶妈才笑不出来。如果哥哥笑了，那是非常好看的，因为哥哥的牙齿洁白而整齐。哥哥的双手比在家里更白更细腻了，手指修长漂亮，右手拿着一支漂亮的钢笔，手腕上戴着一个木瓜仁做的手链，那也是我送给哥哥的。左手放在信纸上，手腕上戴着一块黑色手表。哥哥的照片比我的大，照片上还有一行字：给丫丫写信的果果。我把哥哥的照片放在床头，每天看着，心里觉得好过多了。

随着时间的推移，我想哥哥的心情变成了一种强烈的责任感和使命感，那就是我要用最好的成绩等哥哥回来，用最好的成绩和哥哥考进同一所大学。我的学习成绩突飞猛进，由二十多名，成为全班第一名、全校前三名。

等哥哥回来给我过生日

放寒假了，我急忙和奶奶回到司家村。每天我都来到奶妈家的窑背上等哥哥回来。可是一天天过去了，一直到腊月二十六日，哥哥还是没有回来。哥哥说好了回来给我过生日的。二十六日上午，我来到了奶妈家的窑背上，坐在石凳子上，任雪花落满了我的头发和衣裳。哥哥，今天是我的生日，学校已经放假了，可是你为什么还不回来？

我在心里呼唤着哥哥，泪水不由得又流了下来。正在这时，在省城读职业技术学校的司徒平提着一个大大的提包来到了我的身边。司徒平说，我哥哥不能回来了，给我捎回来了过年的新衣服和我爱吃的东西。我抓着司徒平的手，问我哥哥为什么不回来？司徒平说，果果说好了要回来的，但不知道为什么又不回来了。司徒平说：丫丫，不要问了。果果给你写信了，你自己看吧。

哥哥在信中说：丫丫，哥哥对不起你，原本说好我赶回去给你过生日，和你一起过年的，但是昨天接到妈妈这边舅舅的电话，说北京的外公病重了，临终前想见我一面。丫丫，没有想到问题会这样复杂化，我的父母都是北京人，大学毕业后支持边远山区，父母分手后母亲调到了省城。丫丫，我无法拒绝一个即将离世的老人的心愿。丫丫，别难过，如果外公没有什么大碍，我去见一下就赶回来和你一起过年。丫丫，别难过好吗？假期还有二十天，我一定会回去看你的。照顾好自己和奶奶，等哥哥回去。丫丫，明天是你的生日，我给你买的生日礼物是你喜欢的红色运动衣和白色运动鞋。哥哥祝你生日快乐，吻你！丫丫。

哥哥不能回来了，我好难过。奶妈也不能回来了，奶妈也给我捎回来了过年的新衣服和新鞋。但是奶妈、哥哥，我不要新衣服和新鞋，我要你们回来。

哥哥还给我捎回来了我最爱吃的柿饼和葡萄干。这年春节，是我有生以来过得最孤独的春节，除了奶奶，所有的亲人都离开了我。我最好的朋友司徒芳和司徒勇也没有回来。从正月初三开始，我就等着哥哥，一直等到正月十六。开学了，还没有等到哥哥，也没有收到哥哥的来信。

订婚戒指

在开学的那天下午，老师叫我说我哥哥打来了电话，在学校的办公室。我奔跑着来到学校办公室，接起哥哥的电话，还没有说话我就哭出了声，哥哥在那边也是声音哽咽。哥哥说：丫丫别哭，哥哥对不起你，没有在开学前赶回去看你。丫丫，好好听哥哥说话，我这边的情况又有了变化。我这次回到北京，舅舅和外公、外婆看到我后，特别喜欢我，他们说没有想到在农村长大的我是这样优秀。外公的病一下子好了很多，全家人在高兴之余，就悄悄地改变了我的命运。舅舅已给我和表妹联系好了新加坡的一所高中，让我们过去读。等我知道后已成定局，无论我怎么反对，还是无法改变那花了十几万元钱做成的决定。丫丫，我连回省城的机会也没有了，更没有办法回到我们老家去看你，去和你告别。奶奶那边我也是打了个电话。丫丫，哥哥对不起你。你别哭好吗？现在我的心里也是痛苦极了。你上学的事，我已经和老师说好了，老师答应我资助你读完高中。老师的情和钱，我将来会还的。丫丫，哥哥一定会回来的，你一定要等我。我到了那边会拼命学习，然后在周末和假期打工挣钱供你上学，明白了吗？哥哥到了那边会给你写信的。丫丫，不管哥哥走到哪里都会时刻想念你和牵挂你的。丫丫，你一定要等我回来。无论发生什么，你都要等我回来。丫丫，记得接到邮局的通知后，一定去取包裹，里面是我在北京给你买的《四大名著》，还有一枚白金戒指。丫丫，这是哥哥给你的订婚戒指。丫丫，我爱你，我要娶你为妻。你愿意吗？丫丫，告诉哥哥。

听了哥哥的话，我好激动好高兴，但我哭得说不出话来，哥哥着急地说：告诉我，丫丫，你愿意吗？这很重要，快告诉我，没时间了。我走之前必须确认了这一点，你爱我吗？我说：我愿意，我爱你。哥哥说：那就好！我知道你现在还小，我本来打算等你长大后再告诉你'我爱你'，但是，我现在要出国了，我怕我错过机会。所以，我走之前一定要告诉你，丫丫我爱你。你也爱我，那你就等着我，一定要等我，记住了吗？我说：我会等你！我会永远等你的，哥哥。哥哥说：太好了，丫丫，我走时你送给我的红豆项链和木瓜仁手链，就是你给我的定情物。哥哥会时刻戴着，永远戴着。丫丫，我们说好了，从现在起，我们只爱对方，永不变心。哥哥只爱丫丫，永不变心。我说：我也只爱哥哥，永不变心。哥哥最后说：丫丫，再叫一声哥哥。我说：哥哥！哥哥！哥哥！哥哥说：丫丫，一定要等着哥哥，再见了，我亲爱的丫丫。

就这样，我哥哥不但离开了我，离开了我们共同生活了十五年的小山村，离开了我们乡，离开了我们县，离开了我们省，而且离开了我们国家。我不知道哥哥这一去什么时间才能回来，是否还能回来。但哥哥说他给我寄来了订婚戒指，哥哥说他要娶我，会永远爱我。一周后，我真的收到了哥哥寄的《四大名著》和订婚戒指。

带着奶奶上大学

接下来的三年中，哥哥一直给我写信寄钱，和老师一起把我供到了高中毕业。这些年，奶妈又找了一个新奶爸，弟弟也考上了他们市的重点高中，哥哥考进了新加坡一所政法大学攻读法律，我也被我们市的一所师范大学录取。本来我的分数线达到了全国重点大学，但我年迈的奶奶和我们家的经济状况不允许我报考理想中的全国重点大学，只好就近读师大。这样，我就可以带上奶奶去读大学。

一直资助我的老师家也发生了变故，我的师母不知道什么原因患上了抑郁症，已经严重到生活不能自理，还要不时地到精神病院去治疗。我的英俊潇洒的老师一下子也苍老了许多，老师说师母一直认为老师是爱我的，说不定这就是她发病的原因。怪不得师母患病后，我每次去老师家，师母都用一种怀疑而尖锐的目光看着我，让我不寒而栗，后来我就再也不敢去帮助老师照顾小师弟和做家务活了。为此，我感到非常难过，如果不是老师的资助，我就不会顺利地读完高中考上大学，我真的太对不起老师和师母了。但无论我是多么牵挂和惦念老师、师母，我都不敢再去看他们。我上大学走的时候，老师来车站送我，给了我一千元钱，说：丫丫，对不起，老师不能完成果果的重托而全额资助你上大学了。我说：老师，不用了，这一千元钱我也不要，拿去给师母看病吧。老师说：师母的病怎么治疗都不见好。老师已经绝望了。我说：师母会好的。老师说：但愿吧！但是老师这一辈子是完了。我说：老师，你不要这样绝望，好吗？哥哥在信中说，他正在新加坡联系医院呢，如果说好了，让我们把师母送过去治疗。老师说：告诉果果，他现在正在上学，等他毕业了，有了条件，老师再接受他的帮助。

临上车的时候，我把那一千元钱放进了小师弟的口袋里，我告诉老师说：不要为我担心，我会拼命学习拿到最高的奖学金，然后星期天去做家教，一定会照顾好自己和奶奶的。老师的眼中噙满了泪水，老师说：丫丫，你们都是老师的好学生。果果在新加坡上了大学，司徒珍也考进了全国重点大学，司徒平职专毕业后也考进了职大，司徒梅师专毕业已参加了工作，司徒海也担任了司家村村委会主任。听说司徒芳和司徒勇在省城也发展得很好。我说：这都是老师的功劳。老师说：主要是你们自己优秀。

车开动后，我告诉老师我把那一千元放进了小师弟的口袋里，让老师收好。老师拿着钱追赶班车，但车快速地驶向了远方，我亲爱的老师和小师弟的样子变得越来越小，最后连同我亲爱的故乡一起消失在我的视野中。

表哥成了我的大学同学

一切的一切都不管我是否愿意而发生了，但使我最最不安的是，我表哥也报考了我所在的师范大学。表哥的分数也达到了全国重点，但他得知我报了师范大学后，也报了师范大学。这让姑姑恨死了我，姑姑知道表哥喜欢我后，先是极力反对，后是尽力成全，但奶奶说我和表哥是亲表兄妹不能结婚。姑姑竟然说我们没有血缘关系可以结婚，但奶奶就是不同意。后来奶奶说她不愿意霸道的姑姑做我的婆婆，这才是她反对的最重要的原因。奶奶说：其实，森儿也是个好孩子，他生性善良。奶奶怕姑姑欺负我，这想法正好给我做了挡箭牌。

我把奶奶带到师范大学去上学，在学校附近租了房子后，表哥经常过来帮我们做一些我们做不了的家务活，也常常留下来吃饭。表哥也常常帮我们交水费、电费，买米、买面、买煤，但从来不向我表达什么，而是默默地爱着我。因为表哥知道我还爱着哥哥，哥哥已经给了我订婚戒指，但表哥就是心甘情愿、一如既往地照顾着我和奶奶。

大学期间，我一边攻读自己的中文专业，一边兼修新闻专业。我的理想是做一名作家或记者。我的专业课和兼修课都取得了优异的成绩，但毕业后，我却无法留在市里工作，更无法应聘到外省外市的新闻单位，只好应聘到我们县的一所师范学校。这样我就可以回到我魂牵梦萦的故乡，就可以照顾我年迈的奶奶。

这期间我哥哥也从新加坡政法大学毕业，并取得了律师资格证。哥哥来信说，他很快就会回国回到我们的家乡。哥哥说：丫丫，一晃七年过去了，我们用思念和拼搏换来了即将到来的自由和重逢。丫丫，等着我，哥哥很快就回去了。

经过七年的磨砺和成长，我再也不是那个看不到哥哥就哭、想起哥哥就流泪的小女生了。我已经长大了，已经是一个有新闻和中文双文凭的大学生，一个师专学校的教师。我们虽然经历了漫长的等待和刻骨的思念，但我们还年轻，我虚岁才二十二，哥哥虚岁才二十五，我们还有很长很长的相处时间。

一起应聘到了师专学校

表哥本来可以留校，但最后还是和我一起回来了。

回到我们县后，奶奶说什么也不在县城居住了，一定要回到我们村住。奶奶说：丫丫，奶奶已经陪你在外面住了七年，现在奶奶已经快八十岁的人了，只想回到我们的老屋去住。我说：那我们就回去住吧，反正也不远。我们村离师专只有两里路，我骑自行车是没问题的。但表哥说回家的路上要上一个小坡，推着自行车往坡上走太累，坚持要用摩托车接送我，我不想让表哥受到更大的伤害，便向司徒梅借钱买了一辆摩托车。司徒梅从师专毕业后就留校任教了，并和我们初中的一个给县领导开车的同学结了婚，现在已经有了一个可爱的女儿。

有了摩托车后，从学校到家里的时间也就十来分钟，有时学校晚上有活动，表哥就送我回家。有一天晚上，表哥把我送回来后，踏着月色，我把表哥带到奶妈家的窑背上给他讲了我和哥哥的故事，表哥听后很感动。表哥说：我知道你很爱你的哥哥，但我也爱你。我想等你一段时间，我要看着你和你哥哥结了婚，才死心。我不知道说什么好，我从思念和等待哥哥的痛苦中，理解了表哥的心情。

但却要我一定等着他

一年以后，哥哥来信说他回国了。他舅舅已经在北京给他和他表妹联系好了工作单位，但他一定要回到我们这里，而舅舅同意他的条件是他和他表妹结婚。从当年哥哥的舅舅让哥哥和他表妹去新加坡上学，我就有一种预感，但我不敢对哥哥说。因为我深信哥哥像我爱他一样爱我。然而同在异乡七年，两人又都正值青春年华，而且我哥哥又是那么帅、那么善良。

哥哥当然不答应和他表妹结婚，但他表妹以死相逼。哥哥的舅舅就这么一个女儿，而且也是抱来的。天哪！为什么我们几个人都是这样的命运？我和哥哥没有血缘关系，哥哥和他表妹没有血缘关系，我和我表哥没有血缘关系，司徒勇和司徒芳也没有血缘关系。可是北京的舅舅和哥哥的妈妈能接受这对没有血缘关系的表兄妹结婚，为什么司徒勇和司徒芳的父亲就不能接受这对没有血缘关系的堂兄妹结婚？

哥哥痛苦万分地来信说：丫丫，没想到事情会是这样。当初我就不该认妈妈，不该回北京去看外公，更不该和表妹去新加坡上学。现在我该怎么办？丫丫，我告诉妈妈、舅舅和表妹说我已经订婚了，对象就是你。妈妈说当年她就看出来了，只是没想到我在外面的花花世界里过了七年还是没有忘记你。

哥哥的舅舅更是痛苦万分，劝哥哥放弃我，和他的女儿结婚。哥哥的表妹听了哥哥的话后，回忆和哥哥相处的七年，一下子明白了为什么哥哥平时对她的爱是那样的无动于衷。但她说她今生今世只爱哥哥一个人，如若不成，她就立刻去死，并于当天晚上喝大量安眠药自杀，如果不是抢救及时，早已命丧黄泉了。他们把哥哥逼上了绝路，哥哥想了三天三夜，最后决定和表妹结婚，但必须回到我们这里来照顾我。

哥哥回来了，但却带着嫂子

哥哥和嫂子调回县城工作了。哥哥和嫂子回来后不在城里住，一定要回到我们村的奶妈家住，哥哥每天开车带上我和嫂子去县城上班。曾几何时，我哥哥牵着我的手去上学，我们一起唱着、跳着、奔跑着去司家中学上学，从我们村出发，下了司家坡，过了司家河，向南走一千米是司家中学，向北走一千米就是县城。

如今，我等了八年的哥哥，却带着嫂子回来了。看到哥哥的那一刹那，我几乎晕了过去，我哥哥还是那样帅气，但细长的眼中充满了迷茫和痛苦。当着嫂子的面，哥哥紧紧地抱住我，声音哽咽，泪流满面。好久之后，哥哥才放开我，什么也没有说。就是为了能有机会抱抱我，能天天看见我，哥哥选择了婚姻，选择了回来。

所有知道我们过去的人都为我们感到惋惜，所有不知道我们过去的人们都羡慕我有这样一个优秀的哥哥和漂亮的嫂子。表哥见了哥哥后对我说：丫丫，你和你哥哥才是天生的一对，但是你哥哥已经结婚了。我明白表哥的意思，我对表哥说：但是我不会结婚。我能每天看到哥哥就心满意足了。

哥哥全身心地投入他从事的工作中，很快就在我们这里出了名。而嫂子呢，每天痛苦地注视着我和哥哥。嫂子对我说：丫丫，也许是我错了，你和你哥哥才是天生的一对，但我爱果果。我无言以对。

清明的时候，我和哥哥去给奶爸和爸爸上坟，没想到天竟然下起了大雨。哥哥把他的上衣脱下来给我披在身上，拉着我奔跑在雨雾之中，我们跑到小路旁的那个小窑洞中避雨。哥哥把披在我身上淋湿的衣服拿下来挂在外面的树上，然后把我紧紧抱在他的怀里。这是哥哥回来后，我们两个人第一次单独在一起。哥哥抚摸着我的长发和脸庞，我也摸着哥哥的下巴和脸庞。哥哥说：丫丫，哥哥对不起你。我什么也没有说，一直在哭泣。哥哥说：丫丫，我知道你心里难过，但哥哥的心里更难过。也许我的回来，是对你更大的伤害。但我就是想回来，就是想天天看到你，就是想抱抱你。我说：我知道，我也想天天看到哥哥。

不知什么时候，表哥和嫂子拿着雨伞来接我们了。我挣脱了哥哥的怀抱，奔出了小窑洞，奔在了大雨中，表哥拿着雨伞追着我，我的身后传来了嫂子哭打哥哥的声音。

这天回来后，我生病了。我觉得身心疲惫，心里好痛好痛，身体好累好累，好想这样永远睡去。奶奶心疼地叫着爸爸和奶爸的名字说：丫丫好意去给你们上坟，你们却把孩子淋成这样，淋得病了。你们怎么就不心疼你们的女儿呢？表哥说：外婆，不是这样的。外婆，表妹是心里难过。

哥哥听说我病了，来到我们家守着我，不回奶妈的家。我在昏睡中一直叫着哥哥。哥哥心疼地抱着我说：丫丫，哥哥就在你身边，你赶快好起来吧。奶奶说：果果，你知道吗？你走后，丫丫，每天晚上都在梦中叫你。八年了，我可怜的丫丫，几乎每天晚上都会叫着你而哭醒。哥哥说：我知道。奶奶，但我没有办法。如果我不和表妹结婚就回不来，就看不到你们，就不能和你们朝夕相处。奶奶说：你是回来了，但你不是一个人回来的。我们的丫丫怎么办？哥哥无言以对，唯有以泪相对。

我醒来后，奶奶已经睡着了，哥哥握着我的手也睡着了，不见了表哥和嫂子。我忙叫醒哥哥说：哥哥，嫂子呢？哥哥说：在家吧。我说：表哥呢？哥哥说：不知道。我说：哥哥，赶快回家去看看嫂子吧。哥哥说：不用了，我要守着你。

我说：我没事了，你去看一下嫂子吧。哥哥这才回奶妈家去看嫂子。不一会儿，哥哥就回来了，说嫂子不见了。我说：那怎么办？嫂子会去哪里呢？哥哥说：可能是回城里的家了。哥哥他们在城里有一套房子，只是哥哥不肯回去住。果然表哥打来手机说他陪嫂子回到了哥哥城里的家，让哥哥天亮后赶快回去。

奶奶离开了我

这年冬天，我亲爱的奶奶离开了我，八十岁的奶奶几乎没有生什么病就不行了。奶奶走的时候非常清醒，最放心不下的就是我。奶奶说：丫丫，奶奶要找你爷爷和你爸爸去了，就留下你一个人，奶奶不放心。我说：奶奶，我不让你走，你走了我怎么办？奶奶说：好孩子，奶奶也不想走，但奶奶的阳寿到了，非走不可了。现在回想起来，奶奶当年把你捡回来，也不知是对还是错。但是奶奶是非常爱你的，你是奶奶的乖孙女。我说：奶奶，你当年把我捡回来是对的，要不，这个世界上怎么会有我呢？

奶奶说：丫丫，你能这样想，奶奶就满足了。不管怎么样，奶奶还是非常感谢你，我们独孤家有了你就不会断香火了。丫丫，如果你将来有了孩子，让孩子姓我们家的姓好吗？我说：好的。如果我有了孩子，就一定姓我们家的姓，奶奶你放心吧，我会把我们独孤家的香火延续下去的。

奶奶说：这就好！这就好！丫丫，奶奶觉得森儿非常喜欢你。过去我不同意你和森儿，是怕你姑姑欺负你，再说我知道你在等果果。如今果果已经那样了，你也不小了，你就考虑一下森儿吧。我说：好的。奶奶说：如果你能和森儿成亲，那你姑姑也许会和你亲的，毕竟你姑姑和你爸爸是亲姐弟。我说：我知道，我会考虑表哥和我的亲事的。奶奶，你放心吧，我会幸福的。

奶奶最后把哥哥、嫂子和表哥都叫到跟前，拉着嫂子的手说：果果的媳妇，就让果果照顾丫丫吧，他们两个从小一起长大，和亲兄妹一样。嫂子说：我们会和丫丫亲的，你放心吧！奶奶。奶奶又拉住哥哥的手说：果果，奶奶走后，你就是丫丫唯一的亲人了，你一定要好好和丫丫亲，奶奶拜托你了。哥哥哭着说：奶奶，你放心吧，我会永远亲丫丫的。奶奶对表哥说：森儿，如果有可能，你就好好地照顾丫丫，丫丫虽然不是你舅舅的亲生女儿，但丫丫为我们独孤家撑起了门面。表哥说：外婆，你放心吧，我会好好照顾表妹的。奶奶最后把我抱在怀里说：我的丫丫，我可怜的丫丫，奶奶舍不得你，奶奶舍不得你。我哭着说：奶奶，奶奶，不要丢下丫丫，不要丢下丫丫。但我亲爱的奶奶还是离开了我，永远地离开了我。

奶奶！奶奶！我无数次哭晕在奶奶的灵前。没有了奶奶，我在这个世界上真正成了孤儿。我这个被父母遗弃的孩子，因为有了奶奶而长大成人。二十三年了，我几乎没有离开过奶奶，如今，我再也听不到奶奶叫我的声音了。奶奶给我起了无数个乳名，猫儿、狗儿、心肝宝贝，叫遍了人间各种乳名，但最终还是不知道叫我什么，才能表达她对我的宠爱之情。

奶奶去世后，一个月了，我还没有恢复过来。正好是寒假期间，我每天都踏着积雪来到奶奶的坟上哭泣。捡回我生命，把我养育成人的奶奶走了，我悲痛欲绝。哥哥每天下班回来都会到奶奶的坟前接我回家，有时哥哥把几乎冻僵了的我背回家，有时牵着我的手把我拉回家。每次进了村，就远远地看见表哥和嫂子在我们家的大门口等着。几乎麻木了的我，根本无法顾及嫂子的感受和表哥的心情。

再次演奏《梁祝》

新学期开学后，我决定搬回学校去住。啊，司家村，这个曾经收留了我、给了我快乐和幸福的小山村，已经没有了我的亲人。奶妈走了，哥哥结婚了，奶奶也去世了。哥哥不让我回学校去住，让我和他们住在一起。哥哥说不管嫂子接不接受我，他都要照顾我。我说：我回到学校，你们也回到县城的房子去住吧，这样上班也方便。哥哥说他真的好想住在奶妈的房子里，好想和我在一起。我说：哥哥，听话，回到城里你们好好过吧！

哥哥说：丫丫，在离开司家村之前，我们在奶妈家的窑背上再演奏一次《梁祝》，好吗？我说：好的。表哥和嫂子说：经常听你们说《梁祝》，就是没有听过。

又是一个黄昏时刻，我们又来到了奶妈家的窑背上，我们从小学到初中的八年中，不知道在这里演奏了多少次《梁祝》。但今天，我和哥哥都是大人了，而且对《梁祝》的向往也变成了泡影。现在我的哥哥只是我的哥哥，我们还能找到当年的那种感觉吗？现在的哥哥穿着一身检察官衣服，戴着一副漂亮的眼镜，脸还是那样的白净英俊，我几乎不敢认真地看一下哥哥。只要看到他修长的身影，我就心痛。只要听到他优美的声音，我就心痛。只要看到他深情的目光，我就心痛。

只要听到有人叫他的名字，我就心痛。只要接收到一点点有关他的信息，我就心痛。他是我身体中最敏感的那根神经，一碰，我就痛得不能活。我曾写了一篇题为《爱你，是一种说不出的痛》的小文给哥哥看，哥哥把这篇小文谱了曲子用吉他在我们初中同学聚会上唱了出来：

午夜心痛，噩梦惊醒，原来是梦见你跌入了雷池；黄昏心痛，惊掉魔笔，原来是看见你站在我的窗前；雨中心痛，惊飞雨伞，原来是听见你喊我的乳名；餐中心痛，惊乱食欲，原来是听说你在病中。爱你是一种说不出的痛，痛瞎了眼睛泪仍在流，明明知道你远在异国，却愣愣地在心里千呼万唤；爱你是一种说不出的痛，痛碎了心心仍不死，明明知道你已经没有了权利，却傻傻地等着你回来爱我；爱你是一种说不出的痛，痛断了肝肠情仍难断，明明知道你是哥哥，却痴痴地相信你是我的最爱；爱你是一种说不出的痛，痛迷了心智笔仍不辍，明明知道写这些只能让我们更加难过，却憨憨地写了一篇又一篇；爱你是一种说不出的痛，痛成了疾病志仍坚定，明明知道这病无药可救，却硬硬地不想改变初衷。爱你是一种说不出的痛，不能说的痛；每时每刻的痛，日夜不停的痛；万虫钻骨的痛，万箭穿心的痛；刻骨铭心的痛，至死不渝的痛；遥遥无期的痛，永永远远的痛。

我和哥哥以及所有的同学都哭了。老师说：果果，我没有想到会是这样的结局。丫丫一直在等你，等你等得好痛苦、好绝望，让人好心疼。哥哥说：我知道老师，我知道。哥哥拥抱着老师泪如雨下。

哥哥说他在外求学的七年中，根本不敢去碰笛子。有一次他想我时，想用笛子吹《梁祝》，可是一碰笛子就难过。后来无论他多么想我，都不敢再吹笛子。哥哥说他的笛子只有和我的二胡在一起演奏，他的心才不会痛。我也是，哥哥不在的八年中，因为那次要照一张拉二胡的照片给哥哥时，我刚开始拉就已经情难自抑心痛无比了，老师也不让我拉了。从此，我几乎不能再碰二胡。原以为我把二胡拿到城里、拿到学校，想哥哥的时候就拉一会儿，但是不能，我不能看到二胡，一看到二胡就心烦意乱，所以我上大学的时候，把二胡送回奶妈家，和哥哥的笛子放在了一起。我也是觉得我的二胡只有和哥哥的笛子在一起演奏，我的心才不会痛。

今天，我穿着奶妈给我做的中式黑色上衣和黑色西裤，长发披散下来，脸上挂着泪珠，我认为我们找不到当年的感觉了，可是当我一定弦、哥哥一定音，我们马上就进入了状态。我们一下子就回到了十二年前那个美丽的黄昏，十岁的我和十三岁的哥哥穿着黑白相间的衣服，在奶奶和奶妈的亲切注视中演奏《梁祝》的情景。我们回到了八年前，哥哥临走时，我们在哭声中演奏《梁祝》 的情景。我们还是独孤丫丫和欧阳果果，我们还是心心相印的手足兄妹，我们还是没有变心的我们，我们还是我们。我们泪流满面地演奏着，忘记了表哥和嫂子，忘记了整个世界。只有我们，只有我和哥哥，只有丫丫和果果。

我们的演奏又吸引了很多乡亲们，特别是那些婶婶大娘们，她们说：丫丫、果果，这么多年没有听你们演奏了，好想你们啊。小山村没有了你们的演奏的声音，好寂寞啊。你们小时候，我们村是多么的美好。如今，你们走了，司徒勇和司徒芳至今也没有回来过，司徒珍也出国留学去了，司徒梅也出嫁了，司徒平也做了总经理，司徒海也成了我们村的支书。大家发展得都很好，但是你们却都走了。你们走了，我们村就不再那么红火了，好怀念你们在村里的时候。特别是果果和丫丫，你们两个外姓的孩子，给我们带来了无限的快乐和希望。你们都是有良心的好孩子。果果在外学成回国，不留在北京和省城，却回到了我们县，回到我们这个小村来住，真是我们司家村的好儿子。丫丫也是，一个弱女子，却为奶奶养老送终，给独孤家顶门过继，延续了香火。我们知道，这次是你们在村里的最后一次演奏。因为你们的奶妈走了，丫丫的奶奶也去世了，你们可能不会再回来了。我们说：我们会回来的，我们永远是司家村的孩子。

嫂子说她从来没有见过这么让人心碎的演奏。嫂子说：丫丫，我永远也不会成为果果的最爱。因为我和果果之间，没有这十八年的共同回忆，而这十八年才是你们人生中最宝贵最美好的时光。

表哥说，他根本没有资格等到我心死，并且说我爱哥哥的心永远不会死。感动万分、难过万分的表哥报考了公务员，被录用到市政府办公室工作。临走时，表哥说：丫丫，我爱你，但我不想成为你的压力和负担。我走了，你要多保重。我第一次拥抱了跟随了我八年之久的表哥。我们高中同学三年，大学同学四年，又在同校任教一年。按说，表哥才是我最理想的人生伴侣，他是那样爱我，又是那么出色和优秀，但我就是不能从爱哥哥的情绪中解脱出来。我不能！真的不能！嫂子也是，嫂子对我说：丫丫，对不起！我和你一样不能从爱果果的情绪中自拔出来。老天爷为什么要创造了我和你，而不创造两个果果让我们去爱？我说：嫂子，你好好爱哥哥吧！我只要能远远地看着哥哥就行。

哥哥说，谁也别想剥夺他爱我的权利，谁也别想阻止我们之间的爱。我们虽然不能生活在一起，但我们的心在一起。哥哥和嫂子一起过着，我一个人过着，但我一点也不觉得委屈，因为我爱着哥哥。哥哥为了每天能看见我，又在我们学校附近买了一栋二层楼房。后来，我为了能更清楚地看见哥哥，就在哥哥家对面的小山坡上买了一个美丽而有诗意的小木房子。我把小木房子装修得像宫殿一样，我可以天天看见出出进进的哥哥。几乎每个黄昏下班回来后，我都要坐在小木房子前拉《梁祝》，如果这个时刻哥哥也回来了，那么我们就会合奏一曲。我在山上拉二胡，哥哥站在阳台上吹笛子，回响在天空中的《梁祝》，滋润着我们的心。这种经典的爱情方式，让我们的心似乎不那么痛了。

只留下我一个人

这年腊月二十日，哥哥的舅舅突然打电话说哥哥的母亲病重，正在北京治疗，让哥哥和嫂子赶快回北京。哥哥走时说：丫丫，如果我妈病得不厉害，我一定在春节前赶回来陪你过年。丫丫，别难过，哥哥一到北京就给你打电话。我说知道了。哥哥回到北京的第二天给我打电话说他妈妈去世了，他春节前不能回来了。我说：我没事，哥哥你要节哀。哥哥说他会尽快料理完他母亲的后事，而赶回来的。我说：不用，你安心留在北京吧。

奶奶去世了，哥哥又走了，小城又留下了我一个人。我知道在今后的岁月中，哥哥会因为许多原因回北京的，我也会有无数个日子没有哥哥陪，要自己一个人过。学校也放假了，哥哥的黑色大门也被上了锁，哥哥家的阳台上也没有了哥哥的身影，我也不敢再去碰二胡了。于是我给哥哥发短信：哥哥，新年的钟声响了。我好想你。我来到院子里向着北方为你祝福。你听到我的祝福了吗？哥哥，妈妈没了，你不要太难过。你还有丫丫，还有奶妈，我和奶妈是你最亲的亲人。我们会永远亲你爱你的。

哥哥回短信说：丫丫，我在阳台上听到了你祝福的声音。哥哥也祝福你，新年快乐。好好听话，等哥哥回去。

除夕的晚上，我在安静的院子里站了许久，把我要对哥哥说的话说了很多遍才回到房中。我觉得很累，在沙发上躺了好久之后，我才想起这个时候全中国人在吃年夜饭，于是我想我也该吃年夜饭了。我在冰箱里什么也没有找到，偌大的一个冰箱，只有哥哥在时给我蒸的馒头和几袋榨菜。

望着空荡荡的厨房，我有点无奈，后来在冰箱旁的一个纸箱里找到一瓶汾酒。后来我就着葡萄干，生生地把一瓶汾酒喝完，然后抱着酒瓶倒在了沙发上。

我醒来的时候，已是初一下午五时左右。我是被冻醒的，原来我倒下的时候，什么东西也没有盖。

我爬起来走到院子里，只见天灰蒙蒙的，没有一点新年的气象。我感觉，就是因为没有哥哥，天空才这样灰蒙蒙的。

泪水不知什么时候流了下来

初二早晨醒来时，天还没有大亮。怎么这么早就醒了呢？我有点难过。这么早醒了，这一天怎么过？我闭上眼睛，让自己想一些和哥哥在一起的美好回忆，以便让自己继续入睡，可是越想就越想哥哥，越不能睡，后来就哭了：哥哥，你什么时候回来？

起床后，我站在屋里，不知道该做什么，走到院子里，又站了一会儿，也不知道该做什么。看看天空依旧灰蒙蒙的，屋前的小山上也是灰蒙蒙的，只有小山上的那棵大树仿佛还有一点活力。返回屋里，我穿上了黑色的风衣，戴上了棕色的近视眼镜，拿了一根木棍拄着准备出发时，我在墙上的镜子中看到了自己的模样：飘至腰际的长发披散着，眼镜后面的目光迷离着，又宽又大的风衣沉思着。蓦地，我想起了《西游记后传》中的无天。我怎么会有这样的想法，我怎么会像无天呢？我曾经是一个多么美丽的女孩，就因为我想哥哥才成了现在的样子。

我拄着木棍爬上了屋前的小山，来到了那棵在我家的院子里能看见的大树下。平时我常常在这棵大树下静坐，但从来没有想过它是一棵什么树。今天有空想它是什么树了，却因为还没有发芽长叶，单凭它黑色的树干和树枝，我无法认出它是一棵什么树。

我像平常一样靠着大树坐在地上，大树下有一个小小的墓堆，墓堆前有一个小小的墓碑，墓碑上写着“愚弟修生之墓”。听说这个叫修生的书生是因为读书读傻了不懂得吃饭而饿死的，这个墓碑是他哥哥为他立的。他的家在小城是个大户人家，父亲留下了万贯家产，但他不爱钱只爱书，整天抱着书读，最后为书而死。每每来到修生的墓前，我都要抚摸着他的墓堆感慨一番。

我背靠着大树，手抚摸着修生的墓堆，目光迷离地望着小城东南角哥哥家的那扇黑色大门。那是一个让我活下去的大门。曾几何时，我就是为了天天能在这扇大门里看到哥哥，才买下了这个半山腰的小木房子。

我的泪水不知什么时候流了下来，其实此时的我并没有感到很难过，因为我知道哥哥快回来了，可是泪水却流了下来。泪水是慢慢地顺着两腮流下来的，无声无息，把风衣的大翻领滴湿了一片。我不知道此时的我是为什么，是为谁而流泪，是为奶奶？是为爸爸？是为奶爸？是为奶妈和弟弟？还是为那没有见过面的亲生父母？还是为我亲爱的哥哥？还是为孤苦伶仃的我？

我把一天的感受发给哥哥后，哥哥给我回信说：丫丫，不要一个人去修生墓前流泪了，哥哥要心疼死了。丫丫，你不是孤苦伶仃的一个人。你有深爱你的哥哥，还有奶妈和弟弟。我们会永远爱你的。你不要绝望，你要等哥哥，我一定会回到你身边的。

没有等到哥哥

初三看了一天书，我觉得好累好累，便来到大门外的小路上散步。这是一条晴天尘土飞扬、雨天满是泥泞的小路。一年前，当我义无反顾地买下这个半山腰的小木房子时，就注定要和这条小土路相依为命了。

站在小路的这端，我能清楚地看见小城的全貌，但每每来到小路上，却并不是看那与已无关的小城，而是渴望小路的那端能突然出现我亲爱的哥哥。

此时，正是黄昏时刻，我没有注意西面天边是否有晚霞，只觉得天空和我的心情一样灰蒙蒙的。曾几何时，我在这条小路上散步或等待时，我的心中会充满强烈的痛感。而今天的我却什么感觉也没有。

我傻傻地站在小路的这头，黄昏的寒风吹拂着我的飘飘长发，吹动着我的宽大风衣。我两手插在风衣的口袋里，目光迷离地注视着小路的那端。小路的那端是小城的最高学府，一座现代化的师专学校，也就是我任教的那所学校。小路到了师专学校的围墙边就消失了，由宽阔的柏油马路延伸到小城。每当我走过柏油马路来到小路上时，就有一种被爱的感觉，这种感觉一直滋润着我的生命。我不知道为什么要把自己的生命和这样一条不起眼的小路以及这半山腰的小木房联系在一起，我也不知道为什么要选择这样的生存环境来演绎自己的人生。

我痴痴地站在小路的这端不忍离去，天渐渐地暗了下来，小路那端的柏油马路上亮起了路灯。师专学校放假了，偌大的一个学校没有一点声息。

我等待着，多少次的等待，我已经习惯了等待的熬煎、等待的痛苦和等待的残酷无情。

我继续等待着，在天空完全黑下来的时候，我仿佛看见小路那端的路灯下出现了一个模糊的人影疾步向我走来。我知道是哥哥，因为我的心剧烈痛了起来，为什么恰在此时我心痛不已呢？因为我几乎感觉到了哥哥的呼吸，感觉到哥哥用手指撩起了我披散在脸上的长发。因为我爱得太累，等得太苦了。此时此刻，我什么也不想说，只想在哥哥的胸前嘤嘤哭泣，但我展开双臂拥抱的只是漆黑的夜。哥哥，你什么时候回来？我好想你！

哥哥给我回短信说：丫丫，我知道你想哥哥，但这边的事完不了，哥哥一下子回不去。丫丫，不要一个人到小路上等哥哥了好吗？哥哥会回去的！很快就会回去的！

究竟是这个世界出了毛病，还是我出了毛病

我只是三天没有见人，但我觉得好像从来就是我一个人一样。我一直在追求一种深刻的孤独，但当这种孤独到来时，我竟然有点不知所措。

初四早晨起来，天空飘落着轻盈的雪花，展现给我的又是一个无声无息的世界。人都做什么去了？怎么一个年过得人都没有了踪影？无论是从小山上的大树下向小城遥望，还是在小路上散步等待，我都没有看见一个人、遇到一个人，我真的怀疑这个世界上是不是只留下了我一个人了。

站在纷纷扬扬的雪中，我把迷离的目光投向四周的旷野，我竟然什么也没有看见。我走出院子，来到小路上，向小路的那端望了望，依然什么也没有看见。于是我转过身来看我的院子，蓦地发现它很像一个童话，特别是那个雪中的小木房子。小木房子是用一根一根的圆木建起来的，圆木的树皮也没有去掉，看上去让人浮想联翩。小木房子由两间组成，外间一半做了客厅，放了一个沙发和一台电视机；一半做了厨房，放了电冰箱和电饭锅。里间的东西两壁放了哥哥给我买的和房顶一样高的八个书橱，北墙下放了一个宽大的木床，南边临窗放了一个硕大的写字台。在这个房间里，无论是书橱，还是写字台，还是床上，都堆满了书。写字台上还挤放了一台旧式录音机，我写东西的时候，录音机里会飘着我和哥哥

演奏的凄凄惨惨的《梁祝》，这个悲凉伤情的曲子，仿佛是我生命的一部分，一直伴随着我。

累了的时候，我抑或是在床上的书堆中找个空间躺一会儿，抑或是端一杯白开水，静静地注视着这个书的世界。这个时候，我会想余秋雨和他的书房以及他的藏书，甚至想他是否也爱过一个和他没有血缘关系的妹妹?

雪纷纷扬扬地飘着，我继续注视着我的院子。院子四周的围墙参差不齐地倒塌了，给人一种极强的废墟感。我在废墟般的院子里徘徊了一会儿，又回到屋中，先坐在写字台前望了一会儿雪花，觉得没有什么意思。心里只想给哥哥写信，告诉哥哥，我是多么想他。给哥哥的信写好了，我又不知道去做什么。那就读一本书吧，可我翻了屋里很多的书，也没有找到一本适合我此时读的书。余秋雨也乏味了，因为余秋雨给我展示的只是一个学者的余秋雨，仙化了的余秋雨。我想知道的是书房外的余秋雨、痛苦中的余秋雨、孤独中的余秋雨和正在爱着的余秋雨。

没有书看，那就休息一会儿吧。移开床边的书，我躺到床上，望着房顶一根一根的圆木，对那些排列组合的极其严密的圆木，我已经看得太久了，再也看不出新意了。于是我决定想除了哥哥的另外一个人，可是想谁呢？谁也想不起来。那就睡吧，可怎么也睡不着。一直折腾到下午，我无法忍受了，我觉得我首先要明白我究竟是怎么啦？这个世界究竟怎么啦？怎么连一个人也没有？连一个电话也没有？究竟是这个世界出了毛病，还是我出了毛病？这么一想吓了我一跳。于是我决定给哥哥打电话，但我不知道哥哥是不是在给他妈妈守灵，我们说好了这几天不打电话的，我们说好了哥哥每天晚上看我给他的短信，然后给我回短信的。可是，我想哥哥想得要发疯了。我该怎么办？哥哥，快回来吧！哥哥，只要我每天都能看见你，我就不会发疯了。

哥哥给我回短信说：丫丫，你不要一个人待在家里写东西和想哥哥了，去找司徒梅和司徒海他们玩吧！这样下去，你真的会病的。听话，哥哥很快就回去了。吻你，丫丫！

可是哥哥，只有想你爱你，才是我最喜欢做的事。初五这天，我吃了好几片安眠药让自己睡觉，我想最好是一觉醒来哥哥就回来了，可是没有梦的觉说醒就醒了。

不敢继续留在山上，也不敢下山回家

初六下午我醒来后已经是下午五点多了，哥哥依然没有回来。干脆就这么躺着吧，起来也是个麻烦，书也不想看了，文章也不想写了。那就想事吧，想了一会儿同样没边没沿。望了一会儿屋顶，也没有感觉。还是起床吧，这么烦，怎么办？哥哥让我去找司徒梅和司徒海，可是他们都不在小城，我再没有地方可去。因为爱哥哥，我在小城几乎没有朋友，我把爱全给了哥哥，我不知道怎样去面对任何一个对我有好感的男人。

还是起床吧，这么烦，怎么办？在屋里转悠了一会儿还是感觉很无聊。在院子里转悠了一会儿仍然无聊，蒸了个冻馒头也没胃口。干脆上山吧，于是我又穿上风衣，拿了袖珍录音机和几盘磁带，以及一瓶汾酒和葡萄干。先在小路上站了一会儿，心想这时小路上能走来一个人，那我就邀请这个人和我一醉方休，无论他是不是我要等的那个人，可是路上静悄悄的，没有一个人。

来到小山上的大树下，我先给修生倒了一杯酒，然后把录音机的音量放大，坐在大树下一边吃葡萄干，一边喝酒，一边听着《梁祝》，时不时把目光投向哥哥家的黑色大门，但我知道哥哥今天不会回来了。于是就认真地喝起酒来，就这样，我也不知道什么时候把这瓶酒喝完，也不知道什么时候头枕在修生的墓堆上睡了过去。直到一阵寒风吹过我的面额，脸上落下冰冰的雪花，我才醒过来。睁开眼睛，天空一片漆黑，我不知道现在是什么时辰，我不明白自己在什么地方，摸摸身下是一堆土，爬起来一看，山脚下的小城灯火通明。我这才明白，原来我醉倒在了小山上的大树下，头枕着修生的墓堆。这一明白不得了，我怎么睡在墓堆上呢？我是极胆小的，怎么和一个孤魂野鬼睡在一起？在手腕的夜光表上，我看到时针指向晚上七点多，这就是说我已经在这里睡了一个多小时了。我惊出了一身冷汗，却不知道该怎么办。我紧紧地靠在大树上。

此时的我既不敢继续留在山上，也不敢下山回家。我把头深深地埋在风衣中，怕得在心中哭泣着不敢出声。哥哥，我好害怕。哥哥，快来救我。正在这时，我的手机响了，是哥哥打来的。哥哥问我在哪里。我说我在山上的大树下，我说我害怕不敢动。哥哥说：丫丫，别怕，哥哥回来了。你不要动，哥哥去接你。没想到哥哥真的回来了。哥哥用手机照着亮找到了我，哥哥心疼地把几乎吓晕的我抱在怀里，好久好久之后，哥哥又把我背回家。

哥哥让时间倒回到除夕的夜晚

哥哥穿着黑衣服，整个人看上去庄重严肃，我知道哥哥又经历了一场生离死别。哥哥说他刚到北京，刚到他妈妈的病房，他妈妈就不行了。哥哥说他妈妈对他说的最后一句话，就是不该把哥哥和我分开。

这次嫂子比哥哥晚回来两天，哥哥一回来就奔过我们两家之间的那条小路，来到我的小木房子，可是却找不到我。哥哥说他吓坏了，以为我怎么了，没想到我会在小山上。哥哥把我放在床上，给我盖上被子抱住我说：丫丫，不要再这样任性好吗？如果不是哥哥回来，今天晚上你怎么办？万一你有个闪失，哥哥怎么办？妈妈也离开了我，奶奶后来也嫁了，如果你发生点什么，我就成了真正的孤儿了。我说：哥哥，你还有亲生父亲。哥哥说他父亲果然不要他了。哥哥说：丫丫，在这个世界上，你是我唯一的亲人了。我说：哥哥也是我唯一的亲人。哥哥说：但是哥哥对不起你，又让你一个人过年了。我说：没事，我只求能经常看见哥哥，只求有机会让哥哥抱抱。哥哥说：丫丫，就这样让哥哥抱着你。我说：嗯！哥哥说：丫丫，哥哥好想永远这样抱着你。我说：我也好想永远这样让哥哥抱着。

哥哥看到冰箱里什么也没有了，就心疼地说：我就知道，你什么也没有做着吃。我说我不喜欢做饭。哥哥说：丫丫，你已经长大了，已经是一个二十四岁的大姑娘了，怎么就不会照顾自己呢？现在这个状况，哥哥又不能每时每刻都在你身边。我说：我知道，但是哥哥不在，我就是什么也不想吃。哥哥说：那就是哥哥在，也不能每顿饭都和你一起吃。我说：我只要远远地看见哥哥，就能吃下饭了。哥哥说：傻丫头，都是奶奶、奶妈和哥哥把你宠坏了。

哥哥拉着我跑到师专学校边的超市买了很多东西，回来后对我说：丫丫，我们再过一次年吧！我说：好的。于是哥哥先给我们做除夕的中午饭，我们这里叫接年饭，哥哥做的是羊肉臊子面。我好久没有吃哥哥做的饭了。哥哥说：如果我每天都给你做饭，你一定会成为一个胖姑娘。我说：我宁愿成为一个胖姑娘，也想吃哥哥做的饭。哥哥，我们小时候不是说好了，你会永远给我做饭吃的。哥哥听了我的话，放下筷子不吃饭了，把双手枕在脑后，躺在床上也不说话，眼角的泪不停地流着。我来到哥哥的身边，用手指抹着哥哥眼角不断涌出的泪珠，哥哥就势把我拥在他的胸前，用手拍打着我的头，然后又把我深深地抱在他的怀里。哥哥用无言的拥抱告诉我，他是多么爱我，而我们又不能生活在一起。我说：哥哥，别难过了，这样很好，感谢嫂子给我们这样的机会。哥哥说：是啊。说着猛地抱起我放在椅子上说：丫丫，我们继续吃饭。我说：好的。

哥哥说：吃完饭，我们开始包饺子。我说：好的。到了晚上，哥哥炒了一盘我们喜欢吃的土豆丝，开了一瓶汾酒说：我们一醉方休好吗？丫丫。我说：好的。哥哥说：我们一人一半，谁也不能耍赖。我说：好的。哥哥说他在北京的除夕夜里先把自己灌醉，他不敢让自己清醒着，他怕他会痛苦死的，没有了妈妈，又不能和我在一起。当然嫂子会理解他，所以哥哥醉酒后哭着叫我的名字时，哥哥的舅舅问嫂子：丫丫是谁？嫂子说是哥哥在老家的妹妹。哥哥的舅舅说，要知道果果这么难过，你们就该把丫丫带到北京来过年。嫂子说：是啊是啊。哥哥的舅舅说明年回来过年，你们就把丫丫带回来，不要让果果这样难过。嫂子说：知道了。

零点时分，哥哥在小木房子前点燃了各种烟花，烟花放完了，我们也累了。我们在月色朦胧的夜晚，相依着坐在小木房子前，好久好久，直到我在哥哥的怀里睡着了，哥哥才把我抱回家放在床上，像小时候一样，哥哥睡在我的身边，看着我睡觉。哥哥说他好想这样永远守着我。

正月初七，哥哥开车带着我回到了司家村，我们给奶奶、奶爸和爸爸上过坟后，来到我们小时候玩过的地方，完全像小时候一样玩了一天。晚上回到司徒勇家吃饭时，司徒勇的妈妈说：你们怎么浑身都是泥土呢？哥哥说：好久没有和丫丫在咱们村里玩了，今天可玩好了。只是婶婶，为什么我们村的人这样少呢？司徒勇的妈妈说：你们小时候的伙伴就留下了司徒海一个人了，但他家也在城里买下了房子，平时也住在城里，村里就留下了我们一些老年人，一是要照看果园，再是不想在城里住。我们问司徒勇他们的情况时，司徒勇的妈妈又流泪了，她说司徒勇和司徒芳一直没有回来。哥哥说：时间这么久，他们为什么还不敢回来呢？司徒勇的妈妈说：他们私奔惹怒了三叔和太爷们，他们扬言两个孩子回来，一定要接受家法处置，决不轻饶，要让他们还清这十几年给司徒家族带来的耻辱。我们好气愤，但我们不想表现出什么来，只能安慰司徒勇的妈妈说司徒勇他们肯定没事，早晚会回来的，现在太爷已经去世了，三叔的势力也减弱了。司徒勇的妈妈说：是啊，但愿勇勇和芳芳能早日回家看看。

在小城找不到哥哥了

这年的春天，我接了一个写书的任务，是给我们这里的一位农村党支部书记写传记。哥哥觉得我一边教书一边写书太累了，但我想写，一是有一些收入，更主要的是有机会出书。因为要不断地到老支书的村里去采访和调查，所以只要周末的时候哥哥有空，我们就去村里。这年十月的一个周末，我和哥哥说好了第二天下乡去，可是第二天起来一看，天下雪了。我正在犹豫该不该去时，哥哥已经来接我了。我坐在哥哥温暖的车里，望着车外纷纷扬扬的雪花，心想：雪，下吧，好好下吧，下得再大一些，这样我和哥哥就不用回来了。果然雪下大了，整个世界白茫茫一片，路上没有一辆车、一个人，只有哥哥的车在缓缓行驶着。快到紫荆山庄时哥哥接了一个电话，是哥哥的单位让哥哥去参加一个会议。我一听就特别难过，到了紫荆山庄村外，哥哥对我说：丫丫，你一个人进去吧，哥哥必须马上返回城里开会。我说：哥哥，进村吃了饭再走吧。哥哥说：不了，丫丫听话。我会给你打电话的，会来接你的。我再也无话可说，我拿笔在哥哥的手心里写道：紫荆山高三千丈，不如哥哥送我情。哥哥把我拥在胸前抱了一会儿说：哥哥走了。哥哥的黑色车子消失在茫茫的雪中，我一直站在紫荆山庄村外的路上整整一个上午都没有进去。

到了这年寒假，收集采访的任务基本结束。我想在假期把初稿写出来，但必须是每天能看到哥哥，这样我才可以安心写书。每天早晨，我看着哥哥开车去上班了，就安心地坐下来写书。每天傍晚，写累了，我就来到院子里拉二胡，这个时候哥哥回来了就吹笛子，告诉我，他回来了，他爱我，让我安心写书。星期天哥哥过来给我做好吃的，给我打扫家里。终于在这个假期，我把初稿写了起来。

第二年春天，我开始写第二稿，哥哥还是如此。可是不久后的一天，我早晨起来没有看到哥哥，只见哥哥家的大门紧闭着，看不清有没有上锁。傍晚我拉《梁祝》时，也没有听到哥哥的笛子声。我和哥哥约定为了不让嫂子难过，我们在家的时候从来不打电话，不在网上聊天，也不背着嫂子见面，所以我一直煎熬到第二天。可是第二天依然没有看到哥哥出来，傍晚依然没有听到哥哥的笛声。这天是星期天，我写得很辛苦、很累、很闷、很痛苦，也很迷茫。不知道为什么，我常常停下笔来，在屋里踱来踱去，不知道自己在做什么，不知道自己要做什么，想想，也没有什么要紧的事困扰自己，可为什么就是不能安心写作？想来想去是因为没有哥哥的消息。上午，我再一次打哥哥办公室的电话，还是欠费，手机还是关机。下午三时，我又一次打哥哥办公室的电话，仍然是欠费，而手机却通了，但很快又不在服务区了。我想可能是哥哥去办什么重要的案子了。于是我又开始写作了，可写到十八点三十分，我又写不下去了。我太累了，我很想和人说说话，但是我不想和别人说话，只想听听哥哥的声音。我便来到院子拉二胡，可是哥哥还是没有回音。这么说，哥哥真的不在小城了。放下二胡，我的心在隐隐作痛。是啊是啊，有时候我们在书里或电影、电视里看到一些人近在咫尺却不能相见，无法知道对方的状况时，便想打一个电话或问一个人，不就可以知道对方的状况了吗？为什么不去问、不去打电话，而要在等待中煎熬，在煎熬中痛苦，在痛苦中绝望，在绝望中发疯？

原来自己也是如此。上午的时候，我就应该把哥哥的手机打通，确认一下哥哥在哪里。老以为只要哥哥的手机开着，哥哥就安全，没有想到哥哥真的不在小城了。我胡思乱想一夜没睡。

哥哥，你回来了吗？你怎么了？我好害怕。两天过去了，哥哥的手机仍然无法接通，哥哥办公室的电话仍然欠费，哥哥家的电话仍然没人接，嫂子的手机也打不通。我想，嫂子一定和哥哥在一起，哥哥一定不会有事的。

可是随着窗外沙尘暴的降临，我的心又陡然揪紧。哥哥现在在哪里？是不是病了？要不哥哥怎么会不给我打电话呢？

天公仿佛要把整个黄土高坡掀起来又抛向地球。哥哥，我感到呼吸困难，心情压抑。

坐在写字台前，望着黄尘滚滚的窗外，我真的很想知道哥哥在哪里。哥哥冷吗？哥哥的衣服上有沙尘吗？哥哥那么爱干净。

哥哥办公室的电话依然欠费，哥哥家里的电话依然没人接，哥哥和嫂子的手机依然无法接通。哥哥，你怎么啦？不！不！你一定要好好地活着。你知道我是负有使命的，听不到你的声音，看不到你的身影，我就无法完成这个使命。知道吗哥哥？想你的分分秒秒，和你在一起的分分秒秒，都是我生命的奇迹、人生的财富，所以你一定要没事。

沙尘暴过去了，蓝天、白云、红日，让我觉得好过了一点，只是我不知道哥哥的消息，就无法进行写作，我再也不敢打哥哥的那几个电话了。这两天，哥哥的那几个电话传递给我的全是让我绝望至极的感觉，哥哥所有的电话都在告诉我，哥哥不在这个世界了，哥哥一定有状况发生了。

哥哥，千万不要有什么改变，我要原来的你，我要健康的你。现在夜已经很深了，我知道，我今夜是无法知道你的消息了。明天，我一定要找到你。

我决定不再打电话，我要亲自去找哥哥。这几天，我一直打电话，一直在哥哥家的大门外等，就没有想到要去哥哥的单位问一下。我来到哥哥的单位一问，才知道哥哥在去外省调查案子的途中遇到了车祸，现在在那里治伤。单位通知了嫂子，嫂子没有告诉我。

天哪！我一阵眩晕，好半天也分不清东南西北。

我不知道我是怎么走回家的。我觉得我不行了，我要好好地睡一觉，然后再想想这几天究竟发生了什么。

睡了整整一天后，我醒了，觉得心神安宁多了，于是我接上睡觉前的思路，确认了一下哥哥单位那个人的说法。于是我再打哥哥的手机，手机通了，马上就传过来哥哥亲切的声音。

那一刹那，我听到了我生命的断裂声和组合声，我知道断裂的是我的旧生命，组合的是我的新生命。

哥哥说他真的受伤了，一直昏迷，没办法告诉我他的情况，刚刚醒来要给打电话时，我就打过去了。哥哥说：丫丫，你不要哭，哥哥只是轻伤，没事的，过几天就好了。我说我要去看他。哥哥说他那里离我们这里很远，再说我写书时间紧任务重，不让我去看他。哥哥让我听话，好好照顾自己，好好写书，不要为他担心。我说我知道了，我一定赶快把写书的任务完成，就去看哥哥。

为了能早日看到哥哥，我拼命写书，每天不吃饭不睡觉，只有一个念头，那就是早一天完稿，早一天去看哥哥。哥哥给我打电话不让我拼命，但我不听，后来整个人都傻了，也不会写了。

这天夜里，我做了这样一个梦，梦见我变成了乞丐，来到一个金碧辉煌的建筑门前要饭，门口站着两个手持长枪的门卫不让我进去。我说这里面住着我哥哥，我要进去找我哥哥。他们说，臭要饭的滚一边去，我们大人怎么会认识你这样的乞丐。我说我原本不是乞丐，就是因为找哥哥变成了乞丐。他们根本不听我的话，也不让我进去。正在这时，空中传来了天籁般的音乐，我看见身穿官服的哥哥从云端飘了下来，落在那金碧辉煌的门楼上，我大声地叫着哥哥，那两个门卫用枪托打着让我离开。突然哥哥看见了我，并对那两个门卫说让我进去。我扔掉讨饭碗准备进去时，哥哥却从门楼上跌了下来，躺在地上一动不动。我哭喊着要进去看哥哥，可门卫说是我把哥哥害得从门楼上摔下来的。他们又拿枪托打我，打得我浑身是血，血肉模糊，但我还是爬着要到哥哥的身边去。这时，来了一辆白色的救护车把哥哥拉走了。我突然跃起身来，奔跑着去追那个救护车，路上一道道的路障，把我绊倒，我爬起来再追。追啊追啊，追到了一栋白色的大楼前，那个白色的救护车进去了。我想这栋白色的大楼一定是有着白衣天使的人间天堂了。我想哥哥一定会没事的。尽管这边的门卫也不让我进去，但我一定要在这白色的大楼外等着哥哥康复，哪怕等一天、两天，一年、两年，就是等到天荒地老，我也要等。

梦醒了，我不禁心痛不已，泪流满面，突然想起了不知在哪里看的这样一句话：爱是这样一件东西，它比苦难更深沉，比痛苦更深刻，比命运更执着，比死亡更倔强。

梦给我传递的信息，让我更执着地认为哥哥一定是出事了，我一定要去看哥哥。我在地图上找到了哥哥治伤的那个城市，那真的是一个海滨城市，看起来哥哥并没有骗我，只是把重伤说成了轻伤。哥哥肯定是不想让我知道他的真实状况，想让我好好地写书，在规定的时间内把书写出来。但哥哥这样做并没有帮助我，而是把我扔进了一个痛苦的深渊，我不能没有哥哥的消息，我要每天都能看到哥哥的身影。现在我已经知道了哥哥住在医院，但具体病情如何我不知道，我能安心写作吗？

我告诉自己一定要保持清醒的头脑，一定要想明白目前的状况，可是我的头脑真的清醒吗？谁能告诉我，我现在的精神正常吗？不！不！我不知道，我什么也不知道，只知道我找不到哥哥了，只知道我听不到哥哥的声音了，看不到哥哥的身影了。我要去看哥哥，我要到那个海滨城市去找哥哥。

到灵山给哥哥去求神水

我是在一个刮着热风的早晨离开小城的。车上有许多我们认识的小城人，他们问我去哪里。我犹豫地看着他们，不知道怎么回答他们。其中一个人说我看上去整个人的精神状态和身体状态都不太好。我说我没事。他说我不像出门的样子，衣服穿得一点也不整齐，竟然连袜子也不穿。听他这么一说，我一看，真的是这样。我穿着已经好久没有洗的一身旧的黑衣服和黑色凉鞋，真的没穿袜子。我说没事的，不穿袜子凉快。他说我看上去也不像去开会或者旅游，怎么什么也不拿？我说是吗？我左右一看，我真的连个包也没有拿。一掏口袋，里面只有一张记者证和信用卡。我竟然忘了拿手机。哦，没事的，只要有这些就行了，我安慰着自己。因为哥哥，为了哥哥，我已经忘记了自己，也输掉了全部人生，而且即将毁掉理想和生命。那个人再没有说什么，我也没有再想什么，就闭上了眼睛，很快就进入了梦乡。梦里我依然蹲在那栋白色的大楼外面等着哥哥出来，过往的行人已经习惯了我这个乞丐，时不时还扔给我一些食物和零钱。我觉得这样的乞讨生活很有诗意，在这里等哥哥的日子很舒服。

我被那个人叫醒后，已是中午时分，他说他要到市里办事，问我要去哪里。我说我得好好想想再说，他说让我多保重，我说谢谢他。

来到火车站，我说我要去那个海滨城市，他们说最早的一趟车也要等到晚上。于是我又在候车室里继续做梦，竟然还是在那栋白色大楼外等哥哥的梦。那个梦给了我很大的安慰，我想我一定会找到那个海滨城市，一定会找到那栋白色大楼，一定会找到哥哥。

在通往哥哥住院的那个海滨城市的火车上，我听见邻座的一个中年人和一个年轻人在讲关于灵山上的神水能救人治病的事。我不知道他们说的是不是真的。我问他们说，你们是在讲故事还是真的？那个中年人说是真的，他们正是要到那灵山上去找神水，为了久病不愈的妻子。那年轻人是给他的母亲。他们说平时请不下这么长的假，只好借五一长假出来了。

“五一”？你们说现在已经是“五一”了？中年人说，是啊，你是怎么搞的，都不知道是什么日子，还出来旅游？我说我不是出来旅游的，我是到这个城市来看病人的。我自言自语地说着。“五一”，这么说我和哥哥已经一个多月没有见面了，也就是说哥哥已经住院一个多月了。

那个中年人同那个年轻人说：这个人的精神一定有毛病，你看她的样子和话语都怪怪的。年轻人说：是啊，仿佛失忆了一般。我说：我没有失忆，只是努力让自己保持着清醒，才有这样的状况。年轻人说：是啊，越是精神有毛病的人，越说自己是清醒的。中年人说：不要这样说，她也许是什么重要的亲人生病住院了，才这样着急而精神恍惚的。你看她看上去不是那么痛苦，却泪流不止。

我说：我流泪了吗？我用手摸摸自己的脸，真的凉凉的。我不好意思地对他说：对不起，我不知道自己在流泪。

那两人不解地笑了笑又摇摇头，不再理我，而继续说那个灵山的神水是如何如何的灵验，说他们那里有多少久病不愈的重病患者、癫痫病患者、性病患者、血液病患者和癌症患者喝了灵山的神水都好了。

我问他们说：什么病都行吗？他们说：是的。

我又问：不知道是什么病也行吗？

他们说：那就不知道了。我失望了，因为我不知道哥哥是那里受了伤。

他们说：你知道病人的生辰八字吗？我说：我知道。因为我听哥哥说他是在一个飘着雪花的夜晚来到这个世界的。因为正在啼哭的他看到窗外纷纷扬扬的雪花就不哭了。只是我不明白，漆黑的夜，哥哥怎么能看见满天飞舞的雪花。哥哥说是外婆告诉他的，其实他什么也没有看见。他们说：也许知道病人的生辰八字，就能求到神水的。中年人说：主要是你要有诚心，心诚则灵。年轻人说：重要的是你要有爱心，只要你爱病人，你求的神水就灵。

说到爱，我又陷入困惑之中，我知道爱是非常神圣的，我不敢轻易去想，也不敢去碰，生怕想得过分了会失去，生怕碰得过分了会粉碎。于是我只有在梦中才敢真正地去想，才敢真正地去碰，现在我梦中想的爱和碰的爱，都是在那栋白色的大楼外等哥哥的情景。

我梦见白色大楼墙角下的我困了，有一个好心人给了我一块毛毯。她是一个非常慈祥的妈妈，流着泪说我是为了等她的儿子才成为乞丐的。我也流着泪说：妈妈，感谢你生了这样一个好儿子，让我来爱。妈妈说：谢谢你爱我的儿子。说着我就哭出了声。中年人问我：是你的什么亲人病了，让你这样难过？我说：我哥哥。中年人说：你哥哥是什么病？我说：我不知道。中年人说：天哪，有这样的事吗？你哥哥是什么病都不知道，那你哭什么？我说：我想哭。年轻人说：姐姐，这样吧，你和我们一起上灵山吧，你先喝点神水，我觉得你病得不轻。我说：我没病。真的，我只是觉得心在痛。中年人说：什么也不要说了，你就和我们一起上灵山吧。我说：好的。我要和你们一起上灵山给我哥哥求神水去。我要他好好地活着。中年人说：好的，你哥哥会没事的，你哥哥会好好地活着的。年轻人说：真是痴情。

我们三个人在当天半夜下了火车，租了一辆出租车，开始向那个叫灵山的山上奔去，直到天亮，我们才来到山脚下，望着云雾缭绕的灵山和伸向山顶的羊肠小道，我发愁了，但为了哥哥，就是刀山火海，我也要去，找到那能治百病的神水。

我们开始爬山的时候，天突然阴了。大热的天，天上阴云片片，让人觉得很有神灵的意味。那两个人在前面快步走着，我在后面赶着，对哥哥的思念和牵挂已被即将拿到神水的喜悦心情所代替。哥哥不会有事的，无论哥哥是什么伤，只要喝下这灵山的神水，就会没事的，就会和我一起回到我们居住的小城，就会让我每天看见哥哥。我们又会回到过去的那种痛并快乐着的日子，我的书一定会写出来，一定会在哥哥生日的那天完稿。

我想着走着，不知什么时候天下起了毛毛细雨，赤裸的手臂被点点细雨淋得凉丝丝的，就像我和哥哥曾经在细雨中漫步的感觉一样，只是前边的那两个人不见了。偌大的一座山，长长的小路上，我能看见的只有我一个人。也许我们是从夜里开始的，所以我们是通往灵山最早的人。因为他们说，我们必须从夜里起身，才有希望在日落之前讨到神水，否则的话，要等到第二天日出的时刻。

五一劳动节，来灵山的游人一定不少，可是为什么现在一个人也没有呢？

正在这时，年轻人找回来了，他生气地说：姐姐，你是怎么回事？我们已经上去很远了，还看不见你。我说：对不起，我在想事情。年轻人说：想什么事情啊，我们现在的任务是上灵山。天下起了雨，如果下大了就上不去了，这里又没有宾馆饭店，怎么办？我说：这灵山太高了，我怕我爬不上去。年轻人说：那你不给你哥哥去求神水了？我说：当然要去。

想到了哥哥的伤，我又清醒了，又回到了上灵山的小路上。年轻人说：姐姐，我们快走吧！你发什么呆，雨下大了。雨真的下大了，年轻人拉着我去赶那个中年人。我们好不容易来到了一棵大树下。中年人说：雨太大了，我们怕是上不去了。我说：怎么办？年轻人说：干脆往下返吧。我说：不要，我今天一定要拿到神水。年轻人说：你不要命了？我说：是的，我不要命了，哪怕我就此灰飞烟灭，万劫不复，我都心甘情愿，只要能让哥哥好起来。年轻人说：有这么严重吗？值得灰飞烟灭。我说：是的。为了哥哥，我情愿输掉我的一生。年轻人说：他是你的亲哥哥吗？我说：是的，他是我的亲哥哥，不一样吗？年轻人说：当然。我还以为是情哥哥。有几个妹妹会为亲哥哥这样的？我说：我就会为我的哥哥去死的。中年人说：你不要和她说了，再说下去，她真要疯了。年轻人说：真是奇怪了，这样不要命来求药，都分不清是亲哥哥还是情哥哥。中年人说：世界上奇怪的事多了，回答不了的事也多了。为了她的执着，我们就陪她上山吧。

我们三个人手拉着手又继续爬山了，雨越下越大，小路也越来越陡，走到那么一截叫“绝命崖”的地方，小路几乎断了，那两个人谁也不敢再上了，但我有一个信念，就是上灵山找到神水给哥哥治伤。所以我双手双腿并用，硬是爬过绝命崖，来到了比较平缓一点的小路上，中年人和年轻人学着我的样子也爬了过来。年轻人说：这神水真难找啊！中年人说：是啊，没有想到这灵山这么难上。我说：是的，如果这灵山就在闹市中，这神水就像巷子里的自来水，那还能治百病吗？年轻人说：姐姐说得对，如果我们不是为了自己至亲的人，绝不会冒着生命危险来找什么神水的。中年人说：是啊，但愿我们的诚心和爱心能感动这灵山上的神仙，但愿我们求到神水能救治我们的亲人。

我没有再说什么，我被他们的话深深地感动着，我们三个人怀着救治亲人的迫切愿望一截一截地爬着登上灵山的小路。雨越下越大，雨雾茫茫，我戴上眼镜看不见，摘下了眼镜看不见，身上的衣服被雨淋湿了，越走越重，我的凉鞋一条扣带断了，鞋子也掉到了山崖下，但我仍然坚持往上爬。啊，灵山，我马上就要上来了。正在这时，我的赤脚踩在了一截枯树枝上，疼得一下就滑倒了，半个身子滑向了崖边，我想我就这样葬身山崖了？我拿不到神水去救哥哥了，我哇的一声哭了。年轻人从身后抓住了我的背襟，背襟被撕了一大块，我便摔下了山崖。年轻人惊呼一声：姐姐！但没能抓住我。我吓得把眼睛闭上，准备去死。我想，如果我的死能挽回哥哥的健康，那我死而无憾。可是我没有死，我被一棵大树挂住了，而且离小路很近，年轻人和中年人用上衣连起来把我拉了上来。

这时候，我们离灵山已经很近了，他们两个人吓得已经没有上灵山的信心了。可是我信念依旧，我说我们快要找到神水了，为什么不再坚持一下呢？我们休息了一下，什么也没有说，又继续上灵山。我的脚被树枝割破了，钻心地疼，但我不在乎。年轻人说：姐姐，你的脚在流血。我说：没事。中年人说：如果不是因为爱，我们不会拼命的。听中年人说这是因为爱，我就觉得心痛不已，泪流满面。年轻人说：姐姐，你哭了。我说：没有，是天在下雨。年轻人说：我知道你的心在哭。我说：找到灵山的神水，我的心就不哭了。年轻人说：姐姐，你哥哥真的对你那么重要吗？我说：是的。年轻人说：我明白了。姐姐，来穿上我的鞋吧，我是个男人，看到一个女人为了我们男人这样，我真是太感动了。我说：真的不用，我一点也不觉得疼。

我们不知道摔倒了多少次又爬起来，为了他的爱人、他的母亲和我的哥哥。我们走过的小路上留下了我殷红的鲜血，年轻人说这简直是一条被爱浸染的小路。终于，我们在日落之前来到了灵山。雨下了整整一天，而我们上山后，太阳突然出来了，尽管不是那么明亮，但在告诉我们不用等到明天日出之后才能拿到神水。

我们几乎是爬到神水井边的。我们在神水井边的小庙中长跪不起，我们一直跪到我们确定庙中的神仙已经显灵，我们要的神水一定能够救治我们的亲人，才每人拿出两百元钱放在神坛里，然后拿出几乎丢了性命也没有丢掉的矿泉水瓶子，我们每人装了两瓶神水。

看守神水的老人，让我们每人喝了一碗神水。中年人说：但愿我们从此以后永远健康快乐！年轻人说：但愿姐姐不要再犯傻了，但愿我们再相见的时候，你能说清他是你的亲哥哥还是情哥哥。我非常伤感地说：你们永远也不会知道了。年轻人说：为什么？我说：因为我也不知道。中年人说：不要再说这个话题了好吗？我们三个人也算是生死与共的患难之交。我们就结拜为兄妹吧！所以中年人安排，我们三个人在灵山结拜为异性兄弟姐妹。

我找到了医院，可是哥哥已经出院了

我们下山后，才知道山下的雨太大，很多上灵山的游人都没有敢上山去。我们来到哥哥所在的这个海滨城市后，这里的人感觉我们都怪怪的。我想他们一定不明白，我们这是怎么啦。特别是我，鞋子也没有了，上衣的背后少了一块，大哥和小弟也和浪人一样。小弟说：大哥大姐，求求你们，我们先住下来，洗个澡，吃点饭，好好睡一觉吧。大哥说：现在天已经黑了，你明天再去吧，再说你现在这个样子能去看你哥哥吗？小弟说：是啊，姐姐，你这样会把你哥哥的病吓得更重。我说：我想让哥哥尽快喝上神水，尽快好起来。小弟说：傻姐姐，不在乎这一夜的，我们好好睡一夜，明天我上街给你买衣服，然后陪你一起去看你哥哥。我说：不用你陪我去，我要一个人去。小弟说：好！好！你一个人去。

我来到了海滨城市，哥哥感觉到了吗？但是我今夜不能去看哥哥了，你一定要好好地等我，等我的神水去救你。我躺在床上在心里说着。

第二天起来，小弟上街给我买衣服去了。我没有吩咐他给我买什么衣服和鞋，只要不露肉能走路就行，没有想到他买的衣服竟然是我梦想中的衣服：一件中式的黑绸短袖衫、一条白色的丝织西裤和一双黑色圆口布鞋，以及一双白色丝袜。小弟说：姐姐，你穿上这身衣服，就是我的梦中情人。大哥说：我们在这里等你，不论遇到什么状况，你都回来告诉我们一下。我说：我不一定回来了，我要和哥哥在一起，照顾哥哥。大哥说：你要自己保重。我说：知道了。我和大哥、小弟拥抱之后洒泪告别。小弟始终没有说话，一直把我送到公交车上。

我拿着海滨城市的地图，整整找了一上午，才找到哥哥住的这个医院。可是医院不让我进去，直到这时，我才知道这是一所军属高级医院。我拿出了记者证，门卫才让我进去，只是不让我把神水带进去。我说：这是我从灵山上求下来的神水。门卫说：没想到，记者也迷信。我说：这不是迷信，是能治百病的神水。门卫说：是啊，是啊，赶快拿去让你的亲人喝吧！我不知道哥哥病房在哪里，每问一个地方都让人家给训一顿，骂作神经病。就这样，在这个偌大的住院大楼上下跑了十几趟，才弄清楚我哥哥已经出院了。我靠记者证才打听到哥哥的主治医生，他说，哥哥没事的，只是轻微脑震荡。

天哪！我来到医院大门回望的时候，竟然发现这栋白色的建筑和我梦见的一模一样，我在围墙外的一个阴影里，找到了我在梦中等哥哥的地方。我靠着围墙蹲下来，觉得自己真的是那个梦中的乞丐。是的，为了找哥哥，我失去了自我，变成了一个什么也没有的乞丐。我想哭，可是哭不出来。

我这是怎么啦？我这是在哪里？灵山、神水、医院、大哥、小弟，我觉得一层一层的黑云压在了我的眼睛上，我什么也看不见了，只觉得好累好累，只隐隐约约地听见有人叫我姐姐。

我在哥哥住的医院输了三天液，才弄明白了自己在哪里。大哥说如果不是小弟悄悄跟着我，还不知道我会发生什么事。感谢两个萍水相逢的兄弟。

当我轻飘飘地走出海滨城市这座美丽的医院，看到刺眼的阳光时，我才知道真正有病的是我，而不是哥哥。但这从灵山求来的神水，我还是舍不得喝，我要拿回去让哥哥喝，我要哥哥好好地活着，永远健康！

我要哥哥好好地活着，我情愿减寿来换取哥哥的健康！哥哥的健康，是我永远的牵挂！哥哥健康，是我永远的心愿！我不怕受委屈，就怕看不到哥哥。

我回到小城后，才知道哥哥从医院回来后找不到我，急得生病了。我下了车没有回家，先来到哥哥家看哥哥，嫂子一见我来了就说她要去买菜，让我陪着哥哥。我扑进哥哥的怀里哭了一场，什么也没有告诉哥哥，只是说我去给哥哥求神水去了。但是哥哥说他早就什么都知道了，因为我在灵山上认识的小弟已经给哥哥打电话了。小弟说他在我的记者证上看到了一个手机号，没想到是哥哥的，他就把我和他们相遇后的情况告诉了哥哥。哥哥心疼地说，他不知道我去找他，要知道他一定待在海滨医院等我。哥哥说：丫丫，再也不要这样傻了好吗？哥哥再也不会离开你了。我什么也不想说，只要能看到哥哥。

我摸着哥哥消瘦的脸，泪水一个劲儿地流，哥哥说：我没事了，可你却瘦得不成样子了。我说：我也没事，但是哥哥，我找不到你，我就要疯了，知道吗？哥哥说：对不起丫丫，我以为我一两天就回来了。为了让你安心写作，我准备到了地方再给你打电话，没想到，我昏迷了好几天。我说：不要说了哥哥，我知道你不是故意的。你有病了，哪怕是嫂子打我骂我，我也要陪在哥哥的身边。哥哥说：我不想让你受委屈。我说：我不怕受委屈，就是怕看不到哥哥。

哥哥休息了一个月才去上班。在这一个多月当中，我每天上班走前和下班回来都要去看哥哥。我是以妹妹的身份去看哥哥，我请求嫂子允许和理解，嫂子非常痛苦而无奈地接纳了我。因为她同样在深深地爱着哥哥，她不想让哥哥因为看不到我而难过。

哥哥又要离开我了

这年腊月二十六日，哥哥向嫂子请了假，在小城一个高级饭店里给我过生日。生日蜡烛、生日蛋糕和生日礼物都是我从小就梦想的。从小哥哥就答应我，要给我过一个这样的生日。就我们两个人，在一个温馨的小餐厅里，点着两支一米多高的红烛，放着一个一米多高的九层的蛋糕和九十九朵玫瑰摆成的爱字，回响着小提琴演奏的《梁祝》。哥哥给我的生日礼物是一个国家级出版社的书号。哥哥说：丫丫，你不是要出书吗？我说：是啊。我太高兴了，我扑进哥哥的怀抱，感谢哥哥给我的生日礼物。

哥哥让我许了个心愿，吹灭了蜡烛，切了蛋糕后，又和我喝了许多红酒，我完全醉倒了，但哥哥却清醒着。我虽然醉倒了，但哥哥说的其中一句话，我还是听得很清楚。哥哥说他升职调到市检察院工作了，他成了副处级检察官。我立刻被惊醒了，但我没有哭。我舍不得哥哥，但我知道这样缠绵下去，我和哥哥的人生就毁了。我的人生毁了没什么，但哥哥从小就梦想做一名优秀的检察官，现在他的理想要实现了，我怎么能因舍不得而不让他走呢？我破例没有哭，让哥哥感到意外和不安了。

哥哥说：丫丫，你没事吧！你听明白哥哥的话了吗？哥哥用手在我的额上摸了摸说：不发烧啊。我说：我没事，我听清了哥哥的话。哥哥说：丫丫，别这样，想哭就哭出来吧。我说：我不难过，我好高兴，我为哥哥祝贺。我举起了酒杯。哥哥说：丫丫，别喝了，哥哥一个人喝就行了。我说：我要和哥哥一起喝，好好地喝，为哥哥庆贺。哥哥说：丫丫，你等着，哥哥到了市里安排好了，就想办法把你调过去。我一定能把你调过去，你一定要等着我。哥哥答应了奶奶和奶妈，要一辈子照顾你。哥哥也答应你，要一辈子爱你。我说：不用了，我在这里很好。再说我们的后奶爸又去世了，将来奶妈一定会回来的。我要留下来等奶妈回来。哥哥说：奶妈现在又回到了舅舅家，弟弟不会让奶妈回来的。如果奶妈真的回来了，那我们就接奶妈到市里一起住。我说：我不去了，我喜欢我们的家乡，喜欢我们的司家村，喜欢奶奶的老屋和奶妈家的窑背。这里有我最亲的人，这里是我的精神家园，还有我们共同的回忆。哥哥，我现在也长大了，我要慢慢学会过不依恋哥哥的生活，你和嫂子就放心去市里工作吧。好好过你们的生活，我还等着看小侄儿呢！哥哥，我希望你和嫂子能生个三胞胎。到时候，一个姓司徒，一个姓欧阳，一个姓嫂子家的姓。

哥哥听了我的话哭了。好久之后，哥哥才说：丫丫，别说那么远好吗？你一定要等着哥哥。不管怎么样，你一定不要难过，不要哭，不要流泪，等着哥哥。你如果不去，我就再调回来，我要一辈子照顾你、爱你。

哥哥走的时候，我没有去送，我已经没有能力去承受那个送别的场面了。二十五年来，我已经经历了多少次这样的生离死别，我再也不想去送什么人了。要走就走吧！统统走吧！我原本就不该来到这个世界，原本我就是一个孤独的人，又何必在乎哥哥再次走呢？

哥哥走的头天晚上，我说好不难过的，可是我胸闷得喘不上气来。我也没有感到太难过，但就是喘不上气来。我不能躺在床上，我必须站在院子里，才能一口气一口气呼吸着。哥哥抱着我坐在小木房子前，盛夏的夜晚，我冷得一阵阵发抖。

哥哥走后第二年的十月九日，是哥哥的二十九岁生日。因为中间发生了许多事，我写的那本书一直没有写出来。为了在哥哥生日的时候，我把书写出来，我几乎拼了命。为此，只要没有出差的任务，哥哥每个周五晚上都开车回来，下个周一凌晨再开车返回市里。哥哥每一次回来都要把我的小木房子里里外外打扫得干干净净，把我的衣服和床单洗得干干净净，给我做我最爱吃的饭菜，然后把一周用的食品都买下来放在冰箱里，把水费、电费、电话费和手机费给交了，把一切安排好，然后才离开。离别的泪水一次次打湿了我们的心，离别的拥抱一次次撕碎了我们的心。

经典的爱，很美，但很痛苦

在哥哥生日的前几天，我出差来到另一个城市里，这里有我的一个从我们县天主教堂调过来的神父朋友。晚上，神父安排我和一位修女一起住。这是一个身材瘦弱、神志疲惫的中年修女。我和她住在天主教堂的修女房中，真有一种到了天国和上帝在一起的感觉。开始的时候，我和修女保持着一定的距离，因为我不想让修女感受到我们凡人的俗不可耐。后来我发现修女非常亲切，把我当妹妹看。

修女把两张床搬在一起，让我和她睡在一起。躺下以后，她不时地用洁白修长的手指抚摸我披散下来的长发。她说她很寂寞，好长时间没有人和她共睡一张床了。我说：你们修女也寂寞？她说：是的，我们也是人。我说：那你为什么要做修女呢？她说：烦了，累了。我说：是什么让你烦、让你累了呢？她说：情。我说：你也爱过？她说：是的，而且是爱得死去活来，不能自拔，痛苦不堪。我说：是不是那种无法诉说的痛？她说：是的。爱就是痛！

听了修女的话，我好一会儿没有说话，心里一直在想着哥哥，心一直在隐隐地痛着。后来修女指了指我的头发说：你很美丽。

我摇摇头。她说：你真的很美丽。我说：那有什么用？她说：让爱你的人赏心悦目。我说：没有实际意义的赏心悦目，只能让人的心更痛。她说：我看出了你的痛苦。我说：你怎么知道的？她说：我会看相。我说：是吗？她说：是的。从面相上看，你就是一个痛苦的人。我说：为什么？她说：因为你在爱着。我说：这有错吗？她说：没有。这是一个经典的爱，很美，但很痛苦。

我静静地听着，什么也没有说。修女说：你的生命注定了你不会有真实的爱。你的前一半爱是经典的，后一半爱是虚拟的，都很美，但都很痛苦。我说：是吗？她说：是的。但这两种爱让你的生命更美丽更有诗意。我说：你呢？你的爱也和我一样吗？她说：不，我只有痛苦。我说：为什么？她说：因为我的爱建立在别人的痛苦之上。我说：那你为什么还要爱？她说：不能自拔，活着不如死去。我说：那你为什么还要活着？她说：感激。我说：感激什么？她说：感激给了我生命的人和救了我生命的人。我说：是吗？她说：是的，我的父母还在，我的师父还在，所以我不能死。我说：你现在这个样子还能给他们什么？她说：安慰。只要我活着，对他们来说就是一种安慰。我说：那么为了你的父母，你为什么不过正常人的生活呢？她说：没有了爱，生命只留下了感激，还谈什么生活？

我说：难道那个人真的值得你为他做修女吗？她反问我：难道那个人真值得你为他这么痛苦吗？我说：是的。她说：是的。我说：那是一个什么样的人呢？她又问我说：那你的那个人又是一个什么样的人呢？我说：值得我为他而死的人。她说：值得我为他出家的人。我说：我明白了。她说：其实你不是明白了，而是更糊涂了。我说：为什么？她说：因为最彻底的明白，就是最彻底的糊涂。我说：你在讲道。她说：我在讲最简单的道理。因为我们都是远离现实到了世界的尽头而缺了氧的人。我说：所以我们痛苦不堪。她说：所以我们也幸福无比。我说：我感觉不到一点儿幸福。她说：那是你还没有悟透爱的真谛。我说：是吗？我以为我是情圣。修女摇摇头，再没有说什么。

过了一会儿，我拍了拍修女的手臂说：你也很美。她说：这是个麻烦的问题。我说：为什么？她说：美与不美，不是谁说了算的。我说：为什么？她说：

有人爱你，你就觉得美；没有人爱你了，那你就感觉不到美了。我说：也许。她说：的确是这样，我从做修女那天起，就不再想这个字了。我说：是吗？她说：是的，现在的我心干枯了，爱干枯了，身体也干枯了。我说：我也从来不想这个字，但我想他时，和他在一起时，就忘记了自己。她说：这就是爱的伟业。

说起爱，我们又一次走进了死胡同。于是我换了一个话题。

我说：你做了修女之后，他来看过你吗？她说：来过，但我没有见他。我说：为什么？她说：我不想面对灾难，尽管我很想再见他一面。我说：可是错过了，也许就不会再见了。她说：就是为了“不会再见”，所以必须错过。我说：如果是我，绝对做不到。她说：那是你的心还没有伤透。我说：他知道你为他做了修女，他痛苦吗？她说：不知道。也许会！也许不！因为他是个男人。我说：男人和女人真的不一样吗？她说：真的不一样。因为天下没有一个和尚会对一个陌生人讲他曾经对一个女人的一往情深，更不会为这个女人出家。我说：既然男人这样不够意思，为什么女人还要这样苦苦地爱男人呢？她说：如果天下男人都够意思了，那么女人就厌倦了，也就不会有激情有痛苦了，也就不叫女人了。

我说：真是搞不懂。她说：是的。不过《圣经》上说，当初上帝创造了亚当后，觉得他孤独，又创造了夏娃。这说明上帝创造女人的初衷是为了人类的幸福。我说：可是亚当、夏娃偷吃了禁果，激怒了上帝。她说：于是灾难随一个人而来到了世界，情又从灾难中而来。我说：这就是说，谁也摆脱不了情的困惑和折磨。她说：是的。

我说：于是被情所困的你就做了上帝的使者。她说：是的。我说：那你每天面对男信徒时，是什么感觉？她说：都是我的兄弟。我说：那些优秀的人呢？她说：就是优秀的兄弟。我说：每天晚上，你不渴望有人陪你吗？她说：有时候渴望，但我很快就让自己不渴望了。我说：用什么？她说：模糊意识。我从不把自己渴望的东西具体化，只让它在意念中潜伏一瞬间，马上就丢掉幻想，回到现实中。点亮灯，读一些使自己成为世界上最圣洁的修女的书。

我说：有用吗？她说：有。尽管很难，很痛苦，但过一会儿就恢复了自我，就由一个情意绵绵的女人变成了无动于衷的修女。

我觉得我又无话可说了，我又想起了哥哥，于是我的脸上无声地滚下一串泪水。她说她明白我的心中正在痛苦着，也就是正在爱着。我说：我也想做修女。她说：不要这样，修女很苦，苦得不可言状。我说：那怎么办？她说：没有办法。我说：那你是怎样忍受过来的？她说：这个问题很愚蠢，我如果能回答出来，还来做修女？她说她是一个大学生，就因为一开始就爱上了她的老师，而且爱得太深又无法自拔，当她想结束生命时，是一个修女救了她。她说其实做修女并不是解决问题的办法，爱也不是说要忘记就能忘记得了的。

于是我们的交谈再次陷于困境。既然做修女也不是办法，爱也不是说忘就忘得了的，那我怎么办？修女说：最好的办法就是不要去爱。我说：可是我已经爱了。她说：那就停止爱，我说停止不了。她说：那只好过一天算一天了。她说得那么无奈、那么绝望，让我觉得世界的末日到了。连修女也对爱这样绝望无奈，何况我呢？

修女说：没有谁能救得了你。我说：是啊。她说：那你就一个人忍吧、熬吧、撑吧！我说：我快要撑不下去了。她说：所以你来到了我们这里？我说：是的。她说：其实我们也是人，神父、修女都是人。人是很难帮助人的。我说：我知道。我也是想办法撑一天是一天。她说：你试着转移爱。我说：我试过了，做不到。除了他，我谁也不爱。假如见不到他，我宁愿一个人独处；假如听不到他的声音，我宁愿自己是聋子；假如不去爱他，我宁愿去死。她说：他究竟是一个什么样的人呢？我说：他是一个情深大义含而不露的人。正是他那英俊漂亮的刚毅面孔、迷惘含蓄的深邃眼神、挺拔飘逸的修长身材、充满活力的激情言语、不动神色的孤傲气质、清醒深刻的处世原则、不卑不亢的为人态度、与时俱进的超人才华、荣辱不惊的人生境界、另类唯美的爱情哲学，痛苦不堪的生命状态深深地征服了我。她说：世界上有这样一个人吗？我说：是的。她说：如果真有这样一个人，那你的爱没有错。我说：可是我为什么会这样痛苦呢？她说：你主要是怕失去他，是吗？我说：是的。尽管我们不能生活在一起，但只要他好好地活着，我能远远地看到他，能永远地爱他就行了。她说：爱真是万恶之源，掉进爱里的人，永远别指望出头之日了。我说：是啊，看来我这辈子，只有在这深渊中痛苦煎熬了。

修女听了我的话，非常爱怜地在我的脸上拍了拍，然后将白色的被子盖在脸上无声无息了，仿佛从这个世界上消失了。可怜的修女，在教堂里，青春在一点一点消失，红颜在一点一点减褪，生命在一点一点熄灭。白天面对受难的耶稣画十字，晚上伴着孤灯倾听时间的流逝。

我无法忍受这死一般的寂静和烦闷，我悄悄地披着上衣坐了起来，从包里拿出手机抚摸着，心中渴望听到哥哥的声音。修女轻轻地把被子从脸上拉下来，同情地对我说：给他打个电话吧。我说：已经很晚了，我不想打扰他。她说：他要爱你，就不怕打扰。我说：但我舍不得让他为我操心。他工作那么忙，还得想我爱我。她说：你们那么相爱，为什么不能生活在一起？我说：我只要能天天看到他，只要他有机会来抱抱我，就很满足了。她说她听不懂我在说什么。我说：他是我哥哥，我们从小一起长大，我们从小就相爱，我们在我五岁时就进了洞房，可是我们却没有生活在一起。她说：就是说他和别的女人结婚了？我说：是的，但哥哥爱我。她说：他爱你，但却不能爱你，那你也就不要想他了。我说：我不想不能活。她说：真是没有办法。要不你就在我这里住一段日子？想他时，你就对我说，一直说到你不想再说他了，你再回去。我说：可是我回去后，又想他怎么办？她说：那你就找人说。我说：我不能对别人说我爱我哥哥。她说：那你就只好永远地住在我这里，做修女好了。有我听你说，也许你会活下去的。我说：那也不行，我在这里也想得不行。说着我就哭了。修女没有再说什么，独自睡了，可我想哥哥想得还是不能入睡。

修女起床后，第一件事就是去找神父，说我要做修女。于是神父便来找我，给我做工作。神父说：你在这里住几天可以，但要做修女是万万不行的。你一个文化人，又是成年人，怎能因为一种虚无缥缈的情感所困？我说：不是虚无缥缈的，是真实的。神父说：真实的是天地之间站立的你，是你的责任和使命。你的责任就是把给你生命和你给了生命的人爱到底；你的使命就是好好地将你的生命进行到底。怎么搞的？怎么会爱上自己的哥哥？真是个傻女人。我说：我不知道给我生命的人是谁，我也没有创造出新的生命。我的生命中只有哥哥，只爱哥哥。神父再没有说什么就走了。

修女说：对不起，我不知道神父会这样。我说：没什么。就是神父同意，我也做不了修女。哪怕永远做哥哥的妹妹，我也要爱哥哥，也要每天看到哥哥。今年我还要给哥哥过生日。她说：是啊，是啊，爱中的女人就是这样没出息。我说：不是没出息，是因为哥哥值得我爱。她说：好了。我以为我是世界上最傻的女人，没有想到还有比我更傻的女人；我以为我是世界上最没出息的女人，没有想到还有比我更没出息的女人；我以为我为了他而做了修女，就给我们女人脸丢尽了，没有想到世界上还有你这样让修女也感到无话可说的女人。我说：是啊，是啊，我比你骂自己骂得更恶毒，我甚至常常打自己的耳光，可就是不能改变我爱哥哥的初衷。哥哥也同样爱我。如果我不爱哥哥了，那我哥哥会痛苦死的。她说：那你哥哥不是已经结婚了吗？我说：那不是因为爱。她说：看你现在的样子，你将来不是发疯就是死掉。我说：我知道，但我就是停不下这走向发疯或者死亡的脚步。尽管如此，我都无怨无悔，我都要等我哥哥。

修女听了我的话后非常生气地说：那好，那你就去疯掉或死掉吧。我说：我现在还不想死掉或疯掉。我死掉或疯掉了，我哥哥怎么办？我要给哥哥过生日，我想给哥哥一个能保佑他的生日礼物。她说：那就送他一个十字架吧。我说：为什么？她说：因为耶稣一个人把灾难受尽了，留下的只有深深的祝福和保佑。我说：那就送十字架吧。她说：我们教堂里什么样的十字架都有。我说：我不想送你们教堂里的十字架。她说：为什么？我说：我想把我的血和爱溶进去。她说：那就现铸一个吧。我说：有人会铸十字架吗？她说：有。简直就是天意。我说：那我们马上去。她说：好的。

一个金十字架

修女带着我来到一个离教堂不远的地方，在一个窄窄的小巷的小房子里，有一个满头白发的老人呆呆地坐着。修女说：就是他。我说：是吗？她说：别大惊小怪，这就是你的未来。我说：我的未来？她说：是啊，这是世界上又一个为了爱而变傻的男人。我说：那他能铸十字架吗？她说：当然了，他只给那些为爱人祝福的人铸十字架，而且能溶进去你那所谓的爱和血。我说：真的吗？她说：是的。他的生意很惨淡，有时连饭也吃不上，但他决不做其他生意，只为那些为爱人祝福的人铸十字架。我说：真让人感动，这说明世界上还有和我一样傻的人。

修女说着把嘴伸到白发老人的耳边嘀咕了一阵儿，忽然间，我看见老人的眼睛亮了起来。他深情地望了我一眼，脚步敏捷地来到一个小木箱前，从里面取出金粉。修女说：是爱激活了他的生命。平时他就像死了一样，只有这些为爱人打造金十字架的人来了，他才活一回。老人将金粉放进一个特别的小锅中，让我将中指割破，滴进一点鲜红的血，又让我将祝愿的话写在纸上扔进锅里熔化，然后倒进一个模型中，经过不断的手工锻造，终于铸成了一个金灿灿的十字架，然后又放进天平中称了一下，又在一个商标上写下了“五·二〇”。修女说：这是一个爱的数字，但愿你和你哥哥的爱能永恒。

一直没有开口的老人对我说：在你哥哥生日的那天，你亲手将这个十字架挂在他的脖子上，这样不但保佑他平安快乐，而且保佑你们永远相爱。

我被感动得热泪盈眶，我拥抱了这个用爱和情铸造十字架的老人。最后我问老人多少钱。修女说，老人从来不向为爱铸十字架的人要钱。如果你有心意，就随便给一些，有多少算多少，这全在天意，他都会接受。我把手伸进包里，没有想一下就抓了几张钱出来，老人和修女数了数，整整二百五十元。

老人高兴地说：二百五！二百五！傻瓜！傻瓜！天下只有真正的二百五和傻瓜才有这样令人感动的爱。送给他吧，告诉他，他应该为有这样一个傻女孩的爱而感动。

走出老人的门，修女说：现在心情好点了吧？我说：是的。

修女把我领到神父那里，告诉神父说我铸了一个金十字架。神父把金十字架放在圣水里浸了浸，又放在圣坛上，念了很久祝福词，然后庄重地放在我的手里说：祝福你的灾难到此结束，祝福你的哥哥永远平安健康。

临别的时候，神父一直画十字架，修女悄悄地让我给哥哥带生日的祝福。

哥哥生日这天，我像过去等他一样，早早地起来坐在写字台前，一边听着《梁祝》，一边给哥哥写生日贺词，一边等着哥哥，眼看夕阳西下了，我还没有等到哥哥。

天空全黑下来了，失望的泪水再次浸透了我的心，我等不到哥哥，甚至等不到哥哥的电话，我只有这样一寸一寸地将肝肠痛断，一寸一寸地让心死去，让爱死去。

可是，就在夕阳的最后一抹余晖在西天边消失的时候，哥哥回来了。哥哥把车扔在院子里，跑进来把我抱住说：丫丫，哥哥今天差点回不来了。我就知道你又哭了，我可怜的丫丫，哥哥对不起你，老让你等哥哥，老让你哭。现在哥哥回来了，不要难过了好吗？相信哥哥总有一天回来就永远不走了。我说：哥哥，我只要能看到你，一切的一切都不重要，一切的一切都不必说。我只想拥有此时此刻，哪怕是短短的一瞬间。我知道这短短的一夜过后，又会是一个漫长的等待。

今日之后，也不知我们何年何月何日才能再相见，也许是一个月，也许是一年，也许是一生。但无论多久，哪怕是等到山无棱、天地合，我都会等。哥哥激动地说：哥哥谢谢丫丫！如果丫丫不再等了，那哥哥活着就没意义了。好丫丫，你一定要等下去，知道吗？哥哥一定会回来的。我说：我会等的，我一定要等哥哥回来。哥哥，今天是你的生日，我们好好庆祝一下。哥哥，这是我给你的生日礼物。我把那个用我的血和爱铸成的十字架戴在哥哥修长的脖子上。哥哥吹灭蜡烛后。我说：哥哥，祝你生日快乐，用我的爱、我的情和我的吻！哥哥，祝你生日快乐，用我的祝福、我的生命和我的金十字架。

哥哥每次回来，我都因为工作和写作太紧张，没有太注意哥哥的脸色和身体。哥哥生日的这天，我一直写到天快黑了，才把那本名叫《紫荆山庄》的书写出来，而哥哥也因为不是星期天，而不能在白天回来。我一直等到天黑了，才等到哥哥回来。这次回来，我才看见哥哥的脸色那么清瘦苍白，整个人看上去也特别疲惫不堪。我问哥哥怎么啦。哥哥说：没事，可能是累的。

我心疼地用手摸哥哥的脸，哥哥就抓住我的手说：丫丫，哥哥祝贺你，你从小就梦想当一名作家，现在总算写完了第一本书。丫丫，你真了不起，你一定会成为一名优秀作家的。我说：哥哥，我宁愿不当什么作家，也要哥哥健康幸福。哥哥，我的书已经写完了，马上就要送到出版社去出版。我也太累了，暂时什么也不想写了。从明天开始，哥哥不用再回来看我了，知道吗？哥哥说：就是你不写作了，哥哥也不放心你，只要没有什么要紧的事，哥哥每周都会回来的。

由于我一直写到天黑，而哥哥回来也没有拿什么吃的东西，我给哥哥的生日晚餐就是我亲手给哥哥做的长寿面，生日礼物就是那个十字架和书稿，哥哥高兴地说这是他一生中最喜欢和最珍贵的生日礼物。

只想哥哥能常来抱抱我

哥哥帮助我把第一本书出版后，又于第二年帮助我实现了第二个理想。由于哥哥是《法治日报》记者站站长，报社要招收记者，哥哥就给我报了名，并帮助我复习和培训，考试时又把我送到省城，陪我笔试和面试，直到我考取了记者证。

不久哥哥又接到了北京一所政法大学研究生的录取通知，哥哥回来对我说他不想去读研究生了。我说为什么？哥哥说他不想再离开我。哥哥说虽然现在他不能和我生活在一起，但每个星期天可以回来看我照顾我，到了北京就不方便了。哥哥说当年他已经错了一次，不想再错了。哥哥说：人生苦短，哥哥已经三十岁了，还没有和你走在一起。人生能有几个三十年？我说：没事的哥哥，我们会活到九十岁的，你去吧。去掉两年，我们还有五十八年的时间。哥哥说：可是我觉得我已经老了，常常觉得很累，每次回来都不想再走。我说：那是因为你的工作太累，每个星期天又要回来。到了学校后只管学习，就不会那么累了。哥哥说：主要是哥哥不想离开你。我说：哥哥，你先去，等我的这级学生毕业了，我也到北京去应聘记者，这样我们就又可以在一起了。哥哥说：这样也好，但哥哥又不能经常抱你了。说到这里我们又哭了。是啊，我没有更高的要求，只想哥哥能常来抱抱我。

哥哥又一次为了他的理想离开了我，我又开始了漫长的等待，我不知道这次哥哥是否还会回来。但哥哥说他一定会回来的，让我一定等着他，就是因为哥哥这句话，我成了一个二十七岁的老姑娘了。

下雪了，我学着给哥哥织了一件毛衣，我在给哥哥寄了毛衣回来的路上发生了车祸。过情人桥时，突然一辆摩托车发疯似的向我驶来，我只觉得右脚钻心地痛，肉体和灵魂便分了家。

我的肉体被送进了医院，我的灵魂哭泣着满世界找一个叫果果的男孩子。找啊找，不知道翻了多少座山，过了多少条河，也不知道四季轮回了多少次。我只觉得过了好久好久，只觉得好累好累，只觉得好伤心好伤心，只觉得好绝望好绝望，只觉得自己已经很老了，老得再也找不动了，于是倒在了一座山上。

灵魂呜呜咽咽、悠悠飘飘不忍离去，仿佛还在等着什么。雪花仍在温馨地飘着，蒙眬中，我感到有一只温暖的手挽起了我披散在脸上的长发。我睁开眼睛，看见一个忧伤的男人坐在我的身边。我问他是谁。他说他是果果。我说果果是我哥哥，我一直在找他。他说他是长大了的果果，就是我哥哥。我说：我终于找到你了，哥哥。可是我为什么感觉不到你的气息？他说因为这是我的灵魂。他问我的肉体在哪里，我说在医院里。他说他要送我的灵魂回到肉体中。我说我不想去找我的肉体，我要和他在一起。他说灵魂应该和肉体在一起。我说灵魂和肉体在一起太沉重了。他说肉体是灵魂的归宿，如果没有肉体，灵魂就会满世界地飘荡。我说我宁愿这样自由地飘荡，也不想回去。他问为什么？我说我讨厌肉体。他说我们谁也不能轻视肉体，灵魂更不能。他说着抱起我的灵魂飞向了医院，把我的灵魂还给了我的肉体，然后飘然而去。我哭喊着哥哥、哥哥，便醒了。

原来我受伤昏迷了好长时间，陪我的司徒梅告诉我，我在昏迷中一直在叫哥哥。我说：我哥哥来了吗？司徒梅说：没有。我给果果打电话，让他回来吧？我说：不要，让哥哥安心学习吧。我没事的。

正在这时，哥哥打来了电话，我接到哥哥的电话就哭了。哥哥着急地说：丫丫，你怎么了？丫丫，不要哭好吗？告诉哥哥，你怎么啦？我说：我没事，就是想哥哥。哥哥说：我知道！我知道！哥哥也想你！丫丫，不要难过，好好等着哥哥。哥哥一定会回去的！我说：哥哥，我昨天给你寄了毛衣。哥哥高兴地说：是吗？我们丫丫长大了，会给哥哥织毛衣了。那哥哥今年冬天一定不会冷了，因为有丫丫时刻和哥哥在一起。我说：我织得不好。哥哥说：不会，丫丫给哥哥织的毛衣一定是世界上最漂亮的毛衣，哥哥会喜欢死的。我说：哥哥，你要好好学习，照顾好自己。哥哥也说：丫丫，哥哥不在，你一定要好好吃饭，不要生病，知道吗？我说：知道了。

一些细小的伤痛随着时间的推移消失了，现在只有右脚的伤还很严重，所以我不得不躺在病床上。病房压抑，使我喘不过气来；病房寂寞，陪伴我的只有哥哥给我寄的书和信。整个白天我都在昏睡着，因为我的灵魂出走了；整个夜晚我都在清醒着，因为我的心在哭泣。我不知道我的灵魂为什么老是出走，我不明白我的心为什么老是哭泣。

其实我的伤并不太痛，主要是我的心在痛。痛得无法忍受，痛得无可救药，痛得让我对这个世界和这个世界上的一切都失去了信心。我谁也不想见，什么也不愿想，只想紧紧地闭上眼睛，任泪水流淌，肝肠寸断，心碎无比。这个时候，我只有一个永不死的愿望，那就是哥哥快点回来。

雪仍在下着，我仍住在医院里，我的灵魂仍在出走，我的心仍在哭泣。

我不知道雪什么时候才停。我不知道什么时候才能出院。我不知道我的灵魂什么时候才能不出走？我不知道我的心什么时候才能不哭泣。

也许，哥哥回来了，雪就不下了，我就出院了，我的灵魂就不出走了，我的心就不哭泣了。

奶妈回来了

一天傍晚，我独自坐拥黄昏伤心落泪时，奶妈回来了。

司徒梅来电话：丫丫，告诉你一个好消息，你奶妈从晋中回来了，现在就在我这里。她想见你，我是否送她过去？奶妈回来了，我没有想到。司徒梅说：是真的，现在就在我身边，你和她说话吗？我说：说啊。电话里传来了奶妈好听的晋中口音：丫丫。我哭喊着说：奶妈，真的是你吗？奶妈说：是的，丫丫，真的是我。我说：奶妈，我好想你。奶妈说：我也好想丫丫。我说：奶妈，我这就去接你。

奶妈说：丫丫，听小梅说你的脚有伤，不用过来了。小梅会送我过去的。我说：那好。奶妈，你们快点过来。

没有奶妈的人一定不知道奶妈在一个人心中的位置和分量。奶妈，一个不是母亲的伟大母亲，一个世界上最无私的母亲。没有奶妈就没有我。

我在小路上等着奶妈，奶妈和司徒梅坐着出租车来了。泪水模糊中，我看见司徒梅从车上扶下一位身材修长的上了年纪的女人，我没有看清奶妈的模样就扑了过去：奶妈，奶妈，我终于等到你了。

我和奶妈久久地拥抱着，泪水哗哗地流淌着。十几年岁月流逝，竟然没有给我们造成一点障碍，我抱着奶妈的脖子和当年的感觉一模一样。奶妈，是你让我知道了人世间还有和哥哥一样温暖的怀抱，那就是奶妈的怀抱。知道吗？奶妈，我太需要滋润了，特别是我有伤卧床的时候，我多么想拉着亲人的手来抚慰我的伤痛和心痛。可是奶妈，我的身边竟然没有一个亲人。昏迷中，我一直喊着哥哥，可是哥哥打来了电话，我却不敢告诉哥哥说我受伤了。奶妈，你到哪里去了？为什么要救活我？岂不知出生已经是我最大的不幸了，再活下来更是在苦海里炼狱中惨受煎苦。奶妈，多少年了，孤独伶仃的我一直在寻找亲情、爱情。我满以为我找到了。可是这亲情只滋润了我二十几年，这爱情只让我神往、让我颠倒、让我痛苦绝望、让我无法得到。奶妈，世界上真有血浓于水的骨肉亲情吗？真有生死相许的真正爱情吗？现在我什么也没有了，只有等哥哥和报答奶妈的养育之恩情。

到了晚上，奶妈才告诉我说我亲爱的平平弟弟不久前遇车祸身亡了。我一下惊得灵魂出窍。弟弟！你怎么会走了呢？我们不是说好了要永远在一起的吗？你这么早就走了，让我和哥哥怎么办？弟弟，哥哥那么爱你，知道你已经走了，哥哥会伤心死的。我哭喊着。

奶妈更是哭得气也上不来。弟弟没了，可怜的奶妈，只好从老家再回到这里。我说：奶妈，弟弟不在了，为什么不告诉我和哥哥？奶妈说：你舅舅不让。丫丫，白发人送黑发人，不是人做的事啊。奶妈说着又哭了起来，我也是心如刀绞。我说我要告诉哥哥，奶妈不让。奶妈说哥哥对弟弟那么亲，会受不了的。

奶妈说：丫丫，奶妈好命苦，一生中生了三个孩子，一个也没有养活。奶了三个孩子，果果远在北京，平平永远离开了我，现在就留下了你。我说：奶妈，我会为你养老送终的。

奶妈说：丫丫，我不能拖累你，我看一下你就回司家村去，那里埋着你的奶爸，还有我们共同生活过的窑洞。现在我还行，回去种上几亩地，自己能养活得了自己。我说：奶妈，你就留在我这里吧，我能养活你，再说我也不想一个人过。

奶妈说：丫丫，你怎么搞成这样？我说：奶妈，你什么也不要问了，从今以后，我们就相依为命吧。奶奶说：丫丫，你不能这样活一辈子。我说：奶奶，我只想这样活。我要等哥哥，哥哥让我等他，我改变了活法，哥哥回来怎么办?

奶奶说：丫丫，果果不该让你等他，你也不该等果果的。我说：从我来到人世的那一刻，就注定了我要这个样子的，奶奶不要为我难过了。我就是想等哥哥。奶奶说：可怜的孩子。我虽然不懂什么是爱，但我知道你是因为爱才成了这样的，是吗丫丫？我说：是的！奶奶说：其实，人不能对爱寄予太大的希望。爱是什么呢？用我们老百姓的话，就是好好地过日子。

睡觉的时候，我依偎在奶奶的身边，就像当年依在她怀里一样，让孤独异常的我感到了无限的温暖。奶奶爱怜地抚摸着我的头发和脸，亲切的抚摸让我的泪水又涌了出来。奶奶心疼地说：丫丫，你的状况、你的样子，让奶奶心疼。

奶奶的话让我更加难过了，我哽咽着。奶奶说：丫丫，如果你心里难过就哭出来吧。奶奶！我抱着奶奶哭出了声。多少年了，我一直在默默地流泪；多少年了，我一直没有哭出过声来。我已经习惯了默默流泪，因为从来没有一个人劝我哭出声来。今天，奶奶回来了，现在这个世界上最爱我疼我的奶奶回来了，我才知道哭出来要比默默流泪好过多了。奶奶！我真的好想你、好想弟弟、好想哥哥。

奶奶说：我知道，丫丫，我的孩子。奶奶也是好想你，好想果果和平平，我可怜的平平。奶奶说到弟弟又哭了。我说：奶奶，不要再哭了，弟弟听见会心疼的。我们只有好好地活着，永远怀念弟弟，弟弟才会永远不离开我们。奶奶：是的，在那个世界，你奶爸一定会照顾平平的。我说：是的。我奶奶和妈妈会给他们做饭，我爸爸会给他们拉《梁祝》的。奶奶说：丫丫，你这么一说，奶奶心里觉得好过多了。

奶奶累了，独自睡去了，可我怎么也睡不着。我知道此时此刻世界上所有的女人都依在爱人的怀抱里幸福地睡着，可我的哥哥却不能每天晚上抱着我睡，我只有在六旬奶奶的身边寻求依靠和温情。

小木房子没有了

奶奶回来的第二天，负责城区市政建设的有关人员找我谈话，要我赶快搬离小木房子，因为城区新的建设规划要从山下往山上开一条大路。也就是说，我的小路、我的小木房子以及小山上的修生墓和那棵大树要从这个世界上消失了。

和我谈话的人早走了，而我一直呆呆地站在小路上，且忘了回家，想想过不了几日，小路、小木房子和小山上的修生墓以及那棵大树将在我的生命中消失，我就觉得我真的无法再活下去了。我不知道我究竟做错了什么，就连这样一条别人舍弃的小路也不让我走，这样一个小木子房也不让我住。

不知什么时候，奶奶来到了我的身边。奶奶说：丫丫，别难过。我们再搬个地方住就是了。这是政府的决定，我们是没有办法的。我说：我知道。奶奶说：你知道就好。别再难过了，孩子，人生就是这样，奶奶比你经历的还难、还苦，但奶奶还是坚持活了下来。听话，我们回家吧。

又到了晚上，又躺在了奶奶的身边，又开始了默默地流泪。奶奶说：丫丫，听奶奶的话，找一个好人家嫁了吧，这样果果也就死心了，你这样等下去会毁了你和果果的。我说：我今生今世只爱哥哥一个人，我一定要等哥哥，我不能让哥哥回来了找不到我，那样哥哥怎么办？

奶妈说：我知道你从小跟惯了果果，离不开果果。可是你们都是大人了，果果也结婚了。你嫁了人家，也可以和果果做亲的。我说：我的爱只给哥哥。只要哥哥在，我就不会爱别人。奶妈，不要为我操心了，我们这样过着等哥哥回来。哥哥回来了，我们三个一起过，这就是我梦寐以求的活法。

奶妈说：丫丫，你不用为奶妈操心。奶妈可以回司家村去住。我们过去住的窑洞还在，奶妈还硬朗，还能生活得了。我说：奶妈，别离开我，我害怕一个人住。我不要你回司家村去，如果你硬要回去，那我就请求调到司家小学去任教，照顾你一辈子。

奶妈说：丫丫，我不能让你因为我而调回司家小学去，我决定留下来陪你。只是，好孩子，你不要再难过了，不要再流泪了。我说：好的，奶妈。我听话，再也不难过了，也不流泪了。

当初我买下这个小木房子时，是为了爱。如今哥哥已经走了，我只是为了活，也就不那么讲究了。但是我还是不想回到学校去住，只想在小木房子的附近买个房子，这样我就可以天天看见哥哥家的房子。哪怕只有房子，只要能让天天看见，我的心就不会痛。

也许是天不绝我，就在离小木房子不远的地方，有一个刚刚修建完还没有装修的房子要卖。我和奶妈看了看，同样在半山腰上，只是比小木房子要大些结实些。建筑面积足有两百平方米，一排朝南向阳的五间平房，水、暖、电、厨房、锅炉房、浴室以及厕所等配套设施齐全，只是还没有围墙。房主说其实他是很喜欢这里的，只因为妻子嫌这里离城里太远，所以只好忍痛割爱了。房主人的话让我感动，如今还有这样在乎妻子感受的男子。也许是我觉得这个男人很像哥哥，才生出这样的感动。房主人说他看出我的状况不太好，房子只要五万元。奶妈说五万元太贵了，房主人说他只是照本处理。我没有想这房子的贵贱，重要的是我看上这房子的地理位置和内部格局，约一百平方米的大客厅，两间三十平方米的卧室和四十平方米的书房。我把大客厅当作书房，把书房当作了客厅。屋内没有装饰，墙还是那最原始的红砖墙，屋顶是灰色的水泥顶，地面也是灰色的水泥地，这些让我找到了小木房子的感觉。

搬家整整用了一周时间，搬家费用了一千元，两个年轻人和一辆搬家专用车，不知跑了多少趟，才把那八个大书橱和上万册书搬过来。搬过来的书堆了满满一地，我和奶妈累得装不进书橱，况且小木房子消失在即，我也不能安心整理书。奶妈不让我去看小木房子被推倒的情景，她怕我经受不了那残酷的打击。但我还是想看，那是我至爱的小木房子啊！那里有哥哥抱我时留下的气息，有哥哥吻我时留下的清香。

在一个没有阳光的日子，隆隆轰响的推土机先把我的小路推得没有了踪影，又残忍地把小木房子一寸一寸地推倒，那一根根富有灵性的圆木哭泣着滚到了地上。霎时间，没有了小木房子的小院子成了一片真正的废墟，这让我想起了庞贝古城在世界上消失的情景。

当我在小木房子的废墟上还没有回过神来时，隆隆怒吼的推土机又爬上了小山，转眼，那棵在我心中活了三年的大树也被推倒了，我疯子一般跑到小山上，看见大树下的修生墓也没有了。我用双手奋力地挖着，直到十指滴血，才看到修生的墓碑，我用三百元钱买下了这棵大树和修生的墓碑。这时，我才觉得右脚和左腿钻心地疼。我不知道大树倒下的那一刹那，我是怎样跑上小山的。我坐在地上用手抚摸腿脚时，突然看见了哥哥家的房子，随即就想起了哥哥。哥哥，奶妈回来了，我的小木房子也没有了。我好想你，如果哥哥在，我就不会这样难过。

小木房子拆下的圆木变成了我家院子的新围墙，望着一根根我深情注视和抚摸了三年之久的圆木笔直坚定地站在我的院子边，我不由得泪流满面，一个等待爱的人，是非常感激和感谢那些和自己一起共度寂寞时光的人和物的。那棵大树也栽在了院子里，修生的墓碑也立在了大树下，大门外仍然有一条虽然不长但酷似小木房子前的那条小路一样的小路。我尽力用我的方式重新构建我的精神家园，以支撑自己活下去。

只是哥哥，一点儿也不知道我这里发生了这么多的状况，哥哥知道我的腿受伤了、脚流血了会心疼死的，知道奶妈回来了会马上请假回来的，知道弟弟不在了会难过死的。奶奶说：我们什么也不要告诉果果，我们要学会承受苦难，让我们的亲人活得轻松一点。哥哥，我们的奶奶多好，她是多么爱你。哥哥，你一定要回来，我和奶奶都需要你。

哥哥说再也不走了

奶奶回来后，我决定不去报社工作了，但已经辞职的我，暂时没了去处，这时，尉迟老师出任了我们县文化局的局长，于是把我调到那里，这样我就可以一边照顾奶奶，一边工作。在尉迟老师的家里，我看到了已经痊愈的师母。师母看到我抱住我说：丫丫，多亏了你哥哥在新加坡给我拿回来的药才治好了我的病。我说：不用谢师母！你能康复，是我们最大的幸福！

奶奶回来的第二年，获得硕士研究生学位的哥哥也回来了。哥哥说他太累了，于是就请了两个月假回来休息一下。哥哥这次回来，才知道奶奶回来了。哥哥在我新家看到奶奶后，一下扑到奶奶的怀里哭了起来。哥哥说：奶奶，我好想你。奶奶，我们终于回来了。奶奶，我们再也不要分开了。奶奶也哭着说：是的，是的，我的好孩子。哥哥看我在一边哭，就把我也拉到他怀里说：丫丫，哥哥这次回来就不走了，要留下跟你和奶奶过一辈子。我说：是吗？是吗？哥哥说：是的！是的！

哥哥回来好几天了，嫂子没有回来，也没有打电话。哥哥说嫂子回北京进修去了，要两年时间才能回来。哥哥回来说想回司家村奶奶的家里去住，奶奶别提有多高兴了。我们回到了司家村，我们回到了奶奶的家，我们又回到了小时候，但哥哥说他再也玩不动了，哥哥说他只想躺在奶妈家的炕上，一边是奶妈，一边是我。哥哥说：丫丫，你睡在边上吧，哥哥觉得有点害怕。我说：我现在长大了，哥哥就睡中间吧。

哥哥带我去西部度蜜月

有一天哥哥对我说：丫丫，我们去西部度蜜月吧。我说：真的吗？哥哥说：真的，这不是你梦想的事？我说：是啊，我是想和哥哥去度蜜月的。可是现在……我没有再说下去，我怕哥哥心里难过。哥哥说：我们现在就带着奶妈去度蜜月吧？你能请下假吗？我说：没问题的，有尉迟老师呢。哥哥说：那好，你去请吧。我和尉迟老师说我们要去西部。老师说：为什么突然要去西部？我说：哥哥要帮我实现去西部度蜜月的理想。老师：都这么大了，还像孩子一样浪漫。我说：我们只去半个月时间，就让我们去吧。老师说：那好，路上要小心。随时打电话告诉我你们的情况。我说：好的。我们一回来就过来看你。

奶妈见我们兄妹见面不久就决定要去西部，便惊奇地问：西部是个什么地方？离我们这里几里路？我们相对无言。西部是个什么地方？离我们这里有几里路？我们不知道。我们只是在梦中到过西部，只是在想象中虚拟过西部，但究竟西部是个什么地方，我们真不知道。奶妈说：连西部是个什么地方，离我们这里有几里路也不知道，还嚷着要去什么西部？都三十多岁的两个人了，还玩。

哥哥说：这不是玩，这是我和丫丫的约定，我曾经答应丫丫要和她去西部去度蜜月。奶妈说：我可怜的丫丫和果果。哥哥说：奶妈，你不要难过，我答应过丫丫的事都要兑现。奶奶说：那你媳妇呢？哥哥说：我们不要说那么远好吗？我现在只要带奶奶和丫丫去西部。

奶奶说既然她热爱的两个孩子都梦想着要去西部，那西部一定是一个美丽的地方了，那她也一定要去西部看看，是什么在吸引着她的儿女。

西部假如知道，世界上有这样三个与它无关的人这么迷恋它，该是一种什么感受？

西部，一个天涯游子梦想的地方、一个凄凉孤女梦想的地方、一个孤苦老人梦想的地方，该是一个怎样的地方呢？

哥哥亲自开着车，拉着我和奶奶出发了。到了村口，司家村的乡亲们来和我们送别，听说我们要去西部，一个个满脸的茫然和未知，他们怎么也想不明白西部究竟有什么东西在吸引着这三个人。特别是奶奶，叔叔说奶奶一个年过花甲的老人了还要去什么西部，就不怕把老命扔到他乡异土？奶奶说，她只想和她的两个孩子在一起，无论西部多远，或者是天涯海角，她都要随我们去。这让我和哥哥好感动、好感动。

那么，究竟是什么原因让我对西部这样深深眷恋呢？我知道不是那黄河西岸、丝绸路上的文化遗存，不是那武则天、唐高宗的“寝宫”乾陵和马嵬坡的杨贵妃墓，也不是范仲淹抗敌御倭的遗址、霍去病犒赏众军的酒泉故池、左宗棠植下的“左公柳”、林则徐流放伊犁的遗踪，更不是世界奇迹之一的兵马俑。

那是什么？我想是“大漠孤烟直，长河落日圆”的大漠意象，是张爱华找到的那种“巨大的空、漏之感，鲜明的边缘、尽头印象”。张爱华说，“在西部，人们最终并不死去，而是深藏或飞升”。是的，我所追求的正是这种境界，我想离开这个世界，但我不想轰轰烈烈地死去，而是想孤独地深藏或飞升。

还有一个让我迷恋西部的原因，就是那敦煌莫高窟的彩塑、壁画。我梦想有那么一天我在无边的沙海中艰难地跋涉着、寻找着。突然，奇峰耸拔的三危山山巅闪烁出神秘耀眼的金光，乐尊法师在此开凿出了第一个洞窟……敦煌莫高窟展现在我的眼前，夕阳西落，大漠尽头，浩瀚戈壁，尘埃弥漫。啊，敦煌，我的西部情绪。

而哥哥去西部的目的，恰恰是要沿着古代丝绸之路，去追寻丝绸之路上的文化遗存，他甚至把看壶口瀑布作为西行的第一站。当我们站在举世无双的壶口瀑布面前时，真正被这个华夏古老名瀑、世界第一黄瀑所震撼了，我无法用语言形容壶口瀑布带给我的震撼，我没有能力将这种震撼表达出来，只能永远地被震撼了。

看壶口瀑布激发的万千感慨，到了“扶苏呜咽泉”边全没有了。哥哥怪我不该带他来看什么“扶苏望月台”和“扶苏呜咽泉”。好在奶妈留在绥德宾馆休息，要不，她老人家知道了扶苏的状况后不知会哭成什么样子。

看完“扶苏呜咽泉”，回到绥德宾馆，我一直在想扶苏而不能入睡，随即又想起史铁生和他的《我与地坛》，以及他哲学般的生死观。史铁生说：“一个人出生了，这就不再是一个可以论证的问题，而只是上帝交给他一个事实；上帝在交给我们这个事实的时候，就顺便保证了它的结果，所以死是一件不必急于求成的事，死是一个必然会降临的节日。”他把死说成是一种节日，这就是说，我们每天的奔波就是为了迎接这个节日。也就是说，我和哥哥和奶妈的这次西部之行也是为了迎接这个节日，最起码我是有备而来的，只是希望不要太隆重。

想完了死，又想我的奶妈和哥哥。

哥哥是一个英俊而忧郁的男人，极具西部神韵，给人一种极重的沧桑感和悲凉感，这让我着迷。当我和奶妈看到哥哥时，我的耳边突然响起了费翔的歌声：归来吧，归来哟，浪迹天涯的游子。那游子满脸的疲惫，空空的行囊，长流的泪水，哽喉的呜咽。哥哥向我们跑来，哥哥扔掉了背包和我们拥抱在一起。

哥哥是个沉默寡言的人，但举手投足间，对我和奶妈充满了浓浓的亲情和爱意。他每晚睡觉前都要给奶妈铺好被褥，每次吃饭时都将好吃的饭菜夹给我和奶妈，每天晚上都抢着给奶妈洗脚，每天早晨起来都抢着给我梳头。无论在什么场合，只要我的头发披散下来，他都要轻轻地拢起来梳理整齐。每到这时，我都会泪流满面，他又会为我抹去泪水说：别难过丫丫，我会好好照顾你和奶妈的。

哥哥常常喜欢站在奶奶家的大门外望着远方沉思，但他从来不告诉我们他在想什么。如果这时我突然来到他的身边，他就头也不回把我拉到他的胸前，拥着我继续沉思。有时我发现他只是傻傻地凝视着远方，有时却是泪流满面。假如这时我问他怎么啦，他或者用手抚摸着我的头发什么也不说，或者推开我挑起水桶去挑水。

哥哥每天都要和我在奶奶家的窑背上演奏《梁祝》，每一次我和哥哥都是哭得不能再进行了，然后就相依在一起流泪。

哥哥对司家村熟悉极了，仿佛这么多年，他从来没有离开过，他每天帮助奶奶干家务活儿，还到地里挖野菜吃。到了傍晚时分，他就一手拉着我一手拉着奶奶，来到司家塬的旷野里散步，走累了我们就坐在地垄上，这时，他不是紧紧拉着奶奶的手翻来覆去看不够，就是在我的头发里找出一根一根的白头发拔下来。夕阳的余晖在我们的身上镀了一层金色，我很想这样永远地待下去。

对于这次西部的蜜月之行，我们都是茫然的，不知道要去多少时间，不知道要走哪条路线，只是凭感觉，凭对西部的向往和热爱。

西行的路上，我不知道奶奶和哥哥在想些什么。我想得最多的是死，老觉得我们不是去旅行，而是去赴死。因为出发前，哥哥决定把他身上所有的钱交给我，说这是他的全部财产，让我全用在旅行上，奶奶也把她一生的积蓄全拿上，我就更不用说了。冥冥之中，每个人的心中仿佛都预感到了什么。我想不管怎样，我不能带着奶奶和哥哥去赴死。

我们出了陕西的第一夜，住在一个不知名的小镇子里。到了晚上哥哥说他太累了，就在我的身边躺下握着我的左手睡去了，奶奶和我说了一会儿话也睡了，只有我还在用右手写着西行日记。夜半时分，刚刚躺下的我突然听到哥哥痛苦的呻吟，我急忙起来，拉开电灯，看见哥哥面色苍白，汗水淋淋，右手紧紧压住肝，说他那儿疼得厉害。我要送他去医院。他说天亮了再说吧，人生地不熟的，到哪里去找医院？他让我用力给他压着肝，他说这样他的疼就会减轻一些。我按他说的用力压着他的肝，果然他慢慢地停止了呻吟。

第二天起来，我要带哥哥去看病，哥哥说他不疼了，没事了，继续上路吧。哥哥说着就拉开了车门，我和奶妈只好上了车，继续我们的西部之行。

从西安到兰州，我们整整走了七天时间，因为几乎每天哥哥的肝都要疼一次，这样我们就不得不停下来休息，可是无论我和奶妈怎样劝说哥哥，他就是不肯去医院看病，只是说太累了，每天吃好几片止痛片。到了兰州，我说这下到了大城市，我们就多住几天看一下病，这样疼的时间长了怕引起大病。哥哥说没事，并且说他在北京常常这样疼，只是间隔的时间没有这么短。他接着又说，没事的，也许是太累了。在兰州的三天里，哥哥几乎没有喊疼，不知道是真的不疼了，还是他忍着，反正很有精神地陪我去游皋兰山。奶妈因累而留在了宾馆，我和哥哥先是坐车，后来是步行上皋兰山。哥哥因身体欠佳走不动，我因腿有毛病不能多走，所以我们只在皋兰山的半山上转悠了半天，没有爬上山顶。又因为是白天，所以没有找到余秋雨游皋兰山时的那种感受。而且对张骞、玄奘、林则徐、左宗棠是否上过皋兰山，霍去病是否在皋兰山狠狠地打过一次仗，更无从考证。总的感觉是我们看到的皋兰山和余秋雨笔下的皋兰山不一样，不知是白天的原因，还是什么。反而对真实的皋兰山和余秋雨的《皋兰山月》都有点失望。

从兰州去敦煌要穿过长长的河西走廊，已是生命葳蕤的七月了，可是这里仍然没有一点色彩的魅力和澎湃的激情，仿佛一个墨守成规的人死守着自己这份固有的沉寂和不变的现状，这让我感到现实中的西部并不像我梦想中的西部那般梦幻。

车进入嘉峪关，黄土高坡消失了。放眼望去，远山的白雪在七月的阳光下放射出耀眼的白光，无垠的沙漠在七月的阳光中袒露着生命的真诚。我知道翻过这无边无际的戈壁，到了那荒漠的终点，就是我生命中向往的那片图腾的所在地。

敦煌快到了，虽然我的目光还未到达，我的足迹还未到达，但我的灵魂已经到达了敦煌。

奶妈和哥哥都病倒了

就在我为即将看到爱恋已久、朝思暮想的敦煌而激动万分时，奶妈病倒在了安西宾馆，头天夜里睡觉时还好好的，可是第二天早晨起来时却发现奶妈已全身瘫痪不会说话了。

奶妈，你这是怎么啦？敦煌就要到了，你就要看到西部真正吸引我们的地方了。我哭喊着。

哥哥也是满眼泪水。哥哥说他早有预感，只是不敢说出来，生怕自己深爱的奶妈和妹妹有差池，那他会后悔一辈子的。哥哥说：我们不要去敦煌了，在我还能开动车的时候赶快回家吧。

我说：那奶妈怎么办？

哥哥说：先在西安看病。西安医院的医生说就这个样子，也许会再活十年八年，也许很快就会走的。我说：不可能！昨天奶妈还好好的。

奶妈的眼中流着泪水。我说我们留下来治病吧，奶妈眼中的泪水就如泉水一样涌了出来；我说那我们回家吧，奶妈眼中的泪水就停止了流动。哥哥说：奶妈要回去。我说：可是敦煌，我们已经来了，却不能看到。哥哥说：只要生命存在，敦煌会有机会再来的。

我们千难万难，终于把奶妈拉到西安，住在西安市专治中风瘫痪的医院。这时，哥哥的肝也疼得无法控制了。我说这下该给你看病了，哥哥说先给奶妈看吧。可就在一天傍晚哥哥突然疼得昏迷了，我连夜把他送到西安肿瘤医院检查，结果是肝癌晚期。哥哥看上去很平静，仿佛他已有思想准备。而我却傻了一般，在医院的走廊里坐了整整一个上午，忘记了在另一所医院里住着的奶妈，忘记了已住进肿瘤医院的哥哥。我只想逃离这个可怕的世界，只想去死。直到中午哥哥打我的手机，我才清醒过来。我站在医院的走廊里，不知道自己该去照顾谁。我害怕极了，我难过极了，我绝望极了。哥哥，你不是来和我度蜜月的吗？可是你还没有让我感受到我从五岁起就渴望的那种洞房之夜，就把我推到了绝望的边缘。哥哥，你不是这次回来就不走了吗？你不是说要跟我和奶妈过一辈子吗？我哭着，我绝望着，但我不敢让哥哥看到我的眼泪和绝望。就这样，我一个人来回跑着照顾两位重病人，累得都不会哭了。后来在好心医生的帮助下，我把奶妈转到哥哥住的医院，我才将就着往下活。

给哥哥和奶妈交了住院押金后，我们所带的钱所剩无几了。我只好给司徒梅打电话，让她赶快把我的房子卖掉，把钱给我寄过来。司徒梅问我的那些书怎么办，我说我不知道。司徒梅说我的房子在半山坡上卖不上价钱，我说便宜点也行，我要用钱。后来司徒梅在电视台做了广告，终于有人以原价五万元买了我的房子，并让我的书先放着。谁这么好心呢？司徒梅说回来再告诉你，先给你奶妈和哥哥治病吧。

哥哥的病怎样治也没有什么疗效，因为癌细胞已经转移了，不能做手术，而化疗他死活不愿意做，他说他根本就不想治疗，实在是拗不过我，所以我只好悄悄告诉医生给哥哥用最好的药。这样一个月过去了，钱快花完了，哥哥和奶妈的病都没有什么进展。哥哥死活不住了，奶妈也一个劲儿哭着要回家。我只好打电话求助司徒梅，司徒梅和他爱人来到西安把我们接回来。司徒梅的爱人是个司机，他费了好大的劲儿才把哥哥的车开回来，因为车上有两个危重病人。

我带着奶妈和哥哥回到了司家村

回来后，我想让奶妈和哥哥在县医院继续治疗，可他们执意要回司家村。

回到司家村，奶妈的病仿佛轻些了，能含糊不清地说些简单的话，喂进嘴里的饭也能咽下去了。可是哥哥的病却重了，每天靠打哌替啶止疼，后来哌替啶也止不住了，就靠我用硬塑料鞋刷刷背，这样才能减轻些他的疼。

在最后的日子里，我每天每夜除了给奶妈喂点饭，换一下尿布，就是给哥哥刷背。那是怎样一份让我眩晕、战栗、发抖和滴血的差事啊。刚开始的时候，哥哥的背上还没有伤，只是瘦得不成样子，我用刷子刷时还能看好地方再往下刷，一天下来他的背上已是血肉模糊了，可是一停下刷子，他就叫喊着疼。长这么大我没有见过病重的人，哥哥的疼让我恐惧极了。只要听哥哥让我给他刷背，我就立刻想去死，可是哥哥说我不能死，我必须留下来为他和奶妈送行。

到了这个时候，我觉得该问一下哥哥的事了。难道他即将离世了也不想再见见嫂子吗？可是哥哥说，如果我爱他，就不要折磨他，赶快给他刷背。我只好哽咽着又一次把疲惫不堪的他抱在怀里，让他的头依在我的胸前，然后闭上眼睛给他刷那伤痕累累的背。那是一种怎样痛苦的折磨啊，我宁愿不要生命。但是我又不得不忍受这比死还难的折磨，因为哥哥需要我这样，我亲爱的可怜的哥哥。每刷一下我都疼得发抖，每一刷子都像刷在我的心上，我觉得我的心在一寸一寸地死亡着。刷啊刷啊，刷得哥哥在我的怀中睡着了，我也累得要睡着了，可是我的手刚一停下来，哥哥就疼醒了：丫丫快刷。我只好硬挺着给他刷。就这样，我给哥哥刷了半个月背，用坏了好几把刷子，累得我的手臂疼得都抬不起。到后来哥哥的背上根本就没有一点好地方，整个一个乱肉滩，让人惨不忍睹，惨不忍睹啊。苍天啊，为什么要这样对我善良的哥哥，不让他活就算了，为什么要让他受尽折磨？

哥哥和奶奶一起去了

那是一个未知世界，我曾梦想要去的世界，一个没有苦难、没有痛苦、没有欲望、没有尘埃的世界，一个安静得让人想哭、寂寞得让人想爱、孤独得让人想睡的世界，然而就这么一个美丽的世界，却让奶奶和哥哥先去了。

农历九月初九，哥哥走的那天，没有喊疼，也没有让我给他刷背。哥哥让我把他抱到奶奶的身边，用苍白的手抓住我和奶奶的手，泪水缓缓地流着。他用微弱的声音叫着奶奶，说他来生再报答奶奶的养育之恩，告诉我说他不行了，让我好好地照顾奶奶，让我把他葬在奶爸和奶奶的墓旁，让我给奶爸、奶奶上坟时也给他烧张纸，并感谢这些日子我对他的照顾。哥哥在这个世界上做的最后一件事，就是想再抱抱我吻吻我，可是哥哥却没有力气做了。哥哥留在这个世界上的最后一句话是：丫丫，哥哥爱你，但却没有给你那个我们梦想了二十多年的洞房。丫丫，如果有来生，哥哥一定带你去西部敦煌度蜜月。我说：哥哥，我不要等到来生，我要哥哥快点好起来，带我去西部敦煌度蜜月。可是哥哥再也不说话了，只是流着泪。

可怜的哥哥终于结束了他痛苦的挣扎和苦难的生命。哥哥走的那天，奶奶也走了。奶奶看见哥哥闭上了眼睛，便大叫一声：果果，我可怜的儿子。说完也闭上了眼睛。奶奶最后的声音是那样清楚有力，充满了一个母亲对儿子的无限怜爱。

秋日的阳光照在奶奶的土炕上。哥哥在前炕躺着，奶奶在后炕躺着，我在中间躺着。哥哥和奶奶走的时候每人抓着我的一只手，却不把我带去。我觉得好累好累，好想和他们一样永远睡去。

奶奶和哥哥相伴着到了另一个世界，到了那个我向往已久的美丽世界，却把我留在了我不愿意在的这个世界里受苦受难。原本我是计划去死的，却没有死成，而可怜的奶奶和哥哥却在浑然不觉中走了。这么说，史铁生说的我生命中的那个节日还没有到来。

我以为我什么也没有了

埋葬了奶奶和哥哥后，司徒梅把几乎死了一般的我拉回小城。下了车，我的双腿疼得还不能迈步，更主要的是我无家可归。司徒梅说，我不在的这些日子里，老师已把我的办公室收拾好了，正等着我回去。

我被司徒梅拉着回到了离别两个月之久的办公室。真的，我的老师在等着我。我扑到了老师的怀中痛哭起来。这个曾经对我宠爱至极的老师，用哥哥一样的动作抚摸着我披散下来让泪水打湿的头发，亲切地对我们说：丫丫，别难过，我们会照顾你的。

老师的话，又让我想起了可怜的哥哥和奶奶。可怜的奶奶刚刚找回她的儿女，还未来得及享福就匆匆地走了；可怜的哥哥，刚刚回来两个月，还没有来得及和我走进洞房就匆匆地走了。哥哥走后，我才在他的皮箱里发现了他和嫂子的离婚协议和遗书。哥哥把他们的全部财产和积蓄都给了嫂子，哥哥觉得对不起嫂子，但为了不毁掉嫂子的一生，还是决定和嫂子分开。哥哥说：爱，真是太无情了。哥哥说，他也想试图去爱嫂子的。

哥哥，一直让我等着他，他明明已经结婚了，但每一次分手时都千叮咛万嘱咐，让我等着他。哥哥说：爱是自私的，他已经错了，不能让我错过，如果两个人都错过了，那就真的没救了没希望了，那他就不能活了。

哥哥回来了，哥哥说他根本就不该走，如果当年他不走，做一个司家村的农民，就会和司徒海一样，有一个幸福的家庭，有一个可爱的女儿。哥哥说：做农民有什么不好。能和丫丫在一起，是最幸福的人生。

哥哥回来了，哥哥是一个说话算话的男人。哥哥要兑现他当年对我的承诺。他说他爱我，他要回来娶我。但是让哥哥措手不及的是，他刚刚自由，刚刚有权利和机会兑现他的承诺时，他发现他的身体有问题了。于是哥哥什么也没有告诉我，只是静静地用他生命的最后时光，陪着我和奶奶，把他最后的爱全部给了我们。哥哥从小就和我住在一起，从小就答应要娶我，也无数次地拥抱我和亲吻我，但我们始终没有洞房。十七岁之前他根本没有想到有一天会离开我，再说那时候我们还太小，还不懂得洞房。二十五岁回来后，他已经没有权利了。三十三岁再回来后，他已经来不及了。哥哥虽然什么也没有说，但他爱我刻骨铭心。有一次我给哥哥刷完背后，哥哥忍着疼对我说：丫丫，对不起！哥哥没能兑现了爱的承诺，和你携手进洞房。但是丫丫，我爱你，我在心里已经无数次和你进了洞房！我说：不是的哥哥，从我五岁时哥哥和我在老枣树下拜了堂进了老枣树的洞房里起，我们就进了洞房，就是夫妻了。哥哥说：丫丫，谢谢你的爱，谢谢老枣树上我们的洞房。我说：哥哥，等你病好了，我们再举行一个盛大的婚礼，真正进那个属于我们的洞房。哥哥说：丫丫，好的。到那时，哥哥就把初夜交给你，我一直给你留着，我谁也没有给。丫丫，今生今世，我只爱你一个人，也只爱过你一个人。我说：我也是，哥哥，我的初夜也给你留着，谁也没有给。哥哥，今生今世，我只爱你一个人，也只爱过你一个人。

我安静下来后的一天，司徒梅给了我家的钥匙，说那个买我房子的人是我的表哥，但他却把钥匙留给了我。

原本奶奶没了，哥哥没有了，我以为我在这个世界上什么也没有了，但老师说还有他和所有爱我的人。

下篇

我把自己留在了虚拟世界里

我来到司徒芳家有些日子了，仿佛这个居住着三百多万人口的大城市对我没有一点影响，我一直活在一种看不见、听不见的孤独中。刚开始的时候，我还有泪，现在连泪也没有了。来司徒芳家的大部分时间都在床上度过，偶尔也来到顶楼上，但无论是白天还是晚上，无论是早晨还是傍晚，我的目光并不投向城市，而是越过城市看向远方。多少次司徒芳上来的时候，都被我专注的神情吸引，也向远方望去，可是每一次她都格外失望，因为除了灰蒙蒙的天，什么也没有。

此刻我又来到了顶楼，站在窗前向远方望去。初夏的黄昏又下着小雨，我感觉烟雨朦胧中一身洁白、秀发如瀑的自己像一尊痛苦女神，脸上挂着淡淡的哀伤，眼中罩着朦胧的泪雾。这种感觉让我觉得哀伤而圣洁。

不知什么时候司徒芳也上来了，她从身后把我抱住。好久之后，司徒芳对我说：我们下去吧！我说：嗯！

我们下到五楼司徒芳的家里。司徒芳说：我们吃饭吧！我说：嗯！司徒芳说：你要多吃点，尽快振作起来。我说：嗯！

吃完饭，我们来到了我住的那个房间，司徒芳拿出一个银灰色的摩托罗拉手机对我说：丫丫，拿上用吧。我说：我不要，没有用。司徒芳说：怎么没用，你明天要去上班了。我不放心，拿上我们好联系。我说：不用了，没事的。如果我回不来了，我会到电话厅给你打电话的。司徒芳说：不要这样，我们从小一起长大，又同学到初中毕业，就像亲姐妹一样，如果你拒绝我会伤心的。我固执地说：我知道，但我用不着。司徒芳说：我知道你为了给你奶妈和果果看病把手机和电脑都卖了。

说到奶妈和哥哥，我又难过地闭上了眼睛。司徒芳说：对不起丫丫，不要难过了好吗？早点睡吧。我说：嗯！

第二天，司徒芳陪着我来到晚报社报到，接待我们的是晚报社的领导、司徒芳的表姑妈。她叫来一个扛着摄像机的小伙子说：慕容泽，这是独孤丫丫。此后，你就和她是搭档了。那个叫慕容泽的年轻人说：那太好了，从此，我慕容泽孤军作战的日子就结束了。司徒芳的表姑妈说：你们今天就到郊区去暗访一个排放污水的厂家。慕容泽说：知道了。

上班的第一天就要下去，这是司徒芳和我没有想到的。司徒芳拉着我的手说：别害怕，放心去吧。我说：你回去吧。司徒芳说：记得给家里打电话。我说：知道了。

慕容泽问我说：那是你姐姐吗？我说：是的。慕容泽说：这么大了，还不放心，你这是初次来省城上班吧？我说：是的！慕容泽说：我发现你的语言很简洁，是吧？我说：是的。慕容泽耸耸两肩说：哦！天呢！我却像个老太婆。我说：没有啊。慕容泽把摄像机放进采访车说：是的，我最好是闭上嘴。我们走吧！

我们在郊区一直转悠到下午三点多钟，也没有找到排放污水的厂家。慕容泽从车里拿出两个面包和两瓶矿泉水说：你饿了吧！我说：我不饿，喝点水就行。慕容泽把面包扔给我说：吃吧，不要这样，我们相处的日子长着呢。我说：我真的不想吃。

慕容泽没有再说什么，一边吃着面包，一边拿出手机说：总算有信号了。他发了好长一会儿短信后抬头问我：你不打电话？也不发短信？我说：不。慕容泽问：为什么？我说：我没有人要发。慕容泽奇怪地说：不会吧！我说：真的。慕容泽说：那你就上网找一个吧。我说：不了。慕容泽说：哎呀，你这个样子我都受不了啦，哪像个年轻人？我告诉你，发 EP 到 9090 就上网了，这样你就可以找一个人聊聊天。说不定，还会遇上一个老同学什么的，但由于你用的是 E 配号，谁也不认识谁，可好玩了。我摇摇头，什么也没有说。正在这时，我的手机响了。我拿出来一看，是司徒芳打来的。问我在什么地方，吃饭了吗，什么时候回去。我一一做了回答。

晚上回到司徒芳的家里，我躺在了床上，可是怎么也睡不着。我强迫自己不去想今天以前的事情，我要忘记过去，重新开始。可是过去是想忘记就能忘得了的吗？那怎么办？我忽然想起了慕容泽说的手机上网的事。我怀着紧张的心情，打开手机输“EP”发送到 9090，根据里面的提示，输入自己的网名无泪。我看了一下时间，是二〇〇三年六月二十日二十时二十分。我在心里告诉自己，只和第一个进入我视线的人聊，三秒钟过后我的手机上就出现了一个网名叫冷血的网友。

冷血说：你好，你是无情的妹妹无泪吗？我吓了一跳，便问：你是谁？你怎么知道的？ 冷血说：我是你哥哥无情的师弟，当然知道了。你哥哥是四大名捕之首，你的武功也一定很厉害吧！ 我说：我哥哥不是无情，我也不会武功。冷血说：我想也是。如果你会武功，我能不认识你吗？那么你的文功一定很厉害了。我说：我什么也不厉害。冷血说：开玩笑了。我叫司马峰，是平安市人，可以认识你吗？我说：不用了，我只是上来看看。冷血说：既然来了，就不要走了。我们肯定有缘，因为你是无情的妹妹，我是无情的师弟。我今年二十八岁了。你一定是个小妹妹吧？我说：我不是！我要下了！我匆忙下了线。

好紧张。我没有想到手机上网是这样的神奇，刚刚三秒钟就认识了一个人。你是无情的妹妹无泪吧！他怎么会这样想呢？冷血！《四大名捕》中那冷傲而又帅气的冷血出现在我的脑海里。这个真名叫司马峰的网友会是冷血的那个样子吗？我胡思乱想着，忽然，我为自己有这样的联想而不好意思。

我本来打算上来看一下，然后和第一个网友聊几句就下去了。现在我有点动摇了。为了一种莫名其妙的感觉，我把自己暂时留在了虚拟世界里。

冷血的话一下子让我泪流满面

辛苦了两天，我们终于找到了排污的厂家。慕容泽说：今天不早了，我们回去吧。等明天来了，我们再深入进去。回来的路上，我收到了冷血的一条短信：无泪，你在哪里？你还记得我吗？我是冷血，是不是我说你是小妹妹，你生气了？慕容泽问我是不是网友的短信，我说不是。我没有给冷血回短信。

到了晚上，冷血又发来短信：无泪，你真是无情的妹妹？不要和师兄一样把痛苦放在心里，表面上装无情好吗？因为你的网名叫无泪，所以我记住了你。我说：不是的。我们今天到大山里去了，那里没有信号。冷血说：你终于回话了。无泪，我好高兴。知道吗？我在惦记你。看到你的名字，我的心就像被什么东西撞击了一下。是啊，一个尘世间的女子，如果无泪了，那她一定是遭受了人世间最痛苦的经历。我不知道在你的身上发生了什么，但单从这名字看，我就觉得你一定在痛苦和绝望中挣扎着。你虽然无泪了，但你的心在哭泣，是这样吗？

冷血的话一下子让我泪流满面。是的，我好久没有哭，也没有流泪了，就像一根没有思想的芦苇站立在沼泽里。是冷血，这个刚刚认识一天的网友，让我有感觉有泪水了。冷血问：无泪，我感觉你此时在哭，是吗？你是一个白衣黑发的女子，是吗？我说：是的，我在哭！我是一个白衣黑发的女子！你是怎么知道的？难道你能看见我吗？冷血说：我看不见你，我是感觉到的。因为我看到你的名字，我的心就隐隐作痛。我说：谢谢你！冷血说：不要哭了好吗？早点睡吧！我说：嗯！不知道是由于冷血的短信，还是因为我哭了一场，这天晚上我睡得很安静。

十几条短信，全是冷血发的

第二天我们又要下乡去了，直到我和慕容泽离开省城也没有收到冷血的短信。我知道我们很快就要进入大山了，我也就收不到冷血的短信了。慕容泽说：你是不是有心事？要不要给你姐姐打电话？我摇摇头。慕容泽说：是不是找到网友了？我摇摇头。慕容泽说：真是的！让我也高兴一下不行吗？我说：真的没有。别说话了，好好开车。慕容泽说：是的，长官。

我们的车刚进了大山，就下起了雨，而且越下越大。我问慕容泽：怎么办？慕容泽停下车说：是啊，这里前不着村，后不着店的。我着急地问：那我们怎么办？慕容泽说：我们努力向前走，最好有一个村子让我们住一夜。我说：那好，我们快走吧。一定要小心开车。慕容泽说：我知道，我们一定要在天黑前找到一个村子。我说：我想我们会找到的。

天黑前，我们果真找到了一个村子，可是车却怎么也开不进去。我们只好把车放在村外，淋着大雨跑进村里。一天时间滴水未进，又淋了一场大雨，我一下子病倒了。我发烧发冷说胡话，急得慕容泽跑来跑去。还是房东老大娘又是放血又是拔火罐，我才觉得好了一点，可还是头晕，站不起来。

两天后，天才晴了。可是我还是虚弱，爬不起来，慕容泽要背我到车上去，我不让。我一个人硬撑着走，没走几步就晕倒了，额头上碰破了一块，鲜血顺着脸流了下来。慕容泽又生气又心疼地说：你太不听话了，这样好了吧！说着，他在白衬衫的前襟上撕下一块布条给我把头包上。我说：慕容泽，你怎么能撕衣服呢？慕容泽说：顾不了那么多了，先止住血再说。我们回去等你伤好了，再来开展工作。我说：不要，我没事。我们快到地方了，况且这么远的路，我们怎能回去再来呢？慕容泽说：也好！这里离我们要去的地方比省城近多了，我们到了那里先给你看病治伤。我说：我只是感冒了，只是皮肉伤，没事的。慕容泽说：还没事呢？你不照镜子看不到你的样子。你现在面色苍白，头上又有伤，让人好心疼。我说：谢谢你，慕容泽，我很快就会好的，我们千万不要因为我影响了工作。慕容泽说：我知道。

我们来到了山里的一个大镇上，果然这里的情况变好了，不但有医院，而且有信号。我正要给司徒芳打电话，手机响了，一连串过来十几条短信，全是冷血发的：无泪，你在哪里？你怎么啦？你为什么不回我的短信？你生病了吗？知道吗无泪，我好着急啊！无论怎样，你给我回个短信！都是我不好，大前天我加班了，前天起来已经十点了，我给你发短信，你却不回。三天过去了，也没有你的消息。你没事吧？我好担心！

我看着冷血的短信，泪水不由得流了下来。慕容泽问：怎么啦？是病得难受，还是伤口疼？我说：都不是！慕容泽说：那你怎么啦？刚刚你在村子里时还那么坚强。现在突然怎么啦？我虽然喜欢和女孩子做搭档，可是我最怕的就是女孩子的眼泪。我说：没事的。再说，我也不是女孩子，我是大人。慕容泽问：那你为什么流泪？我说：没什么。我们终于来到有信号的地方了。慕容泽，我们已经出来三天了，家里的人要急死了。慕容泽说：是的，那我们赶快打电话吧。我说：好的。我给司徒芳打了电话，又给冷血回了短信。我说我没事，我们被雨困在了大山里，刚来到有信号的地方。

冷血说：无泪，是你吗？你没事吧！你生病了吗？我说：是的，我生病了。你怎么知道的？你能看见我吗？冷血说：我看不见，但我能感觉到，因为我的心在痛。无泪，你病得厉害吗？我说：刚开始病得厉害，现在好多了，只是在路上晕倒碰在石头上，把头碰伤了，现在在医院里包扎。冷血说：无泪，你现在在什么地方？你们是做什么工作的，这样危险？告诉我地址，我去看你好吗？我说：不用。这里离省城很远，离我们市里更远。不要担心，我没事的。谢谢你的牵挂。

冷血说：无泪，你说什么！我们市？难道我们是一个市的？我说：是的，我的老家也在平安市。冷血说：太好了无泪。我们是一个市的，真是太好了。我说：是啊！能认识你这样一个故乡的朋友，我也很高兴。冷血说：无泪，你生病了，头也受伤了，就回来休息几天吧！我说：我们的工作任务还没有完成。冷血说：无泪，你一定要注意安全。我说：我知道，你也要多保重。现在我们要去工作了。再见，冷血。冷血说：无泪，记住，无论你走到哪里，都不要忘记有一个人在牵挂着你；无论工作多忙，只要有信号，就给我发个短信，哪怕是一句话。照顾好自己。我说：知道了。

我不知道我为什么没有拒绝冷血

无泪，你在哪里？今天我们这里下雨，我不能上班。你有空吗？每天晚上，我因为怕你累不敢多和你交谈。今天忍不住想告诉你，我的一些基本情况。有兴趣吗？正在路上的我收到冷血的这样一条短信。我说：我正在回省城的路上，但这里不下雨。好吧，你说吧。冷血说：我叫司马峰，是平安市人。我说：我知道。

冷血接着说：我妈妈和爸爸都是大学教师。现在妈妈退休在家，爸爸已经去世了。我们家住在平安市博爱路521号。我是建筑设计师，还有一个规模不太大的建筑工程队。今年二十八岁，未婚。我说：你今年二十八岁，未婚？冷血说：是的。我从小热爱建筑，可教中文的妈妈和爸爸，让我报考了中文系，毕业后做了一名大学老师。爸爸去世后，我辞掉了大学教师的工作，来到一个建筑工地，从做小工开始一直发展到现在，能独立完成一个建筑工程从工程设计到施工的全部工作。我梦想着成为一个有建筑学家审美观的文学家和有文学家创意的建筑学家。为此，我正在读建筑学自考本科，不久就会取得这个文凭。我说：是吗？你太了不起了。冷血说：其实，没有什么了不起。我只是喜欢这样演绎我的人生。我说：你很浪漫。我很感动。

冷血继续说：我身高一米八五，体重七十公斤，身体修长，皮肤白净，留着长发，戴着眼镜。我说：是吗？在我心里，这个样子要比《四大名捕》中的冷血斯文多了。冷血继续说：是的。我心中的爱是一个梦，我每晚都在做梦，从小一直做到现在，但一直是朦朦胧胧、若隐若现的。我说：那是一种朦胧的美。冷血说：是的。但是，我感到的是痛！我问：为什么？冷血说：因为我找不到。我安慰说：一定会找到的。冷血说：无泪，谢谢你！我说：不用客气！冷血说：无泪，你的语言，总是这样简洁，相比之下，我太啰唆了。我说：没有啊。我不善于说话，但是我喜欢听。

冷血说：能告诉我你的一些情况吗？如果不想说，请不要为难。我说：我会告诉你的，但你会失望的。冷血说：我很想知道，但我一定不会失望的。我说：冷血，我们改日再聊吧，我们要进省城了。我不知道我会不会告诉冷血我的情况。但绝不是现在，因为我还没有完全弄清楚这是在梦中还是在现实中。冷血说：好的，无泪。别叫我冷血好吗？叫我司马峰，或者像我妈妈一样叫我峰儿好吗？我说：知道了！冷血说：无泪，今天能告诉我你的名字吗？我好想知道。我说：好的！我叫独孤丫丫。

我不知道我为什么没有拒绝冷血。我觉得我的心不允许我那样无情。不管网络多么虚拟，但直觉告诉我手机里的冷血是真的，冷血后面的司马峰是真的。冷血说：独孤丫丫，多好听的名字，谢谢你无泪，我太高兴了。从此后，我就可以叫你丫丫了吗？我说：叫什么都可以。无泪！丫丫！你随便。冷血说：我喜欢丫丫。我说：好的。冷血说：再见了，丫丫。多保重，丫丫。

我竟然在不知不觉中叫司马峰『峰儿』了

我的工作很忙，身体状况也不好，但自从有了司马峰，再也不是弱不禁风的样子了，再也不那样呆呆地望着远方欲哭无泪了，也不感到孤独寂寞了。我的心一直处于一种微妙的状态，仿佛回到了小时候，回到了我们村，回到了奶奶、奶妈和哥哥身边，一下子变得那样的温柔缠绵，无论走到哪里，总觉得有一根线在牵着自己。没有了奶奶、奶妈和哥哥后，非常害怕黑夜和独孤的我，喜欢上了黑夜和一个人独处。每当这个时候，司马峰就走进了我的心里。我喜欢他的语言模式和优美文字。我搞写作这么多年了，但在司马峰的面前，却只能说“是、是的，不是、没有”之类的简单文字，我不是无话可说，而是无法表达。我怕受到表达的伤害。是的，这个世界上的一切都与我无关了，继续活着，是为了还清所欠的外债和报答司徒芳的友谊。

我在报社工作了一个月，领到了两千元工资，五百元留给自己，五百元交给司徒芳，一千元寄回老家还给了一些亲戚。司徒芳不要我的钱，她说她能帮助我的就是让我住在她家、吃在她家。我说：芳芳，你对我恩重如山。如果你不收我每月五百元的生活费，那我就到外面租房子住。司徒芳说：好吧！你能安静下来面对现实，又这样认真地工作，我真是太高兴了。听表姑妈说你表现得很出色，是个优秀的文字记者。好好干吧！如果能在报社站住脚，就把家乡的工作辞掉吧。我说：先不急，我现在请的是病假，我以为我活不下去了。芳芳，是你让我活下来的。我说着抱住了司徒芳。司徒芳也抱着我说：不要再难过了好吗？过去的就让他过去吧。一切都会好起来的。我说：我知道。现在我最想做的事就是多挣钱，用最快的速度，把家乡亲戚们的四万元外债还清。司徒芳说：别着急，那些钱都是亲戚朋友的，慢慢还吧！只要有信心，就有希望；只要有希望，就会成功的。

这天晚上，司徒勇的车出毛病放在了修理厂修理，他才有机会回家来和我们一起吃饭。司徒勇说：丫丫，芳芳，我们喝点酒吧？人活着真累！当年最好的朋友来家了，我都没有时间陪着好好吃一顿饭。对不起丫丫。我说：说什么呀，如果不是你和芳芳，我还不知道会怎么样。司徒勇说：我们为你做的太少了，你一个人发生了那么多的状况，我们一点儿也不知道。都怪你一直不和我们联系。这次要不是芳芳回去，我们也不会知道你会成这样子。司徒芳说：好了，别说了。一切都过去了。司徒勇说：是的，丫丫，现在好了。好好干，住在我家就像住在自己家一样，不要客气。知道吗？我说：知道了。司徒勇说：我真是怀念我们四个人在一起的日子，那时候我们真勇敢，把小山村搞得昏天黑地。特别是你们两个，一个爱上了自己的堂兄，一个爱上了自己的哥哥。司徒芳说：勇勇，你喝多了吧？

司徒勇难过地说：没有，司徒家的祠堂要开我们的会，多亏了丫丫和果果的帮助，我和芳芳才跑出来，一晃十几年过去了。本来应该上大学的我们为了爱，过早地结婚生子，我做了一个小小的出租车司机。司徒芳问：勇勇，你是不是后悔了？司徒勇伤心地说：不是。只是我们的爱断送了故乡家人，断送了前途理想，使我们有家不能回，有亲人不能孝顺。司徒芳哭着说：是的，你还好一点，上有兄姐，下有弟妹。可是我，爸爸妈妈就我一个女儿，还是收养的。想起来就想哭。好在爸爸妈妈现在身体还好。十几年了，我只是偷偷地回去看过他们几次，还是趁着夜色回去，天不亮就出了村。我也难过地说：是啊，我真不知道那些父老乡亲是怎么想的。芳芳和勇勇又没有血缘关系，为什么就不能相爱结婚呢？司徒勇说：他们说我们伤风败俗！司徒芳说：是啊，我们也是，为什么要爱上自家兄弟呢？

司徒勇说：也许是我们太优秀了。我跑了十几年出租车，拉了成千上万的男人和女人，很少有像我们四人这样英俊漂亮的男人和女人。司徒芳说：那只是你的感觉。司徒勇问儿子说：宝宝，你说妈妈和丫丫阿姨漂亮吗？宝宝说：漂亮！好漂亮！司徒勇说：童言无忌，孩子不会说假话的。我说：我们现在已经老了，谈不上漂亮不漂亮，能活着就不错了。司徒勇说：丫丫，你一直都是多愁善感的。芳芳要比你乐观多了。如果是你，当年一定不会和我私奔的。我说：是的，我没有芳芳勇敢，她敢爱敢恨，而我……我没有说下去。

司徒芳说：我们能不能不说这些！司徒勇说：好的，但想说得不行。没有想到果果会永远地离开我们。说到哥哥，我就痛苦得不能自拔了。司徒芳责怪司徒勇说：看你！司徒勇说：对不起，丫丫，别难过了。我点点头。

正在这时，我的手机响了。我对司徒勇和司徒芳说：我去一下洗手间。是司马峰发来的短信：丫丫，你在哪里？你好吗？这些天我太忙了，连续两天一夜没有休息，也没有机会给你发短信，刚刚到家，洗澡前先给你发个短信。我说：我没有事，我也很忙，没有给你发短信。你辛苦了，好好休息吧！司马峰说：好的，你没事就好，我去洗澡了。再见丫丫。司徒芳等不到我回到饭厅，便来到洗手间叫我，看到我正在发短信，便问：给谁发呢？我有些紧张地对司徒芳说：是慕容泽，我给回了一下。现在没事了，我们过去吧。

我们回到饭厅后，三个人再也没有说什么，只是一个劲儿地喝闷酒，不一会儿都有些醉意了。回到房间，我连衣服也没有脱，就躺在了床上。我心里觉得特别难过，一切都无从说起，无从想起。此刻最想做的事就是给司马峰发短信，可是说什么呢？自己又什么也不想告诉人家。是的，什么也不能说。没有想到司马峰发信息过来了：丫丫，睡下了吗？洗了一下澡觉得不是那么累了。如果你睡了就不要回了，好好睡吧。看着司马峰温馨的短信，我的泪水又涌了出来。为什么刚刚认识又没有见过面的一个网友，却感觉像哥哥一样？我说：峰儿，我睡下了，但是没有睡着，谢谢你。峰儿，你累了，早点睡吧！司马峰说：丫丫，你叫我峰儿了。我真是太高兴了！我叫司马峰“峰儿”了，我怎么就不知道，难道又是酒后吐真言？我本不打算叫他峰儿，我不想把我们之间的关系搞得那么亲热，可是我竟然在不知不觉中叫他“峰儿”了。

我莫名其妙地说：对不起，我可能是喝醉了。司马峰说：丫丫，你以后就叫我峰儿，不要喝醉了才叫，我每时每刻都想听你叫我峰儿。你为什么喝酒，你难受吗？要不要喝点醒酒的东西。我说：我没事，这种飘飘欲仙的感觉很好！我真希望自己永远醉着。

司马峰说：丫丫，不要说这样的话，听了我的心里难过。我知道你一定发生了什么，希望有一天你能告诉我，让我为你分担。丫丫，睡吧！你不会孤独的，因为我就在你身边。你也不要难过，因为你有峰儿。司马峰的短信让我嘤嘤哭泣。

只想我一个人拥有这种感觉

在下去采访的车上，慕容泽对我说：昨天我在晚报的副刊上看到一篇你的散文，写得很好。你不但是一个好记者，而且是一个散文家。我说：过奖了，偶尔写一篇散文就被说成散文家，太夸张了吧？慕容泽说：真的，你坚持下去，将来一定会成一个优秀的散文家。我说：太遥远了，我想都没有想过。慕容泽说：应该好好想一下。那你现在最具生命力的奢望是什么？我毫不犹豫地说：挣钱！挣好多钱。慕容泽奇怪地问：为什么？我说：我有外债，所以，我不能务虚的，要做一些马上兑现的工作。你如果有这方面的信息请告诉我，我不怕辛苦。慕容泽说：好的。你真是个好姑娘。我说：别这样说，我已经不是叫姑娘的年龄了。慕容泽向我敬了一个礼说：知道了，长官。慕容泽又接着说：那我叫你什么呢？我说：就叫姐姐吧！

慕容泽说：那好，姐姐，我和你做搭档两个多月了，我觉得自己变了很多。第一次看到你，你忧伤的美，让我感到震惊。你永远的白衣服，永远的长头发，永远雾蒙蒙的眼睛，永远苍白的脸色，永远忧伤的神情，让我感到我浓妆艳抹的女朋友是那样俗气。更重要的是你那深刻的思想、优美的文字以及惊世的才情，更让我汗颜。我几乎是对待一件精美的瓷器一样对待你，生怕一不小心而失去你这个我生命中最美的搭档。我现在知道像你这么优美的女子，理想也和众生毫无二致地需要钱。我觉得我的心在隐隐作痛，是什么样的状况让你背上了外债？要让你这柔弱的肩膀去承担还债的艰巨任务。听了慕容泽的问话，我没有说什么，只觉得心里特别委屈和难过，泪水不由得流了下来。慕容泽看了看我说：不要这样姐姐，虽然我不知道你怎么了，但我不会再问什么了，我会帮你的。我说：谢谢！接下来的一天，慕容泽再没有和我说什么。

第二天，我们休息，可是慕容泽打电话说他来接我。我不知道有什么事。在车上慕容泽才告诉我说，他知道我不会接受他赤裸的馈赠，但他又特别想帮我，于是昨天他下班后，破例没有和女朋友去玩，而是回到家里。他的父母都在国外，家里只有从军分区副司令员和军区医院院长位置上退下来的爷爷和奶奶。吃饭时，爷爷对他说，让他找一个人帮他写回忆录。于是他就想到我。我说：给爷爷写回忆录没有问题，我只是怕写不好。慕容泽说：你一定会写好的。再说这稿费，你不拿，别人写了也要拿。我说：我给爷爷写回忆录，还能要稿费？慕容泽说：如果没有稿费，我才不让你写。我们的工作那么忙，你的身体又不好。不过二十万字两万元，我觉得能干。我说：尽管我很需要钱，但也不会要你爷爷的钱。慕容泽说：你先接下来吧。况且，我也没有和爷爷说钱的事，只是我个人认为至少也应该给你那么多，而且我相信你一定能写好。拜托你了，我已经在爷爷那里夸下了海口。

慕容爷爷看到我后说：好一个灵性的女子啊。交谈一会儿后，慕容爷爷高兴地对我说：孩子，我深信你一定会写好的。那爷爷就拜托你了，稿费就按泽儿说的那样。书出来后，爷爷还要奖励你。我说：不要！我只是义务给爷爷写。慕容爷爷说：孩子，你身体这样弱，这本书有很多东西都要下去采访，会很辛苦的。稿费就当是爷爷给你的生活补助。我说：不要爷爷，这样我会不安的。慕容爷爷说：好了，现在我们什么也不要说了。明天，我们就下去。以后只要你和泽儿休息，我们就下去，采访回来后，你自己找时间写，千万不要影响你们的工作。我说：好的。

要给慕容爷爷写回忆录了，我多少也有一点儿激动。于是就给司马峰发了一个短信：在吗？峰儿，我要告诉你一件大事。司马峰说：在！丫丫，你叫我峰儿，你没醉吧？

看到司马峰的短信，我惊了一下。峰儿，我又是情不自禁地叫出来。是的，我觉得我们仿佛很早就认识了。他仿佛就是我的一个亲人，他叫我丫丫，我一点也不别扭，我叫他峰儿，我一点也没有障碍。我说：我没有醉，很清醒。你不喜欢我叫你峰儿吗？司马峰：不，我太高兴了。我怕你酒醒以后，不再叫我峰儿。丫丫，我无法形容此时此刻的心情。快告诉我，你说的那件大事，是什么？我说：其实，也不像你想象的那么大和那么高兴，我要给一位老爷爷写回忆录了。

司马峰说：是吗，这么大的事还不是大事吗？你好厉害丫丫。好好写，你一定会成功的。只是你不要太累了。知道吗，我能感觉到你的身体很弱，是吗？我说：是的，我身高一米七五，体重只有五十多公斤，而且经常头疼。

司马峰说：丫丫，你和我想象的一模一样，身材修长、白衣飘飘、秀发飘飘、脸色苍白、眼神朦胧、神情忧伤，是这样吗？我说：好像是的，我哥哥和慕容泽都这样说。司马峰问：他们是谁？我说：我哥哥就是我哥哥，慕容泽是我搭档。司马峰说：吓我一跳！我问：为什么啊？司马峰说：丫丫，我只想自己一个人拥有这种感觉。我说：不要这样，我们只是普通的网友，我也希望我们是普通的朋友。司马峰说：知道了，我不敢有什么奢望，但这已经够了。丫丫，你让我的梦越来越清晰了。

司马峰给我的感觉和哥哥一样

报社的工作本来就很累，几乎每天都要下去采访，明访、暗访。再加上给慕容爷爷写回忆录，我真是忙得晕头转向，好不容易有一个休息日，还要和慕容爷爷沿着他的人生轨迹去采访或者听慕容爷爷讲述。

烈日炎炎下，和慕容泽暗访的我接到了司马峰的短信：丫丫，你在哪里？今天天气暴晒，你出来的时候戴太阳帽了吗？要记得喝水，知道了吗？我说：我们在一座山里工作，我戴太阳帽了。天太热，你在高空作业，一定要防止中暑。司马峰说：我知道，丫丫，谢谢你的关心。

每当这个时候，慕容泽就要问我给谁发短信，说什么了，说我看上去感觉很好的样子。我说：没有啊。慕容泽说：为什么不告诉我呢？我只要有一条好的短信都会给你转发过去的。我说：我知道，但我没有好的短信，等有了，我一定给你转发，好好工作吧。慕容泽说：是的，长官。

在工作的时候，慕容泽常常这样和我说话。而闲下来，慕容泽就这样和我说话：姐姐，爷爷的回忆录写得怎么样？我说：真叫我姐姐？慕容泽说：说真的，我什么也不想叫你，独孤也不好，丫丫也不好，其实长官也不好。就想叫你姐姐，可以吗？我说：当然！那你想听我叫你什么？慕容泽说：不要和他们一样。我说：

叫什么啊？叫小泽好吗？慕容泽高兴地说：好的。姐姐，你这样叫我，我觉得特别亲，因为我没有兄弟姐妹，很想有你这样一个姐姐。我说：我也是。慕容泽说：姐姐，我觉得你比过去又瘦了，脸色更加苍白了。我说：我也觉得，而且最近老感到头疼，每天晚上要吃好几片止疼药才能写东西，要吃安眠药才能入睡。慕容泽说：这样下去，你会累垮的。爷爷的回忆录慢点写，没事的。我说：我知道。我理解爷爷的心情。我会努力的。慕容泽说：姐姐，爷爷让我先拿了一万元过来，你先还一些要紧的债务吧。我说：我说过不要的。

慕容泽说：爷爷说，如果你再坚持，他就不让你写了。你就收下吧，我们家都是高工资，再说这也是你应得的。我说：可是我不想要。慕容泽说：不要这样，我和爷爷都知道你的想法，也知道你的困难。爷爷说，我们这是互相帮助。姐姐，你不想直接收钱，那我们现在去寄给你的那些亲戚们好吗？我说：也好，那我先打个借条。还不知道我会把书写成什么样子，能不能写出来。现在我收了钱，就当是借你的好吗？慕容泽说：好的。

慕容泽陪我来到邮局，我把一万元钱分成五份，先给老家有急事的亲戚寄去。我对慕容泽说：你真是帮了我大忙了。慕容泽说：你也一样，这件事是爷爷的心病，也是爸爸、妈妈关注关心的事，由于有姐姐承担，他们都说我为慕容家做了一件大事、好事、正经事。

这个月由于我们工作成绩突出，我连工资和奖金领到了三千多元。我给自己留了五百元，交给司徒芳五百元生活费，把剩下的两千多元也一并给了司徒芳。

司徒芳说：你这是干什么啊丫丫？我说：我知道勇勇要换新车了，这是我的一点心意。司徒芳说：丫丫，你太过分了。知道吗？你每月给家里的五百元钱，勇勇都不让要，我们还给你存着，主要是让你安心住着。你这样，让我们如何是好？我说：芳芳，我没有别的意思，在这个世界上，我只有你这样一个好朋友。如果没有你，我还不知道会怎么样，你就让我的心里好过一点吧，好吗？我说着哭了。

司徒芳说：丫丫，你别哭。我知道你心里难过，那几万元的外债，我们会帮你还的，你不用担心。我说：我知道。今天慕容爷爷给了我一万元稿费，我都寄回去了。所以，我要拼命努力，把慕容爷爷的回忆录写好。芳芳，你一日三餐照顾着我，把我的衣服洗得干干净净。有谁还能比你更能给我提供这样优越的生活环境呢？对我的帮助更大呢？芳芳，收下吧。如果你收下，我会安心地住着。如果你不嫌弃，我会永远住下去的。因为只有和你们在一起，我才会感到安全，我的心才有归宿。和你们在一起，我就觉得和奶奶、奶妈、哥哥在一起一样。

司徒芳说：丫丫，不要再想奶奶、奶妈和果果了。只有你过得好，他们才会安心。知道吗？我说：我知道，我现在也觉得自己没有理由再绝望再痛苦，因为有你、有勇勇、有宝宝、有慕容泽，还有冷血。我不由得说出了司马峰。司徒芳紧张地问：冷血是谁？丫丫。我说：我在网上认识的一个网友，是我们的老乡，他经常告诉一些我们家乡发生的事情。司徒芳说：丫丫，千万不要相信网上的东西，听说都是骗人的，又看不见摸不着的。我说：我知道。我们只是普通的网友，我什么也没有对他说，他只知道我的名字。他也像你和勇勇一样叫我丫丫，让我感到特别亲切。司徒芳说：丫丫，我知道你很孤独，但你也不能把希望寄托在虚拟世界，知道吗？我说：知道了。

司徒芳走后，我收到了司马峰这样一条短信：丫丫，你在哪里？我们认识这么久了，我对你什么也不知道。你做什么工作？你不是我们这里的人吗？为什么老在外面跑？我想知道你的一切，最起码让我知道你的基本情况。当我想你的时候，可以具体一点。不知道为什么，我对你的思念越来越强烈了。我只知道你是个白衣黑发、身材优美、文采出众的女子，再也不知道其他了。丫丫，你为什么要这样神秘？

我说：峰儿，我们只是普通的网友，你知道这些已经够了。我的工作是保密的，每天的行踪也是保密的。我本人也是一个太普通太普通、掉进人群中就找不出来的人。我已经过了如花似玉的年龄，和你不在一个层次。你的情况，我也不想知道的太多，我只想把你当作一个好朋友。我难过、痛苦、伤心、绝望的时候，会想起你这个高大英俊，兼修文学、建筑学，有一颗善良的心，有美好人生，而且每天都在创造世界美的朋友司马峰。峰儿，我好羡慕你啊。听你说，你的妈妈每顿饭都要给你拌好你才吃，以至于你现在都不会拌饭，好温馨好无私的母爱啊。

司马峰说：丫丫，你的话让我好感动好感动。你不会孤独的，当我端起妈妈拌好的饭时，就会分一半妈妈的爱给你。丫丫，我会听你的话，再也不问什么了。我说：峰儿，你先睡吧，明天还要上班，建筑工地的活儿又累又危险，你一定要注意安全。司马峰说：我记住了。我要陪你给慕容爷爷写回忆录。丫丫，你写吧，我在一边看书。

我在司马峰给我营造的温馨气氛中，安静地写着慕容爷爷的回忆录，仿佛哥哥就在我身边。

让我抱着你去医院好吗

丫丫，你在哪里？雨下得这么大，你有没有外出？有没有带雨伞？我好担心你。看到司马峰的短信，我哭了。慕容泽问我：姐姐，你的腿很疼吗？我说：不是的。慕容泽问我：那你为什么哭？我把手机拿给慕容泽说：你看。慕容泽问我：姐姐，这个冷血是谁？我说：就是你让我上网遇到的网友。慕容泽问我：是吗？姐姐！我说：是的，我不好意思告诉你，这是你们年轻人的事，可是我也不知道为什么会留下他。

慕容泽问我：你们现在已经很好了吗？我说：不是很好，只是一般的问候而已。慕容泽说：不会吧！姐姐，你看这话多感人，我也快要哭了。姐姐，我在电脑上、手机上有那么多网友，也没有一个像冷血这样感人的，其实那些女孩子们非常无聊，哪会像姐姐这样有涵养、有深度。我说：小泽，别拿姐姐开玩笑了。来，把手机给我，最好不要告诉他我们现在的状况。

慕容泽没有把手机给我，而快速回短信给司马峰说：我们出车祸了，正在等待救援。我一把抢过手机说：你要吓死他吗？慕容泽说：没有那么严重吧？

果然司马峰发过来了：丫丫，是真的吗？你伤得厉害吗？你们在哪里？有人照顾你们吗？救援的车快到了吗？丫丫，告诉我，你们在哪里？我带救护车过去救你们。

慕容泽说：哦，这个冷血的血一点儿也不冷嘛，还要带救护车过来救我们。我说：小泽，你看你把他吓着了吧。

我对司马峰说：我们的车碰得不厉害，也没有人伤亡。慕容泽的右臂和我的右小腿伤了，是否骨折，还不知道。救援的车已经来了，我们要到附近的一个县医院去治疗，你别担心，我会随时告诉你情况的。司马峰：你很疼吗？我的心也在疼了。我说：不是那么疼，别担心，峰儿。司马峰说：好的，你要小心。我等你的消息。丫丫，让我抱着你去医院好吗？

看着司马峰的短信，我被感动着。是的，网络是虚拟的，冷血是个网名，但司马峰一定是真实存在的。他虽然不能时刻守在我的身边，但却给了我莫大的关爱和安慰。

在救护车上，慕容泽对不断流泪的我说：姐姐，别这样。我说：嗯！我在想他。也许我的出现会给他带来痛苦和伤害 。

慕容泽说：不会的姐姐。痛并幸福着，才是美好的人生。一个人只有痛了，才能有幸福的感觉。像我们已经确定了恋爱关系的，还不如姐姐的一个网友。我说：别这样，年轻人表达方式不一样。你们的爱是热烈的、快乐的。慕容泽说：我宁愿要这个不年轻的缠绵的爱。姐姐，和她在一起，我真的很烦、很累，从来没有这个感觉。我说：没事的，好好爱吧！人生苦短，千万不要像我一样。

慕容泽说：姐姐，我很想走进你的心里，看看你的过去，分担你心中的痛和你的困难。我说：你已经给了我很大的帮助。小泽，姐姐感谢你。慕容泽说：我不要你的感谢，我只希望姐姐一直做我的搭档。我说：我会的，在报社干一天就做你一天的搭档。慕容泽说：谢谢姐姐，你疼吗姐姐？我说：有点，但能撑得住，因为有你和冷血。你疼吗？慕容泽说：不，因为有姐姐和我一起受伤。对不起，姐姐，我把你带出来却没有照顾好你。而且让姐姐受伤了。我说：没事的，我是姐姐啊。

他的拥抱让我觉得腿不是那么疼了

来到医院检查后，慕容泽的右小臂骨折了，我的右小腿骨骼裂了缝。由于雨太大，我们无法回到省城，只好在这家县城的医院做了手术。慕容泽强烈要求医院把我和他安排在一个病房，他说他要照顾我。慕容泽说：姐姐，我们一个人有腿，一个人有手，会过得很好的。我说：是的。

我把情况告诉司马峰后，他来信说：丫丫，你没有受重伤，我就放心了。我真的要急死了，你离我很远吗？哪怕告诉我一个方位也行。我真的想知道你在哪里？丫丫，说好了我不再问你什么的，可是，我无法克制自己。丫丫，告诉我你的手机号好吗？让我给你打电话，让我听听你的声音。

我看着司马峰的短信，心里很难过。这样的状况，我是没有想到的。上网看一下，只是因为好奇。留下司马峰，也是因为他特别的开场白和特别的网名。可是事态的发展越来越严重了，我能深深地感到司马峰痛苦的心情。我突然觉得自己是个罪人。为什么要上网？为什么要留下司马峰？为什么要把一个无关的人带进自己的痛苦之中。我只是把司马峰当作普通的网友，可好像司马峰并不这样认为。司马峰已经深深地陷了进来。我说：峰儿，不要这样，我没事的。我们的手机号都是保密的，这是为了我们的安全。峰儿，你对我的关心已经让我很感动了。

我真的很珍惜这份友情。好好做你的事，不要把上网和网友聊天看作是生命的全部。知道了吗？有时间、有机会、有心情的时候问候一下我就行了，好吗？

司马峰说：我知道，可是丫丫，你不要离开我好吗？我再也不问你什么了。只要你在网上就行。我只要打开手机能看到你就行。你没有时间给我发短信也没事，只要你在。只要你在，我的希望就在，我的梦想就在。丫丫，说好了。告诉我，我们说好了，我们谁也不消失好吗？我好害怕，好害怕你突然不见了，我会怎么样？我说：不会的！放心吧！我不会消失的。司马峰说：谢谢你。丫丫，你的腿很疼吧，让我拥抱着你就会不疼的。我说：好的。司马峰隔着夜幕的拥抱，真的让我觉得腿不是那么疼了。

我痛苦地对慕容泽说：怎么办？怎么办？小泽，我答应冷血，我不会消失的。可事情会越来越糟的。慕容泽也痛苦万分地说：是的，这很残忍。如果你现在消失了，他会满世界找你的，也许因此会毁了他的一生。哦，天哪！人最好是不要坠入情网。网络都这样残忍，现实中又当如何？我说：小泽，你怎么啦？慕容泽说：我的痛苦不比冷血的轻，看到他的样子，我要把自己变成一个白痴、傻瓜，回到无忧无虑的原来的我。我说：你为什么会这样？小泽。慕容泽说：不知道，其实过去我根本不懂得什么是爱。我说：最好是永远也不会懂，知道吗小泽？慕容泽说：是的，姐姐。我会努力的。

网上留下司马峰是一个错误

天晴以后，报社把我们接回了省城。由于我们伤得不太重，就没有再住医院，慕容爷爷来接慕容泽回家，司徒勇和司徒芳来接我回家。慕容泽对慕容爷爷说让我和他一起回到他家，这样我好一边听爷爷讲他的故事，一边写回忆录。慕容爷爷说太好了。可是司徒芳不想让我去慕容家。司徒芳说：丫丫需要照顾，我们要带她回家。慕容爷爷说：当年救过我的那位老大娘没几天日子了，我想让她看到丫丫写的这本书。一听这个情况我紧张了，是的，这是一个大好的机会。休息一个月，我就可以完成这本书了。司徒勇也说：为了写书，就让丫丫去慕容爷爷家吧。她现在看上去问题不大。衣服什么的你可以随时送过去。最后司徒芳说：那好，丫丫，但你一定照顾好自己，有情况马上打电话，我过来看你。

就这样，我来到慕容泽家，每天除了听慕容爷爷讲过往外，就是写书，写得顾不上睡觉、吃饭。慕容泽想和我说一会儿话也没有机会，司马峰想和我聊一会儿也没有机会。司马峰说：丫丫，你在哪里？你的伤好了吗？你是不是很疼，我好牵挂你。我说：我在慕容爷爷家，我的伤不太疼了，而且一天天地好起来了，你不要担心。我在给慕容爷爷写回忆录，很忙很累。峰儿，你要好好地工作，好好地学习，你不是快要考试了吗？希望你把留下的课程都考好，早日拿到建筑系的本科文凭。

司马峰说：我知道。可是丫丫你为什么要那么辛苦呢？我说：峰儿，为了挣钱，我有外债。也为了理想，因为我想出书。更为了慕容爷爷，他的人生经历很感人，感动得我一边流泪一边写。司马峰说：丫丫，你有外债？你怎么会有外债？你有多少外债？我可以帮助你还。丫丫，你可以不告诉我一切，告诉我一个账号，我会把我的全部积蓄给你打过去，好吗？你不要这样辛苦挣钱了。你的身体那么弱，如果累病了怎么办？你的头还疼吗？

我说：峰儿，我的外债已经还了一部分。慕容爷爷的书完成后外债就会还完的。你不用为我操心，好好地做自己的事。峰儿，千万不要因为我改变什么，知道吗？我不想自己成为千古罪人。我衷心地希望你快乐、幸福、健康、安全，拥有自己的爱情、事业和生活。明白了吗！我没事的。我的头只是隐隐作痛。不会有事的。千万记住，我们只是一般的普通网友，什么也不是，什么也不会发生。听话，不要让我分心，不要让我紧张，不要让我有压力，不要让我有负罪感。好吗？司马峰说：知道了，丫丫，你一定要保重，一定不要离开我。不要，好吗？我说：好的。

有一天，司徒芳把洗净的衣服给我送来，对我说：丫丫，你为什么要一直穿着这些白衣服，难道你不喜欢我给你买的那些衣服吗？我说：不是的，你知道我从小就不喜欢穿亮丽的衣服。自从奶奶、哥哥和奶妈走后，更不想穿了。因为哥哥最喜欢一身洁白秀发飘飘的我。我想永远保持这个样子，春夏一身白，秋冬一身黑。司徒芳说：知道了。果果会感到幸福的。丫丫，不要活在过去好吗？

我们的话让慕容泽听到了。慕容泽问我：姐姐，奶奶是谁？奶妈是谁？果果是谁？我说：对不起小泽，我不回答行吗？我不想回忆，回忆让我难过痛苦，让我不能自拔，会影响写书的。慕容泽说：对不起姐姐，就当我没有问。我们快要回去上班了。你的腿行吗？我一只手可以拿摄像机的。我说：我也没问题，再说我们步行的机会也很少。你说什么时间上班，我们就去。爷爷的回忆录也快写完了。已经二十多万字，再过几天就写完了。慕容泽说：姐姐，你真是快手神速啊。

我说：别逗了，我没有那么厉害。不要忘记，我在挣钱，真是对不起爷爷和你。慕容泽说：看你，又来了。你写得这么快这么好，爷爷可高兴了，会奖励你的。我说：剩下的钱，我不要了。我还可以做其他事挣钱。

我们正说着，大门口走进来衣着摩登、浓妆艳抹的慕容泽的女朋友元元。元元阴阳怪气地说：慕容泽，怪不得你千呼万唤不出去，原来有这样一位神仙般的姐姐陪着。慕容泽生气地说：元元，你别胡说八道好不好？这是独孤姐姐，我在报社的搭档，给爷爷写回忆录的女作家。元元说：独孤姐姐，你好厉害，这么短时间，就改变了我们慕容泽，并得到爷爷的青睐。我说：你们聊吧，我回去了。慕容泽说：我扶你，姐姐。我说：不用了，你陪她吧。我拄着棍子回到了写作室。慕容泽和元元的吵架声不时传了进来，我觉得特别烦，再也写不下去了。

我给司马峰发了一个短信：峰儿，你好，复习得怎么样？司马峰说：白天工地上离不开我，只有晚上加班复习了。丫丫，你的伤好点了吗？你的头还疼吗？我不敢打扰你，也不敢给你发短信。但我每时每刻都在想你。丫丫，别离开我好吗？就现在这个样子也行。只要让我能在手机上看到你就行。答应我，只要你不离开我什么都好。丫丫，我这是在回家路上把车停下来给你发的短信。知道吗？丫丫，我一直在等你，我一直在找你。我一定要等到你，我一定要找到你。

给司马峰回了短信后，我就给司徒芳打电话，让她来接我。不一会儿，司徒勇就来了，可是慕容爷爷不让我走。司徒勇说：今天是我们家宝宝的生日，我们想接丫丫回去庆祝。慕容爷爷说：那好，我们明天过去接丫丫回来。我和慕容奶奶拥抱，两个人都是泪流满面。

经过院子的时候，慕容泽和元元两个人都不说话，慕容泽仰头看着天空，脸上有泪水流淌，元元怒视着慕容泽。我们走出大门后，听到元元高声说：难过，跟着一起去。我微微一震，差点摔倒，司徒勇紧紧地拥着我来到车旁，然后扶我上了车。一路上，我都没有说一句话，心里感到特别难过。司徒勇拍拍我的后背说：没什么，一切都会过去的。

司马峰穿越网络的吻

这天晚上，我觉得头特别疼，就没有写东西，早早地睡下了，可怎么也睡不着，一种强烈的孤独和被遗弃的感觉涌上心头。哦，要是没有司徒勇和司徒芳，我该怎么办？正在这时司马峰发来了短信：丫丫，你在哪里？几乎每天司马峰都发来这样的问题：丫丫，这个世界上真有你吗？如果有，为什么不让我知道你在哪里？

我害怕司马峰问这样的问题。司马峰说：丫丫，我喝了酒，但我没有醉，告诉我你在哪里好吗？不要离开我好吗？丫丫，你的头还疼吗？你知道我是多么牵挂你吗？长这么大，我从来没有牵挂过谁。可是丫丫，我放不下你，不要离开我，千万不要。你不想理我也好，但不要离开我。我明天要考试了。今天晚上，我还要复习。但我一想到有一天你突然不告而别，那我怎么办？我到哪里去找你。我只知道你叫无泪，叫丫丫。可是仅凭名字我能找到你吗？丫丫，不要不告而别，不要离开我。我流着泪对司马峰：峰儿，我不会离开你！我不会不告而别！我现在头疼得厉害。你听话安静下来，好好复习吧。

司马峰说：丫丫，我终于看到你了，我好高兴。丫丫，看不到你的回信，我就心绪难安。知道吗？只要看到你，我的灵魂就回到了我的躯壳。你头疼得厉害，有药吗？要不要到医院检查一下？丫丫，如果有可能，就让我的头疼吧，我不想让你头疼，这比我疼还让我难过。我说：我已经吃过药了，一会儿就会好起来。不要牵挂我，好好复习，争取过关。司马峰说：知道了。丫丫，给我一个机会，让我爱你。丫丫，让我吻你的前额，用我的吻和爱减轻你的痛苦好吗？我说：好的，峰儿。司马峰穿越网络的吻，真的让我觉得头不是那么疼了。

不知道是药的作用，还是司马峰的作用，我果真觉得头痛减轻了。我告诉自己什么也不要多想，好好地睡一觉。这些日子，我实在太累了。腿上有伤不能脱裤子，每天晚上写得累了就那么胡乱地靠在沙发上睡一会儿。今天终于可以躺在床上了。芳芳，我的好朋友、好姐姐，感谢你给了我这安身之处。

就在这时，慕容泽打来了电话：我现在想过去看你，对不起姐姐。我说：我已经睡下了，小泽。我没事，我们上班再见。慕容泽痛苦地说：可是姐姐，我好想看看你。你不要难过好吗？我说：我真的没事，我挂了。我没有给慕容泽一点机会。我突然发现在网上留下司马峰是一个错误。正是自己的原因，才使那个一米八五的男子汉陷入了难以自拔的境地。如果不再狠心一点，我想我和慕容泽连搭档也做不成了。

回到司徒芳家后，我写书的速度很慢，我的头一直在隐隐作痛，只能靠药维持着，可是一吃药又是昏昏沉沉、迷迷糊糊，所以我一直在床上躺着，偶尔醒了写一会儿，写着写着又睡着了。这样一天也写不了多少，原计划十天内把剩下的写完，可是十天过去了，只写了很少很少一部分。为此，我非常生气又非常着急。可是身体支撑不下来，又有什么办法？

司马峰要考试，大约三天没有给我发短信，我偶尔也想给他发一个，但又觉得最好不那么做，如果能尽快让司马峰从这个泥塘里解脱出来，那是最好不过了。自己痛苦惯了，再多一个痛苦也没什么。而且我真的不想让他痛苦，看到他痛苦呼喊的文字，我真是难过极了。

慕容泽再也没有打电话过来，我也很惦记，但又觉得自己最好不要掺和在年轻人中间，让他们自己解决吧。唯有司徒芳，我的至交好友，每天给我做最好的饭，把我照顾得无微不至。我曾多少次地叩问苍天大地，难道人世间真有这样的友情吗？

这天晚上，我吃了药后，觉得还不太糊涂，便拿出笔纸准备再写一会儿。放在手边的手机响了，我拿起来一看，是司马峰：丫丫，你好吗？我终于考完了，三天时间，好漫长啊。这三天我努力去克制自己不给你发信息，怕你笑话我没出息，可是心里却无时无刻不在想你，考试中间我都想你想得走神了。丫丫，你的腿伤好了吗？你的头还疼吗？

我说：峰儿，祝贺你顺利考完了试，你能这样，我真是太高兴了。我真不希望我的出现会影响你的正常生活。我们只是一般关系的网友，有时间问候一下对方就可以了。我的腿在一天天好起来。头还在疼，但我想可能是太累了，过一段时间会好的。这几天我写作的速度很慢。为此，我很难过，也许我不能在慕容爷爷希望的时间内完成书稿了。

司马峰说：丫丫，我想你的头疼，一定是太累太紧张了。你不分白天黑夜地写，会熬坏身体的。你要调整作息时间，按时吃饭、睡觉和写作。这样慢慢就调整过来了。丫丫，我无法把你当作普通的朋友。我要告诉你，我现在已经不能没有你了。我说：峰儿，不要这样，你不了解我，再说我也比你大。你成为我生命中的第一个也是最后一个网友吧，我真的希望你幸福。司马峰说：你说你比我大，但你为什么没有家庭和孩子？为什么要去外面漂泊？如果你能说出让我不能想你的理由，我会离开你的。我说：峰儿，我有家庭，有孩子。我只是为了实现理想而出来工作的。因为在省城我可以做记者，可以出书。

司马峰说：我不相信。如果你有家庭，为什么外债要你一个人还？如果你比我大，为什么一个人漂泊？再说你比我大，是大一岁，还是十岁？我能感觉到，我甚至觉得你比我还小。你这样说，只是想让我对你失去信心，或者根本就看不起我是一个搞建筑的人，是吗丫丫？我说：不是的，峰儿。你不要胡思乱想。如果你听话，我们可以保持朋友关系，或者姐弟关系，否则我就让你再也找不到我。司马峰说：不要丫丫，不要让我找不到你，我什么也不说了，什么也不问了，但我不要做你的弟弟，我不想叫你姐姐，我要叫你丫丫，好吗？我说：好的峰儿，按照你原来的计划好好演绎你的人生吧。司马峰说：知道了！但你不要离开我。

司马峰越来越强烈的要求和痛苦心情让我感到特别为难。有时我真后悔当初为什么要听慕容泽的话上网看新鲜，有时又想自己生活的圈子太窄，心情太苦闷，人也太孤独，又没有能力应付现实中的一些人和事。网上谁也不认识谁，说一些过头话也没什么，也许真的像慕容泽说的一样可以调整一下自己绝望的情绪。再一方面也可以了解一些网络中的事情，丰富自己的思想感情和知识，为写作提供一些素材。这一点聪明的司马峰已有所察觉。他在短信中说：丫丫，你上网聊天，是不是为了收集素材，而我只是你需要的一个角色而已？我说：不是的，峰儿。我也说不清为什么上网，但我绝没有把你当作自己作品中的人物，现在没有，将来也不会。发了这条短信，我觉得自己有点虚伪，但我又安慰自己“存在的就是合理的”，既然自己需要这种看不见摸不着的表达方式，而且司马峰也需要，为什么要扼杀了呢?

我和司徒芳讨论这个问题时，司徒芳开始劝我不要陷得太深。当我讲了司马峰，司徒芳又问我：现在让我退出我会怎么样？我说我会很难过，甚至不习惯。

拿破仑说：“你播下一个行动，就会收获一种习惯。”果真如此。我问司徒芳说：那我该怎么办？司徒芳说：唯一的办法就是顺其自然。我说：那有一天我也不能自拔了，怎么办？司徒芳说：那你就让自己复活了吧。我说：可是我还没有准备好，再说我也比他大。司徒芳说：不就是大两岁吗？我说：也是，其实好像也不全是因为年龄的问题。因为我们是在虚拟世界。司徒芳说：那就现在悬崖勒马吧！我说：也好，那我就试一试。

我能感觉到司马峰的痛苦挣扎

我看了一下时间是二十点整，我真的把手机关了。我对自己说一定要回到没有手机的状态。我开始了写书，慕容爷爷说的那个老大娘快要不行了。这些日子我因为头疼而没有好好地写，今晚一定要写个通宵。我拉开了架势却写不出一个字，我觉得心烦气躁，怎么也安静不下来。自从哥哥和奶妈走后，我就觉得我心如止水，没有感觉，什么样的大悲大喜也感染不了我、影响不了我，我已经行尸走肉般过了一年多时间。为什么现在会这样紧张不安呢？我无论如何也写不进去，后来我干脆不写了。我找了一本书看，也看不进去，一直折磨到零点才明白是因为没有看到司马峰的短信。我想打开手机，但又想一定要坚持下去，最后我吃了两片安眠药才迷迷糊糊地睡去。一夜噩梦连篇，早晨起来头疼得更厉害了，自己也撑不下去了，赶快把手机打开，哗哗过来十几条短信，都是司马峰的。

司马峰说：丫丫，在吗？我从工地上二楼跳到一楼时踩在了一个钉子上，右脚掌扎了一个半寸深的口子，七尺男儿也疼得当场晕了过去。我本来不想告诉你，怕你担心，可是晚上回来还是忍不住。丫丫，我已经把你当作了最亲的亲人，有什么状况也想和你说，每天晚上不给你发信息，而且看不到你的回信，就无法入睡。

司马峰说：丫丫，你没事吧，慕容爷爷的书写得怎么样？头还疼吗？腿能走路了吗？我好牵挂你啊。现在我的脚在剧烈地疼，想你受伤以后也一定很疼吧。我一个男子汉都受不了，而你又如何能承受得了啊？丫丫，你要是在我们市里多好，那我就可以看到你了，就可以照顾你了。可是，丫丫，你为什么要漂泊在外？为什么？我真是百思不解，有时我想也许你就在我身边，就和我在一个城市，只是你有难处不能让我去看你，只是因为我和你不是一个层次的人，是吗丫丫？

司马峰说：丫丫，你为什么不回信，难道你的头疼得厉害了，是吗？丫丫，快给我回信。丫丫，我想你、担心你，脚又疼得睡不着。不要这样好吗？我们不是说好了不离开的吗？你不是说好了不会不告而别的吗？丫丫，你真的不要我了吗？我说过，有一天，我找不到你，我会满世界找你的。丫丫，如果明天我还看不到你的信息，那我就拖着伤脚去找你。我一定要找到你，我一定要看一眼你，哪怕只是看一眼，我想知道让我梦牵魂萦的丫丫是一个什么样的女子，是我梦想中的白衣黑发的女子吗？

我看着司马峰从我关机到开机这段时间内给我发的短信，不由得泪流满面。我说：对不起峰儿，我不知道你的脚受伤了。现在脚还疼吗？打破伤风针了吗？司马峰说：丫丫，你怎么啦，你为什么关机？我快要疯了，你好狠心啊，可是丫丫我都舍不得骂你。只要你没事就好，以后不要这样了好吗？我一直没有睡着，我一直在想你，一直在流泪，天亮了，我正打算让朋友开着车去找你。现在好了，我看到你了，我就放心了。我看到你了，我的心一下子就不痛了。我看到你了，我脚伤的疼也能忍住了，我就是想你想得无法忍受。丫丫，让我拥抱你一下好吗？让我吻一下你好吗？让我的这个穿越网络的吻，把你留在我的世界里，哪怕是虚拟世界里，只要我能看你的文字就行。好吗？我的丫丫。

我能感觉到司马峰的痛苦挣扎。我说：好的，峰儿。以后不会有这样的状况了。其实我也很难过，我也是一直没有睡着，一直都在痛苦挣扎。离开你，我好像也做不到。但是峰儿，我们不会有结果的。我们这样约定好吗？我们可以在网上相处，但我们绝不回到现实中，绝不影响对方的生活好吗？司马峰说：好的，丫丫。只要你不离开我，只要我打开手机你在就行。只要我能和你说话，我就心满意足了。我说：峰儿，我们都是成年人了，一定要把网络和现实分开。知道吗？司马峰说：知道。我知道。我一定努力把网络和现实分开。

更大的痛苦还在后面

第二天早饭时，我对司徒芳说：我失败了，我做不到。芳芳，我相信更大的痛苦还在后面。司徒芳说：我没有上过网，我不知道。我说：你最好不要上网，太可怕了。司徒芳说：不过我从来就不像你那样多愁善感。你的外貌、你的性情、你的文采恰恰是你痛苦的根源。你来到这个世界仿佛就是被人爱的，为爱而来的。你曾经让多少现实中的男人痛苦不堪、不能自拔，你的哥哥、你的同学、你的老师、你的同事，如今你又让一个网络中的年轻人迷失。我说：可是芳芳，我不是故意的。

司徒芳说：我知道。丫丫，不知道你看出来了没有，那个大大咧咧的慕容泽为什么现在变得少言寡语呢？我昨天在街上看到他了，他被痛苦笼罩着。我问：为什么？司徒芳说：你应该知道。我说：天哪！怪不得我从他家院子走出时，他把脸向上仰去。我想起来了。司徒芳说：你一定要把握好，知道吗？我说：知道了。

不久，我和慕容泽就上班了。每天早晨我从司徒芳家出来时，慕容泽的车就已经等在那里了，但慕容泽并不说什么，只是等我上车后，开车就走。由于司徒芳的提醒，我发现慕容泽真的变了许多，而且也瘦了许多，但我只能装糊涂。

一天，我在办公室写稿子时，元元打来电话说：独孤姐姐，我和慕容泽分开了，他不要我了。元元说着在电话里哭了起来。我说：不会的，不会的。你们年轻人闹着玩呢，过一阵子就好了。慕容泽一把拿过我手中的电话挂了说：你好像有七老八十了。我说：小泽，这就是你的不对了，元元是多好的姑娘，无论家庭还是个人条件，都和你非常相配，你为什么要这样呢？听话，赶快去找她吧！慕容泽长叹了一口气，什么也没有说。

这天晚上，司马峰来信说：丫丫，今天我们家来了一个相亲的姑娘。我对她说，她不是我梦中的女孩，让她回去了。那姑娘哭着走了，我觉得自己很残忍。你是不是有一天也会对我这样说。我说：峰儿，这是两回事。我们只是网友，不要往一块儿想好吗？你最好在现实中找一个好姑娘，结婚吧，不要再往深里陷了。峰儿，苦海无边，回头是岸，不要耽误了青春和生命。

司马峰说：我知道。给我时间好吗丫丫？我的适应能力不强，我一下子适应不了没有你的活法，不要像我一样残忍好吗？我说：峰儿，我已经开始上班了，还要写慕容爷爷的书，会很忙的，我们白天就不要发信息了好吗？晚上也不一定每天都发，你修建的楼层越来越高，在高楼上发信息不安全。你一定要认真做自己的工作，要特别注意安全，学会淡化思念。有时我可能不会及时回你的信息，你也不要着急，不要往坏处想，不要经常把自己置于痛苦中。休息时间多学习，不要抱着手机不放，知道了吗？

司马峰说：知道了，我会努力的。给我时间，既然你上网三秒钟就遇上了我，说明我们有缘分，我和别人聊天超不过三天就乏味了，可和你却越来越离不开了。这也证明我们有缘。丫丫，这是上天安排的，我们为什么要破坏这美好的缘分呢？难道你就不想我吗？你不是试过了吗？不是不行吗丫丫？司马峰问得我无话可说，是啊，我这样要求他，可我能做到吗？

再也没有亲人了

我的头越来越疼得厉害，有一天我们参加一个重要会议时，我头疼得竟然无法忍受，眼睛也睁不开了。慕容泽用手碰了碰我说：姐姐，你怎么啦？我痛苦地说：头疼得不行。慕容泽说：能坚持吗？我说：不能了。怎么办小泽？慕容泽说：那我送你去医院。我说：不行，今天的会议这么重要，我们必须有一个人留下来。慕容泽说：可是姐姐你？我说：小泽，你留下，我一个人去买点药。慕容泽说：那你一定要小心，姐姐。我说：知道了。可是我刚站起来头晕得就又坐下来。慕容泽扶了我一把说：你没事吧姐姐？我休息了一下说：我没事，你好好开会。

我慢慢地站起来，一步一步地移出会议室，来到洗手间吐了一场才觉得好一点了。但头还是疼得不行。我靠在会议室大门外的柱子上，心里十分紧张，为什么我最近头会疼得这么厉害，原来以为是累了，司马峰也说是累了。可是放松这么久，休息了这么久，还是一点也不见好转，难道我的头有问题了？

我被自己的想法吓了一跳，不由得想起了司马峰：峰儿，我的头好疼，我现在在会议室外的台阶上给你发短信。我好害怕，我不能对芳芳说，可是我在这个世界上再没有其他亲人。峰儿，头好疼啊。我不知道我为什么要告诉司马峰，我忘记了我和他的约定，在上班的时间不发短信，也忘记了我曾经对司马峰说自己有家庭有孩子。

司马峰说：丫丫，我们正在九楼封顶，你赶快让你的搭档带你去医院看一下。我说：峰儿，我的头，真的好疼。我闭上眼睛心里呼喊着这个名字，泪水涌了出来。我觉得我每次头疼的时候，只要在心里呼喊着这个名字，疼痛就会减轻一点，特别是看到司马峰发来的紧张和关切的文字，我就会慢慢地安静下来。天哪！难道世界上真有比药还灵的文字吗？

峰儿！峰儿！我已经习惯了把这个名字当作我最亲近的东西。我没有去医院，我害怕检查，我害怕自己真的发生了什么，那么慕容爷爷的回忆录和那些外债怎么办？还有司马峰。我告诉自己一定要撑下来。我在附近的药店买了两盒正天丸吃了两颗，慢慢地头痛减轻了。我回到会议室后，会议已经结束了，慕容泽正急匆匆地跑出会议室。看到我后着急地问：姐姐，看医生了吗？你的脸色好苍白。我说：吃药了，现在好点了。慕容泽说：姐姐，今天回我家好吗？爷爷奶奶非常想你。今天让我把你带回去，要给你吃好东西。爷爷说他想好了结尾，要给你讲。我本来不想去，我想回到司徒芳家睡一会儿，可听说慕容爷爷要讲书的结尾便同意了。

回到慕容泽家后，发现奶奶和爷爷都不在。慕容泽就把我带到他的房间，让我躺在他的床上。我太难受了，就躺了下来。开始的时候，我还知道慕容泽给我盖了一块毛巾被，然后把我的长发理顺，然后摘下了我的眼镜，再后来就什么也不知道了。不知道过了多久，我昏昏沉沉地睡着，突然听到一个尖厉的声音说：好你个独孤丫丫，你竟然躺到了慕容泽的床上。随着喊声，我身上的毛巾被掀掉了，我整个人也被拉起来又推倒在地上。

我摸索着找不到眼镜，这时慕容泽大声地说：你这是干什么？姐姐正生着病。说着打了元元一个耳光。元元说：慕容泽，你为她打我，我找爷爷和奶奶去。元元哭着跑出去了。慕容泽扶起我，给我把眼镜戴上，心疼地说：姐姐，对不起！对不起！我也难过地说：小泽，对不起，都怨我。慕容泽说：不是的姐姐，不是的姐姐，你疼吗？我说：小泽，我没事的，你去看她吧！慕容泽说：我不去，我要陪你。我说：听话，去吧。她是因为爱你才这样紧张的。再说她还小。慕容泽说：她不小了，她已经二十五岁了，是一个有行为能力的人。我不会原谅她的。我说：小泽，你要这样，我马上走人，再也不和你做搭档了。慕容泽：好的，姐姐你千万不要走。我去。等一会儿爷爷还要见你。

慕容泽出去了，我才偷偷地抹了一把泪水，悄悄地走出房间，在院子里我能听到慕容爷爷和奶奶的屋里元元的哭闹声，我便逃也似的跑出了慕容家的大门。

嘴唇相碰的那一瞬间，我将幸福地死去

来到街上后，我觉得我无处可去。因为我已经给司徒芳打电话说不回去了。我来到大街上的一个茶屋，找了一个安静的位置要了一杯茶，觉得心里特别难过。我不怨元元，更不怕她。只是觉得自己活得好累好没意思。是的，如果不是那些外债，我完全可以不活着，活得这么艰难、这么孤独，除了司徒芳，连个说话的朋友也没有。在家乡的时候，我就没有什么朋友，我不喜欢热闹，不喜欢红红火火，不喜欢处朋友，到了省城更没有朋友，虽然也有几个大学的同学，但已经分别多年了。我毕业后再没有和他们联系。因为我的爱不在大学，所以大学时光我过得很简单，简单得没有什么太深的记忆，四年中那些孜孜不倦追求自己的同学也一个个痛苦离去。为此，同学们说我从里到外都是铁做的，从外到里都是钢铸的，世界上没有什么热量能熔化和感动我的心。其实不是这样，而是因为我的爱就在我的心里，那睁开眼睛就看到的爱早已把我的心里塞得满满的。可是那个在爱中泡大的丫丫如今却成了一个孤独寂寞没有人亲没人爱的漂泊者。

峰儿！峰儿！峰儿！我不由得拿出手机，情不自禁发出了这几个字。司马峰说：丫丫，你在哪里？这是司马峰最大的痛苦，他始终无法知道我在哪里。我说：我在茶馆中独自对着茶水流泪。

司马峰说：你怎么啦？丫丫，快告诉我。这个世界上除了哥哥就只有司马峰才会对我这样紧张。我哭着说：峰儿，你只是我在网上认识的一个网友，为什么要这样紧张我的状况？司马峰说：不知道丫丫，我也不知道我为什么要这样紧张你的状况。我说：峰儿，对不起，是我把你带进了这场无法说清的痛苦之中的。司马峰说：不是的丫丫，是你让我知道了什么是牵挂和思念，什么是刻骨铭心。我说：我也是，尽管我知道这样不好，但我在这个世界上没有亲人。我不想连累你，但我又没办法。我现在后悔，我真的不该在网上留下你。司马峰说：你是觉得我不配做你的朋友，才后悔留下我的吗？我说：不是的峰儿，不要这样说好吗？我不是那个意思。我现在很难受，头也很疼，很需要你。我们不说这些了好吗？

司马峰说：好的丫丫，你吃饭了吗？我说：没有。司马峰说：那我请你好吗？ 我说：好的。司马峰说：你想吃什么？我说：用南瓜、土豆和豆角做的汤面。司马峰说：知道了，有一天我见到你时，我一定亲手给你做南瓜、土豆和豆角汤面。现在就吃饭店的饭好吗？我和几个朋友正在饭店里吃饭。我说：好的。

司马峰说：丫丫，你坐在我的右边好吗？这样他们不注意的时候，我就可以拥抱一下你。因为我的左手拿着酒杯。丫丫，现在是秋天了，你一定穿着黑衣白裤是吗？你的长发一定像瀑布一样披在腰际，是吗？你用的是什么洗发水，这样让我痴迷。丫丫，我的朋友说，你是一个绝世美人，美得让人心疼，让人心醉。他们说他们还没有喝酒就已经醉了。丫丫，我拥着你，没有办法夹菜，你夹一块夹给我好吗？丫丫，我舍不得吃掉你夹给我的菜，你张开口，我用嘴把菜送到你的嘴里好吗？丫丫，当我们的嘴唇相碰的那一瞬间，我将幸福地死去。丫丫，丫丫，不要吃这么少，好好吃，多吃一点。我哭着说：好的，峰儿。

司马峰说：丫丫，不要哭！看到你哭的样子，我心疼极了。我的朋友们都心疼了。丫丫，有我在，有我们在，你不会被人欺负的。我说：我知道，峰儿。司马峰说：丫丫，你吃饭的样子好文雅好迷人，我好想吻你。丫丫，你慢慢吃，让我慢慢地欣赏你。我说：好的，峰儿。

这时，我的身后传来了哭泣的声音，完全沉浸在和司马峰吃饭氛围中的我吓了一跳。元元说：独孤姐姐，我早来了，一直站在你的身后，看你和你的朋友聊天。你们太浪漫了姐姐，我好羡慕好感动。姐姐，我对不起你。我说：元元，你没有对不起我，是我给你添麻烦了。

元元痛苦地说：不是的，独孤姐姐，你没有给我添麻烦，是我小心眼，今天我必须向你道歉。这些日子慕容泽对我非常冷淡，我痛苦极了。我多少次找他，他都关门不开，今天门好不容易开着，可是他却不理我。我说：对不起元元，爷爷让我来是谈书的结尾，但他们不在。我头疼得不行，吃了药想睡一会儿，就躺在了慕容泽的床上，这和他没有关系。你不要怨他，就怨我吧。元元，你放心，我不会成为你们的障碍。我是大人了，我完全是因为工作才和慕容泽在一起的。如果你觉得紧张，我可以向报社提出再换一个搭档。希望你和慕容泽和好如初。

元元说：不，独孤姐姐，你不要离开慕容泽，我刚刚偷看了你的短信，我知道在远方有一个深爱你的人，而你的心中也有一份美丽的爱。我的行为太鲁莽了，真是对不起。请姐姐和我一起回家，爷爷、奶奶还有慕容泽等着你回去吃饭。我说：不了，我已经吃过了。元元：姐姐，别这样，那是在网上。我说：不，那是真的。而且我吃得很舒服，你回去吧。我还有事，我真的要走了。元元说：独孤姐姐，你不能这样，你不回去，慕容泽不会原谅我的。我说：没事的，你回去吧。

我快步来到大街上拦了一辆出租车。峰儿，也许只有和你相处，才不会有危险，因为你在网上，而现实太可怕了。

八月二十五日的晚上，我给司马峰发信息说：峰儿，慕容爷爷的回忆录留下了最后一万字。我现在头疼得厉害，刚刚吃了药，准备睡觉，你不要担心，也不要给我发短信，让我全身心地投入到这最后的写作中吧。

司马峰说：好的。可是丫丫，为什么一定要明天结束呢？明天、后天是休息天，你完全可以分开两天写，这样你就不用拼命了。我说：我一定要明天写好，后天好好休息一天，无牵无挂地休息一天。峰儿，我写得好烦好累，我真的不想写了。知道吗？我从此以后再也不想写了。此时此刻，我觉得今生今世出不出书，仿佛并不那么重要了，重要的是我的头不要疼，心不要累。

司马峰说：丫丫，不要这样，你是一个有理想有才华的好姑娘。你不要用一般人的标准来衡量你的价值。丫丫，你一定要坚强，头疼和心累都是暂时的。我希望你成功。但如果你真的不想写了，那你就回来吧，好吗？回到故乡，回到我身边。我有能力让你幸福。我好憧憬我们在一起的时光，我们一起看朝霞、看夕阳，我们在雨中接吻，我们在沙漠里奔跑，让你做一个头不疼心不累的好姑娘，让我照顾你一辈子好吗？

我说：峰儿，你的话让我好感动好感动，我真的是太谢谢你了。无论这样的状况是梦想还是什么，但总算有人对我说了，真的让我好感动好感动。峰儿，不要把我加入你的未来生活中好吗？你应该有你的爱和生活，知道吗？峰儿，对不起，我的药性上来了，我要睡了。司马峰说：好的丫丫，让我陪着你睡，看着你入睡吧。

我不敢再和司马峰说这个话题了。我们只要一接触到这个话题，两个人就非常痛苦，因为我既回答不了司马峰的问题，也不能答应他的要求。由于昨天晚上，我已经告诉司徒芳今天早晨不要叫我吃饭，我要写好慕容爷爷的回忆录再吃饭，再出屋。

早晨六点钟起来，我就坐在写字台前开始这最后的写作。我写得很激动、很辛苦。每写两个小时我就要吃一次药，每过半个小时我就要喝一杯水。这中间司马峰发的短信我收不到，慕容泽打来的电话我听不到，司徒芳要送的饭送不进来。我把手机关掉，把自己关在房间，拼着命写。原计划写一万字的结尾，写完的时候看了一下写了一万五千字。我从早晨六点写到晚上八点，写了整整十四个小时。当我打电话让司徒芳开门进来时，累得嗓子都哑了。当司徒勇、司徒芳和慕容泽进来时，我正趴在桌子上哭。桌子上摆着二十二本写满黑色汉字的文稿和五十多支用尽的中性笔芯。丫丫，你辛苦了。司徒芳抱着我也哭了起来。

司徒勇说：好大的一项工程，你竟然在这么短的时间内完成。丫丫，你真是我们司家村的骄傲！慕容泽什么也没有说，只是把暂时不能站立和行走的我抱到了停在大门外的车上。我问：小泽，这是到哪里去？慕容泽说：爷爷正在一个大的饭店设宴庆贺呢！还有我们报社的同事和朋友。我说：小泽，我现在好想睡觉。

慕容泽说：我知道。好姐姐，你就忍耐一下，给爷爷一点面子好吗？还有司徒勇大哥、司徒芳大姐和宝宝都一起去。司徒芳说：我们就不去了，我们也在家里准备了庆祝仪式。慕容泽说：不行的，是你们帮助姐姐完成这本书的，你们一定要去。

在车上我给司马峰发去了信息：峰儿，我终于写完了，就在刚才那个伟大的时刻。我写得好累好累。峰儿，我把笔也扔了，我恨不得把右手也扔掉，不再写了。此时此刻的我，好想投入你的怀抱，好好地哭一场。真的峰儿，书稿写上最后一个句号时，我就开始哭了，直到现在我还在哭。司马峰说：丫丫，祝贺你！今天我在我们家乡的一个高级酒店设宴为你庆贺。把手机号给我吧丫丫，我要让你听听我给你点的歌。丫丫，此时此刻，我好想听听你的声音，好想拥抱你，亲吻你，与你一起分享这份喜悦和成功。

我说：峰儿，不要这样，不要让我不安和内疚，也不要为我祝贺，知道吗？我真想和你一起度过这个时刻。但是峰儿，我不敢让自己太奢侈了。峰儿，我的心很乱，不知道说什么好。峰儿，我真的好想和你一起度过这个时刻。真的峰儿，我无法使自己平静下来，但我又不敢放纵自己。峰儿，你是个男子汉，你一定要低调对待这件事，不要对我太好，不要让我的梦想疯长。峰儿，撤掉你的饭桌，回去和你妈妈一起吃饭吧。此时此刻，我真的好想和你在一起吃那南瓜和土豆做的汤面，我们坐在一个小山村土窑洞的土炕上，妈妈在炕头，我在炕尾，你在地上盛饭。竹子编的席子上放着一碟腌酸菜、一碟芝麻面和一碟辣椒面，妈妈把土豆给了我，你把南瓜给了我。我吃饱了，妈妈说再吃点。我吃饱了，你说再吃点。我饱得下不了炕，你让我不要下炕，你去洗碗。然后，我们在油灯下看我写的四十万字的稿子。然后我们把二十二本稿子分成两沓放在我的枕边。然后我们吹灭了油灯，躺在炕上。朦胧的月光里，能隐约看到一条炕上睡着三个人。我和你在两边，妈妈在中间，一会儿我爬起来越过妈妈和你说话，一会儿你也越过妈妈和我说话。尽管这样妈妈很累，但是妈妈还是不让你抱着我睡。峰儿，我不想到饭店去参加什么庆祝仪式，我不想要太多的感动和幸福，只要一点小小的奢侈，那就是和你，有时还有妈妈在一起。但是峰儿，我知道这只是我曾经的梦，过去了的梦和正在做着的梦，永远也实现不了的梦！这梦中的你，是哥哥？是初恋？是情人？是爱人？仿佛什么也不是。峰儿，我不想去大饭店，但是车把我拉来了，丫丫要下车了，听话回去吧！

司马峰说：丫丫，你的话让我好感动好感动，好心疼好心疼。我没有撤掉为你庆祝的饭桌，我正在和几个我生命最好的朋友一起为你祝贺。这里有爱过我多年的女同学，有正在追求我的女同事。她们嫉妒你，敬佩你。我把她们请来，是要她们在你这里找到我不爱她们的答案。真的，她们在你这里找到了答案。她们对我说她们真的很惭愧，因为她们无法达到你的境界，而成为我的梦中情人。丫丫，此时此刻，我好幸福好激动，今生今世，我能拥有你这样的网友真是我的人生大幸。是的，我不敢奢求什么，但我真的愿意为你做南瓜土豆汤面。真的想和你睡在一条炕上，哪怕中间有妈妈，哪怕我和你说话时要越过妈妈。真的丫丫，我把你发过来的短信给朋友们念了，那些女孩们都哭了，她们说这是她们看到的世界上最优美、最纯洁、最感人的文字。丫丫，我已经醉得一塌糊涂了。我的朋友们要和我一起到省城去为你庆祝，要看一看你这个让我找不到回家的路的人是一个什么样的神秘女子。丫丫，可是我都不知道你在哪里。丫丫，你在哪里？这个世界上有你吗？我知道你的网名叫无泪，E 配号为 27298，乳名叫丫丫，你是男是女，是老是少，我一概不知，而我却为你不能自拔。

我说：峰儿，这个世界上真有我。我现在被感动和激动包围着，但我的心在你那里，你能感觉到我的，不是吗峰儿？司马峰说：谢谢你丫丫，我感觉到了你，我拥抱着你，亲吻着你，把鲜花和美酒献给你，我心中的女神。

庆祝仪式结束后，来庆贺的人逐渐离去，就留下了慕容爷爷、奶奶和慕容泽、司徒勇、司徒芳和宝宝以及我。慕容爷爷说：丫丫，书写出来了，写得很好，我很满意。爷爷要兑现当初的奖金了。我说：爷爷，我不要了，那些钱都让我不好意思了。

慕容爷爷说：没事的，孩子，那就算是爷爷帮你还外债，可以了吧？不是给你稿费，你不要不好意思，我们的书正好完成在国庆前夕，所以我给你的奖金是我们全家陪你出去旅游。这段时间你太累、太紧张、太辛苦了，出去放松一下，也许你的头疼会减轻，会好起来，会不再疼的。我说：不用了爷爷，我还要写些东西，准备在长假期间完成。

慕容爷爷说：出去旅游一下，并不会影响你的写作，有一个好的身体和心情会提高你的写作速度和水平的，爷爷已经决定了，你说你想去哪里？我说：哪里也不想去，爷爷你就不要破费了。

慕容爷爷说：好孩子，爷爷已经做了决定。这样吧，我听泽儿说游周庄是你一生的梦想，这次爷爷就让你的梦想成真。我说：那只是随便说说，等我以后有能力再去。这次我就不去了，你们想去哪里就去哪里吧。

慕容爷爷说：好了，就这样定了，回去好好准备一下，我们十月一日启程。我激动地叫了一声：爷爷！慕容爷爷说：什么也不要说了。泽儿，你送丫丫她们回去，我和你奶奶在这里等你。司徒芳说：不用了爷爷，我们坐司徒勇的车回去，让慕容泽送你们回去吧。慕容爷爷说：不行，一定要让泽儿把丫丫送回去。今天她是大功臣。

在回司徒芳家的路上，我低声地问慕容泽：元元呢？怎么没有看见元元。慕容泽说：不知道，我想她是不好意思来吧。爷爷奶奶对她有看法了。我说：小泽，不要这样，你们千万不要因为我一个局外人而伤了你们的和气。从此之后，我们只是简单的搭档关系，如果这样还不行，那我向报社提出换搭档。慕容泽说：姐姐，这不关你的事，别离开我好吗？我说：那你一定要和元元好起来，说明情况，解除误会。知道了吗？慕容泽说：知道了。我说：这次元元去吗？最好让她也去，如果不方便我就不去了。你们全家一起去吧。慕容泽说：姐姐，别这样好吗？如果你不去，那我也不去了。如果你不去了，那爷爷奶奶也不会去，更不会去周庄。我说：可是？我犹豫了。

慕容泽说：我会处理好的。姐姐不用担心了。姐姐，元元那样，我心里真的很难受。对不起姐姐，我知道你受了委屈，但又不知如何安慰你。姐姐，别难过好吗？我说：没有啊，我不难过。是我对不起你们。我是个大人了，考虑问题也太不全面了。老以为我们是姐弟、是搭档，忽略了元元的感受。慕容泽说：其实不是这样的。姐姐，我知道你心里很明白。不说了，姐姐，千万不要改变主意，我们一起去游周庄好吗？这将会成为我生命中最美好的记忆和一次最有价值的旅游。我说：那最好是让元元一起去。慕容泽说：好的，姐姐。

司马峰发来信息说：丫丫，你在哪里？你回到住处了吗？今天你写了那么多，一定很累了吧，你今天终于完成书稿了，一定很高兴吧？我说：是的，峰儿，你回家了吗？我很累，很激动，很高兴。感谢你在家乡为我庆祝。峰儿，真的，你让我感受了别样的人生滋味。

司马峰说：我也是，丫丫，我为有你这样的网友而活得浪漫和有诗意。哪怕我们永远不会相见，但我的心中有了一份自己的爱，这就够了。是的，我越来越明白，我对你的渴望是不可能变成现实的。因为我们不是一个层次的人，但请允许我爱你好吗？丫丫，就让我这样呼唤你吧！知道吗？无论我活得多难，丫丫，只要每天睡觉前我在心中叫着你的名字，就能安心地入睡。每天早晨，我睁开眼睛，只要想着你，我就有信心、有勇气去面对残酷的现实和艰难的人生。

我说：峰儿，我也是这样的感觉。我不知道人世间还有这样美好的感觉。心里想着峰儿，红尘世界的一切都失去了光彩和意义。心里想着峰儿，就觉得自己很富有，很满足。头疼的时候想起峰儿，就觉得轻快了。累的时候想起峰儿，就觉得不那么累了。睡觉的时候想起峰儿，就像躺在亲人的怀抱里。峰儿，想你是一种无与伦比的幸福和快乐，想你是一种前所未有的境界和感觉。

司马峰说：丫丫，谢谢你对峰儿的这种感觉。但丫丫，你真的想永远拥有这种感觉，还是拥有真实的峰儿呢？我说：峰儿，这种感觉让我忘乎所以，让我陶醉，也让我不能自拔。你的这个问题让我为难，让我猛醒，也让我心痛。峰儿，今天是我大喜的日子，我们不说这个话题好吗？司马峰说：好的，丫丫。但我要说我爱你。

满世界找你

我给司马峰发信息说：峰儿，你知道慕容爷爷送给我的奖金是什么吗？ 司马峰说：是什么，丫丫？我说：也许你永远也想不到。司马峰说：快告诉我，丫丫。不要让我费神了好吗？我说：好的，是周庄的一周游。 司马峰说：游周庄也是我的梦想，慕容爷爷怎么会有这么好的创意？我说：不是慕容爷爷的创意，而是慕容爷爷帮助我早日实现了梦想。

司马峰说：这么说，你也很爱周庄？我说：是的。司马峰说：丫丫，为什么我们素不相识，而兴趣爱好、心情感觉是如此相似呢？我说：我也不知道，也许是上帝创造我们时，给我们的生命注入了同样的生命基因。司马峰说：我想也是的，也许我们原本就是一个完整的圆柱体，是上帝把我们从中间劈开，使我们再也找不到了对方。我说：峰儿，快别往下说了。再说下去，我们又不能自拔了。

司马峰说：好的，但是丫丫，我觉得你就是我的那一半。我说：不是的峰儿，我比你早两年来到这个世界，你也许是我的弟弟，但绝不是统一的圆柱体。

司马峰：不是的丫丫，其实我们是一起来到这个世界，只是因为我懒了一下，比你迟离了母体，一下子就迟到了两年。丫丫， 知道吗？我一睁开眼睛就满世界找你，但他们谁也不知道那个叫丫丫的女孩去了哪里？直到今年六月二十日，我才在网络里找到你。丫丫，我只是比你迟到两年，但我生长的速度特快。现在我不是比你胖了二十五公斤，高了十厘米吗？我一米八五、七十五公斤，你一米七五、五十公斤。我们站在一起，丫丫，上帝也会说我们是天生的一对。

我说：峰儿，这真是太残酷了，你为什么要那么懒呢？为什么要等丫丫经历了那么多的苦难以后，你才来呢？峰儿，我们又不能自拔了。峰儿，醒来吧，早点睡吧，明天还要上班呢！司马峰说：不，丫丫，我好想永远在这个美丽残酷的梦中。丫丫，你们什么时间走？我好想和你在一起。知道吗？丫丫，爱你和游周庄都是我生命中永远不会磨灭的奢望。

分不清现实世界和网络世界

我说：峰儿，我会帮你好好看周庄的。慕容爷爷说我们一号走，国庆长假你休息吗？司马峰说：我们不休息，但我的心会和你一起去周庄的。丫丫，告诉我你的银行账号好吗？我给你打点钱，我知道你自己没有钱。我说：不用了，慕容爷爷家有车，不用我花钱。峰儿，不要有这样的想法，我会紧张的。我们不能自拔的时候要互相提醒，我们痛苦不堪的时候不要坠入情网。我们只要此时，不要永远；我们只要过程，不要结果；我们只在虚拟，不回现实；我们只说文字，不说钱财。我们只在精神世界畅游，绝不回到物质世界。记住这一点，处理好这一点，也许我们会长久一点。

司马峰说：丫丫，我现在已经分不清现实世界和网络世界了，物质世界和精神世界。但无论在什么世界我想的都是你。丫丫，你为什么要让我们这样？为什么人要分精神和物质？我说：因为物质世界太真实，我们没有能力应对。听话睡吧！我们都很累了。司马峰说：好吧，让我抱着你睡吧，在精神的世界里，在虚拟的网络里。

我们去周庄的那天，司马峰来信息说：丫丫，我知道今天你要去周庄了，我早早地起来，来到我们市外面的这条国道上，天蒙蒙下着细雨，细细的雨丝和着我的泪水在我的脸上流淌。我手里拿着一把白色的雨伞。丫丫，我不能和你远行，但我的心在这把雨伞中，晴天好为你遮阳，雨天给你挡雨。丫丫，我知道你们的车不会经过我们家乡的这条国道，但我托雨神将这把白色的雨伞捎到了周庄。丫丫，记住那个白色的雨伞就是我送你的。丫丫，你一定要把它买下。

我说：知道了峰儿，我们虽然不能在一起远行，但我已在心里把你带上。知道吗？你脸上的雨水就是我给你的吻。上帝也看出了我们的心思，将整个世界都置于雨雾朦胧中，这样在建筑工地忙碌的峰儿，就有机会来送丫丫了。峰儿，丫丫走后，雨就会停，天就会晴，你就回到工地去吧！那里有你的事业、你的希望和你的人生。那里才是物质的你赖以生存的地方。丫丫只是你生命中一个偶尔的雨天、一段浪漫的文字和一个美丽的梦境。

司马峰说：我知道，我能拥有一个偶尔的雨天、一段浪漫的文字和一个美丽的梦境就知足了。丫丫，愿周庄的风吹走你头疼的病和心中的痛。当你回来的时候，雨雾中等待你的峰儿拥抱的将是一个沐浴了周庄灵性的健康丫丫。我说：好的，峰儿。司马峰的话让我好感动好感动。

到庞贝古城去建一栋房子

在我身边开车的慕容泽问我说：姐姐，你怎么又哭了？我说：没有啊。我只是被感动了。慕容泽说：姐姐，爱和感动时的你很美。我说：不要这样小泽，姐姐老了，经不住这样的诱惑了。慕容泽说：不，真的姐姐，我也在感动中。我问慕容泽：为什么元元没有来？慕容泽说：如果她来了，我就不来了。我说：为什么要这样？

慕容泽说：不知道，我想没有一点杂念地和姐姐去周庄。姐姐，这次来，我拿上了摄像机。我想我们一定会拿出最美丽的周庄纪录片和周庄文字。我说：但是小泽，元元没有来，我感到很不安，我真的不想这样。慕容泽说：姐姐，没事的，她要去美国看父母，让我和她一起去，但我更想去周庄。我更爱淡泊的周庄。姐姐在我的心中就像周庄一样。我说：小泽，别这样好吗？姐姐感动的泪水还没有擦干。

慕容泽说：我知道。但是姐姐，人的一生大部分时间还是要在晴天和房子里度过的。我说：我知道。慕容爷爷和奶奶好像有些累了，依偎在一起睡了。

慕容泽潇洒地开着车，我目光迷离地看着窗外，望着雨雾朦胧的远方。是的，我在思念那把白色雨伞。

在去周庄的路上，司马峰来信息问我：丫丫，周庄到了吗？我说：快了，峰儿。因为我们都是第一次来周庄，谁也不知道还有多少里路。但是峰儿，我已经开始心跳了，我想周庄一定快到了。司马峰说：周庄是我一个朦胧的梦，虽然我爱周庄，但对周庄却知之甚少。我说：峰儿，我会告诉你的，我会让你了解周庄的。

司马峰说：丫丫，是你让我突然对自己的生存状态感到了厌倦，我原来很满足自己的生活，觉得自己二十多岁，拥有自己的建筑公司和工程师职称，拥有一份浪漫和梦想，和同辈人比起来还是很优秀的。但从认识你以后，我忽然觉得我要的并不是这些，你的才情、你的痛苦、你的文字让我看到另外一种人生的美。我好想扔下现在的满足，和你一起去漂泊。

我说：峰儿，不要这样。其实我们所看到的对方的一切只是一种感觉和现象。漂泊的人生并不都是潇洒的。就像一个饱汉子不知饿汉子饥一样。像我行囊空空、长发飘飘、满脸疲惫，看上去很浪漫，但我的心在哭泣。也许精神的我会视金钱如粪土，但物质的我必须拼命挣钱维持生计还外债。也许像有的人说的那样，我是那么美，美得让世人驻足，但再美的我也得靠南瓜土豆汤面维持生命。峰儿，不要只看到丫丫的表面，因为我展示给你的只是我的梦想和追求，而不是真实和痛苦。也许我的文字可以千古，但我的人生却是暂时的、痛苦的。我真的好想要一份真实，哪怕只是一个土窑洞、一盘土炕和一支最廉价的笔。可是没有人会给我。正因为我知道了这个残酷的事实，所以才绝望。游周庄，说穿了只是一个靠别人帮忙才能实现的梦想。

司马峰说：丫丫，让峰儿给你那个土窑洞、那个土炕和那支最廉价的笔吧。不要忘记你的峰儿是一个建筑工程师。你不是喜欢清静吗？丫丫，那我们就到庞贝古城去建一栋房子吧。那里没有人烟，只有我们。那里没有时间，只有空间。那里没有真实，只有感觉。那里没有繁华，只有清静。静得能让我们能听到对方的心跳，静得我们只能感到对方的存在。我说：是的峰儿，我们可以做这样的梦。但是我们还有在堂的老母要孝顺，还有欠人家的钱还未偿还。我们能走得脱吗？司马峰说：丫丫，答应我，给我时间，给我机会，我会把这些都处理好的。

我见到你也是这种感觉

我给司马峰发信息说：峰儿，我看见周庄了。周庄是江南小镇，是江苏省昆山县的一个古镇。周庄因著名画家陈逸飞的《故乡的回忆》、因著名作家三毛的造访、因著名学者余秋雨的关注而让我魂牵梦萦。周庄到了，我快晕过去了。峰儿，我想有一天我见到你也是这种感觉。司马峰说：丫丫，我的心跳也加快了，我也好像看到了周庄，因为我们是一体的。你的眩晕会撞击我的灵魂。但是丫丫，工地告急，我要回到现实中了。你好好游周庄吧，我的心和你在一起，不要忘记我说的那把白色雨伞。

慕容泽说：姐姐，周庄到了，回到现实中吧！我说：我知道，对不起。慕容泽说：姐姐，我好羡慕精神世界的那个你，还有你的那个他。姐姐，难道你感觉不到我的存在？姐姐，你为什么要沉迷于虚拟，不接受现实的馈赠？姐姐，我好后悔把你送进网络，而把我自己留在痛苦的现实中。我说：小泽，不要这样，周庄到了。爷爷奶奶，周庄到了。

慕容爷爷说：是啊，丫丫，这就是让你梦牵魂萦的周庄啊，这里有你的梦和未了情吗？我说：不是的爷爷，我只倾慕。慕容泽说：是的，爷爷，这里有姐姐的一把白色雨伞。慕容奶奶说：那是什么时候留下的？慕容泽说：前世！我说：不要听小泽胡说。

慕容爷爷和奶奶摇头微笑着说：这些孩子。慕容泽说：难道不是吗，姐姐？我说：好了，我们先找个地方住下，让爷爷奶奶好好休息一下再说好吗？慕容泽说：好的姐姐。只要你在现实中，我就有救了。我打了一下慕容泽说：又来了！

我们走过很长一段满是茶楼、酒肆、歌厅的长廊，终于看见到了那方心仪已久的土地，看到了拱桥、小巷、骑楼、石街……古董般的建筑格调，小巷之中摇曳的小船，曲巷老屋子的沧桑，古朴之中透着似曾相识的亲切感。我说：我们找个古老一点的旅馆住好吗？慕容泽说：好的。我们在南湖岸边的一家临水旅社住下。

吃过晚饭，慕容爷爷和奶奶先休息了。慕容泽说：姐姐，我们出去看看夜里的周庄吧。我说：我也有些累了。慕容泽说：我知道姐姐不想和我们一起度过这美丽的周庄之夜。我说：不是的小泽，我真的有点头疼了。慕容泽说：那姐姐就早点睡吧。我说：别难过小泽，我和你一起出去，但就在附近好吗？慕容泽说：好的。

我们一起来到旅社阳台下竹制的曲埠头上，风静、浪平，水行无船，我们只好痴痴地遥望着月色迷蒙的湖水和湖上的渔火点点。

我说：好美啊，周庄的夜。慕容泽说：是的，姐姐。

我们在旅社左侧不足百米的湖岸边，看到了西晋张翰的幽居田庄。这天夜里，我给司马峰发短信说：峰儿，今晚，我们住在西晋大文学家张翰隔壁。知道张翰吗？司马峰说：知道，你初到周庄，能与季鹰先生为邻，真是不虚此行。张翰是西晋大学家，曾官居大司马东曹椽，因官场黑暗回到了周庄幽居，以采莼垂钓为生。张先生的“莼鲈之思”成千古思乡的代语。我说：是的，我敬仰张翰，但一直没有能拜读过他的诗稿。司马峰说：我也是。据《晋书·张翰传》中说“翰因见秋风起，乃思吴中菰菜、莼羹、鲈鱼脍。曰：人生贵适志，何能羁宦数千里，以邀名爵乎？遂命驾而归。”我说：是的，一份淡泊，一份无奈，回家，回到生命的起源地，尽管有无奈，但留一点淡泊给自己，这正是我崇拜张翰的地方。

司马峰说：丫丫，一个人要以清醒的心智和从容的步履走过岁月，他的精神不能缺乏淡泊。但是淡泊，不是绝望，不是消沉。我知道张翰又影响了你的情绪。别这样好吗？我们有我们的生存环境和时代特征。我们要走自己的路，不要重复前人。我说：我知道，峰儿。

那是一把有灵性的雨伞

来到周庄的第二天，下起了蒙蒙小雨。江南初秋的雨水丝丝缕缕，是那样的含蓄、羞涩，给人一种微微的清凉、浅浅的爱意。在一个“万山蹄髈”的商店旁边，果然有一个卖雨伞的小店，我们真的在五颜六色的雨伞中看见了一把白色雨伞。我在心里说：峰儿，这就是你给我寄过来的那把白色雨伞吗？

卖雨伞的是一个书生模样的年轻人，他把那把白色雨伞递给我说：终于有人买了。我说：为什么这样说？年轻人说：这把白色雨伞已经存在好久了，但人们皆因它是白色易污，不要它。可是人们却不知道易污的才是最净最美的。世人平庸，唯有像姐姐这样高雅的女子才配这把白色雨伞。我说：谢谢！

慕容泽说：姐姐，怎么我觉得好像在梦里一样，周庄真的有这样一个雨伞店，这店里真的有这样一把绝世的白色雨伞，而且那个卖雨伞的年轻人也充满了神秘和诗意。我说：这就是周庄的魅力，一切都充满了神秘和诗意。慕容泽说：那是因为姐姐有一颗诗意而神秘的心。

慕容泽、慕容爷爷和奶奶也分别买了红色、黄色、蓝色的雨伞。撑雨伞坐船游览，我们看到了一幅精美的水墨画。

我在短信中对司马峰说：峰儿，今天周庄真的下雨了，周庄真的有一个雨伞店，店里真的有一把白色雨伞。峰儿，你怎么知道这里有一把白色雨伞呢？司马峰说：感觉告诉我。因为我爱周庄，爱白色，爱丫丫。在雨丝飘飘的古镇周庄，一个白衣黑发的绝色女子顶着一把白色雨伞静立凝神远望。这是你说要去周庄之后，我的梦里一直出现的情景。我说：峰儿，好美的梦境啊，可惜天快晴了，这梦境就消失了。

司马峰说：丫丫，不要难过，只要心中有梦，梦境就不会消失。希望周庄带给你的是美的享受、水的灵性和张季鹰的淡泊。

周庄的雨下得那么含蓄温柔、情意绵绵，慕容爷爷和奶奶也说周庄真是太美了，特别是和我一起来，更是处处充满了诗意。慕容爷爷说：周庄太美了，只有丫丫才配做周庄的游人。我说：快不要这么说，丫丫才是真正的村姑野夫。慕容爷爷说：不是的，我们北方很少有这样秀美的女子，我真怀疑你的父母不是我们北方人。慕容泽问我说：是吗，姐姐？我说：我也不知道。

慕容爷爷看出我的难过和伤感，便说：我们在逗丫丫玩呢！慕容奶奶说：是啊！是啊！我说：没事的，我真的不知道我的父母是哪里人，又是谁。

慕容爷爷说：丫丫，对不起。我说：没关系，有你们这些亲人就足够了。慕容爷爷说：是啊，是啊。我们都特别喜欢你。我说：谢谢爷爷、奶奶。慕容泽说：还有我。我说：是的。还有你。

我们看了吴冠中先生说过的“轿从门前进，船从家中过”的沈厅，又看了陈逸飞先生画过的“双桥”，来到了摇摇欲坠的迷楼时，我对慕容泽说：你和爷爷奶奶在下面等着， 我一个人上去看一下。慕容泽说：我和你一起去。

我和慕容泽正准备上迷楼时，忽然觉得头晕了一下，就什么也不知道了。奇怪的是就在我栽倒的一刹那，雨伞托住了我的头，使我虽然晕倒了，但没有受伤。慕容爷爷说：多亏了这把雨伞，要不丫丫的头就要碰破了。慕容奶奶说：是啊，这真是神奇。慕容泽说：谢谢，白色雨伞救了姐姐。姐姐，你能走吗？我说：能。只是眼镜摔坏了，雨伞弄脏了。

慕容泽说：姐姐没事就好。眼镜碎了，我们再配一个。至于雨伞嘛，那个卖雨伞的年轻人不是说易污者自清，我们撑起来试一试。慕容泽用力把雨伞撑起来甩了几下，果然上面的污点全掉了，恢复了原来的纯白色。真是一把好伞。

我告诉司马峰说：峰儿，虽然没有进入柳亚子他们饮酒作诗的迷楼有点遗憾，但白色雨伞污者自清，真让我感动。峰儿，是白色雨伞救了我。司马峰说：丫丫，那真是太好了。那是一把有灵性的雨伞，因为那雨伞中有我的爱。也就是说，我只要和你在一起，你就不会有事。我爱你，丫丫，就让我这样说吧，你可以什么也不说。

我真的什么也没有说，我的心在爱着，我也需要这份爱。但我不能说爱，我也许没有资格。但我更重要的是不想说爱，一说爱我的心就痛，一说爱我就不能活。

万万分之一的时间分给我就行了

来周庄的第三天一早，司马峰就来短信说：丫丫，我昨夜想了一夜，你的头最近一直在疼，而且昨天还晕倒，你是不是应该检查一下，当然原因是累的最好。丫丫，我好担心，但又希望你不要紧张，肯定会没事的。但检查一下我们就放心了。知道了吗？我说：知道了，我回去后如果再疼，一定去检查，不要为我担心。峰儿，你的工作那么累，工地那么大，什么都要操心，妈妈身体又不好。

司马峰说：我知道，自从认识你以后，我变得简单起来了，那就是做好自己的工作，照顾好妈妈和想你。其余的事都顾不上也不想想了。过去的一些好哥们儿也疏远了，我不想让烦琐的事情影响我想你的心情。丫丫，想你的时候，感觉真好。想你的时候，我成了世界上最幸福的人，一切的一切都对我不重要了。我说：峰儿，别这样。你还很年轻，事业正处在兴旺的时期。一切的一切才刚刚开始。峰儿，你只要每天分出一点时间想我就行了。峰儿，你只要将生命中的万万分之一的时间分给我就行了。峰儿，我不要你的全部和所有。

司马峰说：可是丫丫，我却想拥有你的全部，我也要把我的一切都给你。我说：峰儿，上班去吧。我没事的。司马峰说：好吧。但是丫丫，你一定要随时告诉我你在哪里，不要让我找不到你，不要让我为你担心，不要让我不能活。我会给你时间，也给自己时间的，但我希望你现在不要离开我，好吗？我说：好的。

司马峰说：谢谢你丫丫，我只要能看到你的文字，听到你这样说，我就能安心地去工作。我说：去吧，峰儿，我会随时告诉你我的状况的。反正这个世界我也没有了牵挂，我也没有什么亲人可以告诉，所以我不会离开你的，峰儿。

在周庄的几天里，慕容泽带着我们吃遍了“万山”系列的各种小吃，特别是香嫩美味的“万山蹄髈”，更让慕容爷爷和奶奶百吃不厌。慕容奶奶还买了大块的扎着红丝带的阿婆咸菜要拿回去送给她的老姐妹们。我也准备买些“万山蹄髈”拿给司徒芳。

我对司马峰说：峰儿，我好想买些‘万山蹄髈’和‘阿婆咸菜’给你和妈妈。可是我只是一个网络中人，也只能像你一样把这份情义捎往你居住的我们故乡的那个食品店里。峰儿，有一天，你看到了周庄的“万山蹄髈”和“阿婆咸菜”，那个扎着红丝带和白丝带的就是我给你和你妈妈的。司马峰说：知道了，丫丫！谢谢你，丫丫！

一个人的价值和永恒，只有爱她的人才能给她

时间过得很快，国庆长假要过去了。我们在周庄游览的最后一个景点是水底墓。周庄是一个水的世界，周庄的一切都因为在水中而美得让人陶醉。特别是把墓修在水底，更是一个奇观，这让慕容爷爷和慕容奶奶产生了极大的感慨和激动。慕容爷爷说：按旧时的习惯，阴宅是要远避水的，可是沈万山却把自己葬在了水底。慕容奶奶说：是啊，把自己的阴宅浸在水里，多么潮湿和阴冷啊。慕容泽说：仁者爱山，智者爱水，这正是沈万山的聪明之处。

我没有说什么，水底墓是我在周庄最心仪的一个景点。我读过许多写沈万山的文字，我对这个明代的江南首富有很深的感情。对于沈万山把自己葬在水底，我不像世人猜测的那么平俗。我觉得水是最干净的，沈万山把自己葬在碧波荡漾的水中，那是对死的一种敬意，对生的一种创新，更是对生命的一种升华。

我在给司马峰的短信中说：峰儿，我们今天看水底墓，知道沈万山吗？司马峰说：知道，当年朱元璋定都南京后要修城墙，沈万山承担了三分之一的费用，又拿出巨款犒劳军队，使得朱元璋大怒，要杀沈万山，后因马皇后求情改为流放，客死他乡。真的让人好难过。丫丫，你说沈万山多傻，富可敌国，死后却无葬身之地，只好把自己葬在水里了。

我说：峰儿，真是每个人对沈万山的水底墓都有自己的理解和想法。是的，也许沈万山把自己葬在水底主要表示一种决绝的心情，让水把他和世人永远隔开，连灵魂也永远不再回到这个人世间来。这是一个绝望和无助的灵魂对当时那个无法改变的社会发出的最大抗议。这是我在一篇文章里看到的。也许这种猜想更具价值取向。司马峰说：但是从审美角度和生命永恒的角度来讲，我想沈万山把自己葬在水底，是要保持生命状态的永恒性，因为水是永恒的，所以他也将永恒。我说：是啊。

司马峰说：丫丫，如果沈万山水下有知，他一定会感激我们的，因为只有我们才这样想他。丫丫，女人是水做的，所以丫丫你具有水的灵性和睿智，所以沈万山会在你的水型思念中永存的。我说：峰儿，你能这样理解丫丫和沈万山，还有水底墓，我真的好感动。知道吗？峰儿，一个人的价值和永恒，只有爱她的人才能给她。

抱着你，我就是世界首富

司马峰说：丫丫，是你让我感到了自己存在于这个世界的价值。过去的二十多年，我在懵懂中度过，什么也不知道，什么也不懂，什么也不思考，自从在网上认识你后，我变了，变得懂事了，爱思考了，就连我妈也说，是谁在改变着我的峰儿？丫丫，是你，知道吗？是你，丫丫。你不爱我不要紧，只要你让我爱你，这样我就会变得更优秀、更出色。尽管你看不到，但我每天都把自己打理得那么帅，以至于我的一个朋友说我的气质中平添了一种悲天悯人的高贵之气。他说我的时候，我正在想你。也就是说，丫丫，我想你的时候，我不仅心灵变得很美，而且样子也更帅了。我说：是的，一个生活在最诗意也最崇高的精神世界的人再丑也是美的，何况峰儿你本身就是一个美男子。

司马峰说：丫丫，你能想象到我现在的样子吗？我说：差不多吧。一米八五的伟岸身材，英俊白净的面孔，建筑学家和文学家的双重气质，发型很帅，眼神很深，鼻梁很直，嘴唇很美，下巴很酷。上班的时候穿着白色圆领T恤衫和蓝色牛仔裤，脖子上戴着一枚黑色护身符，脚上穿着一双高级白色运动鞋，想丫丫的时候把黄色安全帽拿在手里。休闲的时候穿着红色T恤衫、白色休闲裤和黑色的高级皮鞋，想丫丫的时候，手里拿着一支没有点燃的香烟，仿佛忘掉了世界上的一切，是吗？峰儿。

司马峰说：丫丫，你是不是就在我的身边？你是不是每时每刻都能看见我？你为什么能这样准确无误地把我描绘出来？你为什么远隔千里未曾相见，却读懂了我？我说：这是感觉，峰儿。从你的叙述中，我知道了你的基本情况。从你的文字中，我知道了你的修养气质。从你的追求中，我知道了你的爱好习惯。

司马峰说：如果我再发什么感叹，你又要说我夸张了。但是丫丫，真的，我真是这个样子。在工地我想你的时候，我就停下手中的活，把安全帽拿在手里，注视着远方，身边的什么都看不见听不见；在家里想你的时候，我常常在手里拿着一支烟，而忘记了点燃。丫丫，这个世界上真有你吗？老天爷，为什么要让我们在网络中相遇？我说：峰儿，丫丫是真的，这个世界上真有丫丫。峰儿，停下来吧，好吗？再说下去，我们的心又要痛了，我们又不能自拔了。峰儿，已经不早了，我们本来是说周庄、说沈万山、说水底墓的。

司马峰说：丫丫，周庄、沈万山、水底墓，都是因为你才出现在我们的话题中。丫丫，我想抱你，我知道你很累了，让我抱着你睡好吗？我说：不要这样峰儿，你会惯坏我的。

司马峰说：不要拒绝丫丫，这样我就可以安稳睡去了。丫丫，抱着你，我就是世界首富。

离别周庄的时候，不要说我和慕容泽了，就连慕容爷爷和奶奶也有点舍不得。慕容奶奶说：周庄真是个好地方，如果不是丫丫，我们还不知道中国有这么美丽的江南小镇。慕容爷爷说：是啊，我们在北方住久了，在这里的感觉真好。如果不是泽儿和丫丫的假期到了，我们就再住几天。慕容泽说：周庄，再见了，但愿我下次来的时候还是和姐姐一起来。

再见了，周庄。今生今世，如果我还有机会再来看你，那一定是冬天已经过去，我人生新的春天已经到来。那一定是和峰儿一起来的，到那时白色雨伞下就不是我一个人了。

我给司马峰发信息说：峰儿，我要回去了，我告诉周庄说，下次来看她时，是丫丫和峰儿。司马峰说：是的，丫丫。一定是丫丫和峰儿。

让我听听你的声音吧，就一次

周庄回来后，慕容爷爷把剩下的两万元钱给了我。我说：我不要了，那一万元钱收得都不好意思。我实在是要还外债，否则我是一分钱也不要的。慕容爷爷说：爷爷知道，爷爷也不是给你稿费，是帮你还外债。拿去吧。听话。

我始终没有拿，最后还是慕容泽给我拿过来。我说：小泽，剩下的外债，我慢慢还，你把钱拿回去吧。慕容泽说：姐姐，你每个月那点工资，你的外债什么时候才能还完？我说：我可以再帮别人写东西。慕容泽说：不要再写了，太辛苦了。姐姐，你要好好休整一下，除了正常的工作外，再不要拼命加班了。你就把钱收下，把外债还了，轻松一点吧。要不会累成个老太婆的。说到最后，我只收了一万元。慕容泽说：姐姐，这样吧，让我做主你收一万元，这一万元算你孝敬爷爷的好吗？我说：好的。慕容泽说：那说好了。这另外的一万元，是我借给姐姐的。

我把两万元分别还给了那些亲戚朋友。最后就留下了一万元的贷款，我长长地呼了一口气说：哦，终于可以轻松一下了。那一万元的贷款，我争取用半年时间还完。

这天中午，我在慕容爷爷庆祝书稿完成的那家饭店里请了慕容泽、慕容爷爷、慕容奶奶，还有司徒勇、司徒芳和宝宝吃饭，感谢慕容、司徒两家对我的帮助和照顾。

吃饭的时候，我又一次眼前发黑而晕倒，好在很快就醒了过来。慕容爷爷说：丫丫，你一定是累坏了，好好休息几天。如果不行，就让泽儿帮着请几天假。我说：没事的，休息一下就好了。慕容奶奶说：丫丫，回到奶奶家吧。让保姆阿姨好好给你做饭吃，你看你都瘦成什么样子了。我说：不用了奶奶，我不累了就能吃饭。只要能吃饭了，我就会胖起来。

司徒勇说：我们明天带丫丫去医院，检查一下。老是头疼，怕有什么问题。司徒芳说：不会有什么问题，但检查一下最好。慕容泽说：明天，我带姐姐去检查。

我没有说什么。我在给司马峰的短信中说：峰儿，我不知道怎么了，今天中午请慕容爷爷他们吃饭时，又晕倒了。这已经是第二次了。我好害怕。司马峰说：别害怕丫丫，没事的。但一定要检查一下。丫丫，让我去陪你检查好吗？告诉我你的手机号和地址，让我给你打电话，让我去看你好吗？我说：我们不是说好了不再说这些了吗？你这样一说，我的心就乱了，我已经习惯了这样和你相处。峰儿，我们只在网上相处好吗？不要让我不知所措。

司马峰说：可是丫丫，我看不见你的人，听不到你的声音，我好着急，好难过。丫丫，让我听听你的声音吧，就一次。我不会有其他要求的。如果你见了我，讨厌我，不喜欢我，那我一定忍痛离开你。我说：峰儿，我不知道说什么好！我真的好为难！我甚至没有一点心理准备，峰儿，我们再这样相处一段时间好吗？如果我的头疼是普通的头疼，那么我会考虑和你打电话和相见的。

司马峰说：丫丫，不要做这样的假设。你会没事的。你肯定太累了。让我看一下你，你就会好起来的。我说：好吧峰儿，现在正是建筑工地的高潮时期。你好好做你的工程，到了冬天，你不忙了，我也好起来了，那我们就见面，好吗？

司马峰说：好的丫丫，我真的不想让你为难，但我真的好想听听你的声音，见你一面。我说：我知道，我也是。峰儿，我会认真考虑的。

司马峰问：丫丫，你的头现在还疼吗？我说：是的，但是我吃药了，不用担心，我很快就会睡着的。司马峰说：让我抱你睡吧！万分惭愧的我，只能做到这一点了。

早上七点钟，司徒芳叫我吃饭时，我正在哭泣。司徒芳问我说：丫丫，你怎么啦？我说：我头疼得厉害，比前天晚上厉害，昨晚睡了一夜觉得好多了。可今天早晨却疼得无法忍受。司徒芳说：丫丫，我们今天一定去检查，你不要吃饭了。我让勇勇也不要出车了。我说：我今天还有个非常重要的采访任务。过几天吧，芳芳。我可以吃药，可能一会儿就好了。

司徒芳说：丫丫，检查要紧，工作可以让别人去做。你可以请一下假。我说：报社和其他单位不一样，现在也和过去不一样，不是随便就可以请假的。司徒芳说：那也是看病重要啊。我说：我知道，我会安排时间去检查的。

不知是药的作用，还是说话分散了注意力，我觉得好多了。一连好几天的重要采访，把我和慕容泽累得喘不过气来，我头疼的时候就吃药。慕容泽说：吃吧吃吧，只吃药不吃饭，有一天会成为大胖子的。我说：小泽，不要说得那么难听，你希望姐姐那样吗？慕容泽说：那你这样大把地吃药，难道会有好处？我说：我知道。等我们把这几档工作做完，我一定去检查。慕容泽说：工作是永远也做不完的。我说：我知道。

司马峰来信息说：丫丫，你去检查了吗？头还疼吗？我不能为你做什么，也帮不上一点忙，只能这样着急。我说：峰儿，这几天太忙，过两天我一定去检查。不要为我担心，你已经为我做了许多。不要这样说峰儿，我真的非常感谢你这样牵挂着我。司马峰说：丫丫，不要让我难过，但我一定尊重你，听你的话。我说：谢谢你，峰儿。

让我带你去检查吧

一天下午，我们参加一个企业家捐资修建希望学校的捐资仪式时，我突然觉得自己看不清眼前的人们，我用力睁大眼睛还是看不清。我把眼镜擦了擦还是看不清，我来到洗手间洗了一会儿眼睛还是看不清。我问慕容泽能看清吗？慕容泽说大白天的有什么看不清。慕容泽问我怎么啦，是不是眼睛有问题了。我说：没有，我也是随便问一下。

慕容泽说：姐姐，你怎么问这样奇怪的问题。你看上去很疲倦，是不是病了，还是头又疼？我说：没有。什么也不是。别说了，好好摄像，把这个任务完成好。慕容泽说：知道了，可是姐姐你没事吧。我说：没有。仪式结束后，我竟然觉得眼前清晰起来了。于是我想，肯定是我太紧张了。

晚上，我在短信中告诉司马峰说：峰儿，今天下午我有好长时间视物不清，我吓坏了，后来没事了，可能是我太紧张了。司马峰说：但愿是那样的。丫丫，你还没有去检查吗？你要急死我吗？丫丫，让我带你去检查吧，哪怕检查完，我就离开你，我想为你做点事。丫丫，我不说爱你了，我们只是普通的网友，但我好想为你做一点事。我说：我知道，放心吧！峰儿，我明天就去检查。司马峰说：好的。丫丫，我希望你健康快乐起来。我说：我知道，你也是。你一定要健康、快乐、幸福。

一天，我在报社写稿子时，来了一位晚报副刊的女同事，我们只是刚刚认识，却没有说过话。女同事说：独孤，有件事想和你商量一下。我说：什么事？她说：我有一位同学在外地一家晚报社做副刊编辑，希望我给她的一个栏目写文章，可是我最近太忙，再说我也写不好。每周写一篇休闲文章，稿费从优，你的文笔那么好，我想请你帮这个忙。我说：忙我一定会帮，但我不知道能不能写好。她说：没问题，我读过你的文章，你每周只要把稿子给了我就行，一些具体要求我写好给你送过来。这样一个月就可以收到一千元的稿费。我说：稿费是次要的，重要的是文章要写好。她说：谢谢你，独孤。

中午吃饭时，我对慕容泽说：小泽，谢谢你，但不要胡乱吹嘘姐姐。慕容泽说：你是说副刊编辑的事吧，我没有吹嘘，只是实话而已。姐姐你的文章那么好，为什么不让世人欣赏呢？再说你不是想多挣点钱吗？爷爷想多给你，你又不要。还有你每时每刻都为外债着急，而我又帮不上忙。我说：小泽，你帮的忙还小吗？但我觉得对不起你，元元什么时候回来？慕容泽说：不知道，姐姐，这不关你的事。

我说：小泽，和元元和好吧，这样我就安心了，你是个优秀的摄影记者，也是个好搭档，但我不想因为我给你带来损失，给元元带来伤害。小泽，再这样下去，我要换搭档了。慕容泽说：不要姐姐，我已经习惯了和你做搭档。你可以无视我的存在，不想我的感受，但你不要离开我。听着慕容泽痛苦的声音，我和看到司马峰痛苦的文字一样心痛。我明白他们的心，但我一定要对他们，特别是对慕容泽的话装着不明白。慕容泽比我整整小五岁。

这是干什么吗！难道我就是为了让这些人痛苦，而来到这个世界上的吗？我也痛苦地拷问着自己。

不是的。我曾经觉得我是为爱而来到这个世界的，但爱给我带来的只是痛，只有痛。不想爱的时候，我还能苟活着。想爱了，有爱了，我就不能活了。

可是，我很喜欢现在的活法和生存状态。现实中有慕容泽这样优秀的搭档，网络中有司马峰这样的出色网友。慕容泽能准确无误地知道我想要什么，司马峰能准确无误地知道我在想什么，但我知道慕容泽和司马峰都不会成为我的永恒。尽管我喜欢目前的状态，但还是要想办法把自己和他们分开，成为两码事，成为真正意义上的搭档和网友。

我学不会过没有你的日子

我对司马峰说：峰儿，你要学会过没有我的日子，不要太执着了，不要让自己太痛苦了。司马峰痛苦万分地说：丫丫，你要离开我吗？你为什么突然要说这样的话语。听了你的话，我一下被掏空了一样站不住了。我的七尺躯体、我的英俊面孔、我的百万家产，一切的一切都失去了意义和价值。丫丫，你为什么要这样说？我说：峰儿，别难过好吗？我只是想有一天，报社要送我去参加国际维和。

我没有想到这样的话，给司马峰带来这么痛苦的反应。立即引出另一个话题。司马峰说：那又怎么样？丫丫，只要你还在这个世界上，就请你不要说这样的话。丫丫，我学不会过没有你的日子。没有你了，我还过什么日子。我说：峰儿，不要想得这么严重好吗？我们只是普通的网友。司马峰说：不，你是我的一切，我的全部。你可以永远不让我见你，你就是现在已经有了家庭，也并不会影响我对你的爱。丫丫，只要这个世界上真有你，那我就能活。

我又无话可说了。司马峰说：丫丫，你维和去吧，你做别人的爱人去吧！我会永远等你爱你，今年今世，来生来世，生生世世。我说：峰儿，我不该在上班的时间和你说这样的话。对不起，但愿我的话没有影响你的情绪。

司马峰说：你的话已经深深地影响了我，正当我为我轰轰烈烈的事业而站在十二层高楼封顶时，收到了你这样的短信。丫丫，如果不是安全网，我现在已经到了另一个世界。丫丫，是安全网接住了我。我说：峰儿，真是对不起，你受伤了吗？我真是该死！

司马峰说：我没有受伤，我只是心在痛。丫丫，不要再说这样的话了好吗？就让我爱你吧！我没有任何的条件，只要能在心里时时呼唤着你的名字，在手机上看到你的短信，在你的头疼的时候给你一个虚拟的怀抱，我就满足了。我说：好的峰儿，我答应你。你现在安静下来好吗？我再也不要说那些混账话了。峰儿，其实我说这些话时，心也在猛烈地痛着。不要难过了，好吗？

司马峰说：我安静下来，我不难过，但你不要离开我。丫丫。我说：我不离开你。峰儿。

你一难过我就不能活

停止了和司马峰的痛苦交谈后，慕容泽对我说：姐姐，十月初一的时候，我要和爷爷奶奶回老家上坟去。我的家乡是红枣之乡，现在正是收获季节，满山遍野的红枣会让人很激动。和我们一起回去吧，我们拍一个红枣专题片，你也可以采撷到很多文字的果实。我说：我也想回老家去给奶奶、爸爸、奶爸、奶妈和哥哥上坟。

慕容泽问我说：姐姐，你的父母都不在了吗？我点了点头，没有给慕容泽说清我亲人的结构和心中的痛。慕容泽说：那就让兄弟姐妹们去上吧，你不一定要每年都去。我说：我没有兄弟姐妹，就一个哥哥也不在了。在这个世界上我没有亲人了。

慕容泽又问了一个奇怪的问题：那姐夫呢？我不知道怎么回答慕容泽，便说：小泽，别问那么多了。你先走吧。我是否和你们一起去，我回去还要好好想一想。慕容泽说：对不起！姐姐，我不该乱问。我说：没事的。

下午上班后，慕容泽对我说：姐姐，爷爷说我们两家的老家离得很近，是接壤的邻县。爷爷说他们在老家多待一天，让我陪你去给你的亲人上坟。我说：不用了，如果我要回去可以坐班车的。慕容泽说：难道你连爷爷的话也不听？是的，也许你不想让我陪同你去，但这是他老人家的一点心意。难道你要让老人知道你坐班车回去而叹息难过吗?

我说：小泽，不要说得那么严重。到现在我还没有决定是否回去呢。慕容泽说：姐姐，你就不要清高固执了。到我们红枣之乡走一趟，回来后你就可以给休闲栏目多写些文章了。我说：好的，让我再想想。

晚上，司马峰也发来短信说：丫丫，十月初一快到了，我和我妈要给爸爸上坟。你呢？你的父母还在吗？我一会儿听说你有幸福的家庭，一会儿又听说你没有亲人。丫丫，告诉我你的基本情况好吗？如果你要回来上坟，那我开车去接你好吗？丫丫，借此机会，让我看一下你好吗？丫丫，这没什么，哪怕你真的有幸福家庭，哪怕你的父母还健在，你也可以回来给爷爷奶奶上坟，就请个假，让我去接你吧。我说：我们有重要任务，不能回去了。

司马峰说：你们？你们是些什么样的人？有什么重要任务连上坟也不能上？我说：真的，峰儿。我们的单位和任务都是保密的，正好这几天有任务，所以不能请假回去。

司马峰说：丫丫，真是可笑，都什么年代了还保密。我看你只是对我一个人保密。我说：不是的，峰儿。司马峰说：没关系，保密就保密。丫丫，只要你不离开我。我说：我不会离开你的。上坟的时候替我给你爸磕个头。司马峰说：谢谢你丫丫，我会替你给我爸磕头的。我要告诉爸爸我现在很幸福，因为我在爱着，但就是见不着。我说：峰儿，你让我如何是好？司马峰说：丫丫，别难过好吗？你一难过我就不能活。对不起，因为我太想你了，所以老要说一些让你难过的话，多保重吧。希望我的爱不要成为你的负担，不要给你带来伤害。

晚饭后，我把这个月的生活费交给司徒芳，说：芳芳，别多说什么了，你就收下吧。这样我才住得安心。你这样照顾我，我真的很感动。芳芳，你们的生活也很紧张，就勇勇一个人挣钱。等我把外债还完了，我要多给家里一些。司徒芳说：你给我的那些钱，我都给你存着。我们的生活没问题，买房子的钱也还清了，勇勇也有了新车，两家大人的身体都好，并且都有积蓄，不要我们的钱。我们现在的任务就是给宝宝存读书和结婚的钱，再还有就是生活。丫丫，我们不用你操心，你只要好好想一下你自己，外债也不要有负担了，先把你给我的三千元钱拿去还了吧。

我说：不用了，那点贷款再有两个月就还清了。现在对我已经不是负担了。至于我自己，只要没有了外债，在这世界上我就没有什么牵挂了。司徒芳说：什么话，你只有三十岁，现在大城市这样年龄没有结婚的大有人在，就好好找一个吧。我说：我不想找了。我的心里谁也装不下了。司徒芳说：我知道你还想着果果，可是现在果果已经不在了。我流着泪说：芳芳，不要说我哥哥不在了，这么久了，我都不想面对这个现实。我只当是哥哥又出国去了。

司徒芳说：我知道，所以我们谁也不敢提果果。但是丫丫，你要慢慢学会没有果果的活法。我说：我学不会，我不敢想哥哥已经到了另一个世界，我再也见不到了。这样一想，我就不能活了。芳芳，求求你，我们不说哥哥了好吗？司徒芳说：好的。我们不说了。果果他出国去了。

我一看到司家村就开始流泪了

说起哥哥，我心痛得不能再说什么。沉默了好久之后，我才对司徒芳说：芳芳，我想回去给奶奶他们上坟去。司徒芳说：不要回去了，看见果果的墓，你能承受得了吗？

我说：其实那个世界是我最想去的世界，因为那个世界里住着我生命中最亲的几个人，奶奶、奶爸、奶妈和哥哥，还有我那未曾见过面的爸爸。虽然我不是他亲生的，虽然我没有见过他的面，但我是因他才被奶奶捡回来的。如果不是爸爸没有儿女，那么奶奶也不会捡我。如果不是奶奶把我捡回来，那我早就饿死冻死了。你说我每年清明和十月初一的时候怎么能不回去给奶奶和爸爸上坟，现在那个世界又住进了我最亲爱的奶妈和哥哥。这几个人本来是我最亲和最亲我的人，可他们都离开了我，把我一个人孤零零地扔在这个世界上。

司徒芳说：可是丫丫，你一个人回去，我不放心。我说：慕容泽陪我回去。司徒芳说：那你回去吧，只是不要太难过了，好吗？我说：我知道。

我们在慕容爷爷的老家待了一天后，我和慕容泽来到了我的老家司家村。啊，小山村，你痛苦不堪漂泊在外的丫丫回来了。啊，奶奶的老屋、奶妈的窑背、哥哥的笛子，丫丫回来了。

我一看到司家村就开始流泪，因为这里有我全部的爱和情，是我生命的起源地和归宿地，也是点燃我生命之火的地方和熄灭我爱情之火的地方。慕容泽说：姐姐，不要难过好吗？我说：小泽，你没有办法理解我此时此刻的心情。我回来了，但我痛苦万分，因为我的亲人都不在了。我回来了，我无比幸福，因为我回到了亲人的身边。慕容泽说：姐姐，别这样，我们去上坟吧，我们还要回去。我说：好的。

我趴在奶奶老屋的炕上哭得起不来，我抚摸着奶妈家炕角的小书桌哭得放不开手，我站在奶妈家的窑背哭得离不开。我一步一回头地走出司徒村，来到桃树坪我们家和奶妈家的坟地。我远远地看见那几个翘首以盼的墓头，脚步就慌乱了。我在慕容泽的搀扶下来到了埋着我七个亲人的坟地，远远地我就给他们跪下，我不知道先给谁上香。奶奶、奶爸、奶妈、哥哥，还有我没见过面的爸爸，你们在我的心里同样重要，我想在同一个时间给你们上香。可是，我不能把自己分成五个人。啊，奶奶，我就先给你上香吧，在那个寒冬的黄昏，不是奶奶把我抱回来，这个世界上哪会有丫丫？是奶奶救了我的命。爸爸，你虽然没有生我，也没有见过我，但如果不是你给了我姓氏，我就无法在这个世界生存。奶妈，如果不是你的香甜乳汁，丫丫也不会健康地成长起来，是你给了丫丫伟大的母爱。哥哥，从小就把我当作宝贝的哥哥，我爱了你三十年，等了你三十年，可是当我们有权力相爱的时候，你却不要丫丫了。哥哥，你为什么要离我而去，让我再也找不到你。我对自己说，你只是到沟里去挑水了，你只是到国外去上学了，你只是暂时还不能和我在一起，你有一天会回来的，一定会回来的。因为我知道哥哥比我爱你更爱我。可是哥哥，你什么时候能回来？

我晕过去了，我躺在亲人的坟地起不来。整整一上午，我就那样躺在哥哥的墓头，把眼睛闭上，任泪水横流。哥哥，我回来了，你的丫丫回来了，我现在就躺在你的身边。哥哥，你走后不到一刻钟奶妈也走了，就留下了我一个人。哥哥，我好想和你们一起去那个美丽的世界，可是我还不能去，我要留下来给你们送行。哥哥，我把你和奶妈送走后，我也准备走的时候，我突然发现我们家欠下亲朋好友四万多元外债和一万元贷款，所以哥哥，我暂时还不能去找你们，我要把外债还了才能去找你们。哥哥，你和奶妈走后，我在家里整整躺了一年，我用一年的时间才走出没有了你们的痛苦。后来司徒芳回来才把我带到省城，在司徒芳的帮助下，我来到晚报社做了一名做法制栏目的记者，和一个名叫慕容泽的摄影记者做搭档。哥哥，慕容泽对我很好，在他的帮助下，我给慕容爷爷写了一本四十多万字的回忆录，慕容爷爷给了我三万元稿费。哥哥，我们家的外债快还完了。哥哥，再过一段时间，我就会把贷款也还完的。到那时，我就可以去找哥哥和奶妈了。但是哥哥，我又有了一个新麻烦，我在慕容泽的说服下，上了一个手机网，认识了一个网名叫冷血、真名叫司马峰的年轻人。哥哥，不知道为什么，司马峰给我的感觉和哥哥你一样，司马峰对我的爱和哥哥也一样。这些日子以来，我几乎把司马峰当作了哥哥。哥哥，不知道为什么，当我想要去找你们的时候，突然觉得有点舍不得司马峰。哥哥，司马峰是你派来照顾我的吗？如果是，那我走了，他怎么办？哥哥，我好想你，又舍不得司马峰！

慕容泽一直陪在我的身边，也一直在流泪。慕容泽说：姐姐，我们走吧！天不早了，你这样，你奶奶、奶妈，还有你爸爸、奶爸和哥哥都会心疼你的。我说：嗯。

慕容泽把我拉起来，我再一次在七个亲人的墓前长跪不起。我的亲人们，你们好幸福！你们可以每时每刻都在一起，可是你们的丫丫，每年只能来两次，我好想永远和你们在一起。哥哥，替丫丫照顾好奶奶、奶妈、奶爸和爸爸。我会用永远的爱来爱你和报答你的，我年轻的但已经到了另一个世界的哥哥。

慕容泽最后终于拉着我离开了亲人们的坟地，离开了桃树坪，离开了司家村。

啊，我亲爱的小山村，我还会回来的，我每年都会回来，我有可能最终会彻底地回来的。因为这里有我最亲的人和最爱的人。

我把情绪稳定了以后，又和慕容泽来到我们家乡的小城，来到我的单位找到了我的领导，也是我的老师。尉迟老师说：丫丫，你的身体还是这么差，病治得怎么样？我说：还是不行，我回来就是还要再请假。最近一段时间，我头疼得很厉害，出现的许多症状，都有脑瘤的嫌疑，但我不敢去检查。我害怕。

尉迟老师说：你怎能因为害怕不敢检查呢？丫丫，你还年轻，不要这么绝望。我知道果果的离去对你的打击太大了，但你一定要振作起来，健康起来，这样果果才能放心，你们的爱才有价值。作为最爱你的老师，我现在可以继续给你假期，你先好好治病。如果我离任时你还不回来，我向新的领导给你请假，工资也没有扣你的，医疗费也可以报销一部分。我说：谢谢你，老师。尉迟老师说：多保重！丫丫。经常打电话告诉我你的情况。我说：我会的。老师，你也多保重。我和老师拥抱告别。

世界上再也没有一个人会让我有这种感觉了

离开故乡的小城后，慕容泽对我说：姐姐，这里的一切让我好感动。一切的一切到了你的家乡都变得这样美丽。姐姐，就连你跪在坟墓前的样子，也是世界上最美的一幅图画。姐姐，这么一个穷乡僻壤，怎么会有你这样灵性的女子？姐姐，你的出生地应该是水乡周庄，你的父亲应该是张翰的后代，你的母亲应该是沈万山的后代。我说：小泽，别说了，我没有亲生父母，我是由奶奶、奶妈和哥哥的爱创造出来的。

慕容泽说：知道了，我不说了，可是姐姐，你为什么不把这里的工作辞了，永远留在报社工作。你一定会成为一个优秀的记者、出色的作家。为什么还要回来呢？我说：我喜欢这里，这里有我的亲人和我的爱，再说人生难测，有一天你的那个大城市不要我了，我的故乡、我亲爱的小山村还会收留我的。

慕容泽说：姐姐，有一天，你真要回来了，我也要和你一起回来。你不要我，我可以住在我的家乡。因为我们两家离得很近，中间只隔一条河而已。姐姐，站在我家的窑背上，就可以看到你家的大门。即使将来没有车了，即使我六十岁了，我也会在二十分钟内，来到你的身边。我说：小泽，再不要说这样的傻话了。你这样年轻，而且前途无量，又有条件那么好的未婚妻，怎么老把你和姐姐往一块儿想呢？你再这样，我们不要做搭档了。慕容泽说：不要姐姐，我再也不说了。

我在去慕容爷爷老家的路上收到了司马峰的短信：丫丫，你在哪里？刚才我在爸爸的坟前告诉爸爸说你是一个非常美丽、非常善良、非常优秀、非常有才华、非常诗意的女孩子。我爱你。我想爸爸一定很高兴，因为爸爸走的时候说，峰儿，爸爸希望你幸福。是的爸爸，你的峰儿，现在很幸福，因为我有了丫丫。

我说：峰儿，你又让我心痛了，我告诉过你，我不是你想象的那么美丽、年轻的女孩子。我是一个三十岁的女人了，比你大两岁的成年女人。别再做梦了，峰儿，你这样只会给你带来更大的伤害。这也是我不让你见我的根本原因。你想一下，再美丽的三十岁女人也不能和青春少女比。

司马峰说：我知道你比我大，但又能说明什么？我什么时候要青春少女了，如果我要的话还用等到二十八岁？如果你是一个青春少女的话，我还会这样痛苦不堪？丫丫，我爱你，没有理由，不需要理由。因为只有你才能让我感动、让我震撼、让我不能自拔，我知道这就叫爱。丫丫，世界上再也没有一个人会让我有这种感觉了。我说：峰儿，你让我怎么办？我的心好痛。你的爱来得太猛烈了，猛烈得我来不及说清我的一切。

司马峰说：丫丫，我想知道你的一切，想知道你生命的每一秒每一分，但我知道你不想告诉我。没关系，哪怕你儿孙满堂，哪怕是一个盲人、一个跛子，我都不在乎，我只在乎你给我的那种感觉。那是一种什么感觉呢？我说不清，我只能感觉到而说不出来。我相信你一定和你的文字一样让我陶醉、让我痴迷、让我找不到自己、让我的心飞翔。我说：峰儿，不要在爸爸的坟前这样好吗？

司马峰说：没关系。爸爸知道我的心在哭泣。爸爸知道他的儿子被爱折磨着，因为妈妈对爸爸说，他爸，救救我们的儿子吧，他在爱着痛苦着！他爱得好辛苦，让人心疼。他痴迷于网络不能自拔，将现实的一切关爱都拒之门外。怎么办？他爸。丫丫，我听了妈妈痛苦的声音，我躺在爸爸的墓头哭。丫丫，不要让我这样痛苦好吗？不要让妈妈这样心碎好吗？我是她唯一的儿子，我痛苦了她就不能活。不要让爸爸在天之灵不安，好吗？爸爸活着的时候是多么爱我。

我说：我知道，峰儿，是我害了你，我不该上网，我不该以为自己是无情的妹妹而忘乎所以。我不知道事情会成为这样。峰儿，起来吧。把妈妈扶起来吧，不要让妈妈再心碎了。我们要想一个解决我们之间事的办法。

司马峰说：办法只有一个。丫丫，那就是让我见你，哪怕是听一下你的声音。丫丫，你让我失望而死，也不要让我绝望而死，好吗？如果我们见面了，我们双方都感到失望了，那一切都好办，那我就死不了啦，好吗？我说：好的，我一定会让你失望的。一定会的，峰儿。司马峰说：好的，那我就死不了。谢谢你，丫丫。

哪怕是坟墓，我也跳定了

慕容泽说：姐姐，你究竟在为谁这样痛苦不堪呢？难道你就不能为我而快乐一点吗？难道你就这样不在乎我的存在吗？我说：小泽，别这样，离开姐姐好吗？回到你的生活中去。我这里是一片痛苦的海洋，进来了就不能自拔了。

慕容泽说：我宁愿不能自拔，也不想望眼欲穿。我只想陪着你，保护着你。我说：小泽，你们会逼疯我的。慕容泽问：我们？我们是谁？还有谁？我说：就是你让我上网认识的那个冷血。慕容泽问：那现在让你心痛的就是他吗？我说：是的，小泽。我真不该听你的话上什么网，我也不该为了还债而做什么记者。与其这样让别人为自己痛苦地活着，不如让我去死好了。

慕容泽说：姐姐，你这是怨恨我吗？我说：是的！是的！是的！但我更恨我自己，为什么这样心软，这样不忍心。小泽，离开姐姐好吗？你守候着我，不会有结果的，知道吗？慕容泽说：我不要结果。我说：你们为什么要这样？慕容泽说：因为天下男人对自己爱的女人都是这样。我说：为什么要爱一个自己不能爱的人呢？慕容泽说：如果爱有理由，我们还会这么痛苦吗？

我对司马峰说：峰儿，慕容泽说如果爱有理由，我们还会这么痛苦吗？司马峰说：慕容泽说得对，如果爱需要理由，我们就不会这样痛苦了。我说：求求你们，赶快离开我吧！回到你们原来的生活吧。司马峰说：丫丫，也许慕容泽努力后会回到他原来的生活，因为他比我幸福一万倍，他至少还可以每天和你在一起，有机会坐在你身边为你开车、看你写文章、看你吃饭；你受伤了还有机会抱着你去医院；现在你要检查身体，他又能陪着你。而我呢？我什么也没有，我回不到了我原来的生活，丫丫。

我说：可是慕容泽说他没有你幸福，因为我虽然每天坐他的车，他也有机会照顾我，但他为我做这些的时候，我却在想你，这让他更加痛苦。司马峰说：这就说明你是爱我的，丫丫，慕容泽只是你的搭档，你的弟弟。你们之间没有爱，你和他和我和你之间的关系不一样。丫丫，你这里哪怕是坟墓，我也跳定了。丫丫，我的爱让你如此痛苦，我真是心痛极了。丫丫，不要难过，我只是爱你，你什么也不用为我做。我说：正因为我什么也不能为你做，才这般痛苦，假如我能为你做一点事，我也不会这么自责。

司马峰：不要这样丫丫，我又为你做了什么？我只是给你带来了麻烦和痛苦。我说：峰儿，什么也不说了，说什么也没有用了，一切都是我的错。司马峰说：不是你的错，丫丫，你没有错。也许是网络的错，是爱的错，谁让爱这样没有规律、没有理由！我说：峰儿，我们休息一下，放松一下，好吗？我的头好疼。司马峰说：好的！丫丫，我爱你。让我的头疼，你不要疼，丫丫。

我爱你，你不要绝望好吗

有一天早晨起来，我一直呕吐不止，饭也不能吃。司徒芳着急地说：丫丫，不能再拖了。今天我们一定要去做检查。我说：好的，芳芳，你不要去了，你还要接送宝宝上学。我和慕容泽去。司徒芳说：那你一定要去。

慕容泽来接我时，司徒芳对慕容泽说：今天你一定要带丫丫去检查，她今天早晨起来呕吐得很厉害，饭也不能吃。慕容泽说：知道了。

到报社接了任务后，慕容泽对我说：姐姐，我们先到医院去检查吧。我说：不用了，现在好多了，我一会儿再吃点药。慕容泽说：不行，我今天一定要带你去检查。我说：检查会很麻烦的，现在我们的任务很紧急。今天就不要去了。快过年了，如果有什么，我们连年也过不好。慕容泽说：你要让我成为罪人吗？我说：不是的，那我们明天再去，我还没有做好思想准备。

这天晚上，我又出现了呕吐现象，但我不敢告诉司徒芳和慕容泽，这时司马峰发来了短信：丫丫，有雪的夜晚多温暖，在这个亲切的夜之怀抱里，你在干什么呢？我说：我在思考生与死的问题。司马峰说：丫丫，你为什么要思考这么残酷的问题呢？我说：初看起来有些残酷，但思考久了就能接受了。

司马峰说：你究竟发生了什么？为什么要这样消沉？我说：峰儿，其实我不是消沉，是绝望。司马峰说：为什么要绝望呢？你本身的条件那么优秀。作为女人，你从里到外都那么出色。作为人，你很成功，你的才华已经远远超出了做人的标准。我说：但这一切都不能帮助我。我不是因为谁或者自己而绝望。我是觉得怎样做，做到什么程度都没有意义。也就是说我们生命的来世，本身就没有意义。无论我们怎样努力，最终还是要走向死亡，所以我很绝望。

司马峰说：丫丫，你的绝望是个大绝望，但这是个深奥的问题，很难参透的问题。既然现在我们来到人世了，丫丫，那我们就好好生活吧。有一天不能活了，那我们就潇洒地走。我说：是的。峰儿，我们都应该抱有这样的态度。但是，明知没有意义仍在努力着，这真让人绝望。

司马峰说：丫丫，我爱你，你不要绝望好吗？至少这个世界上还有我这么在乎你爱你，你也应该充满感激。

我说：是的，正是有了这份感激，我才活到今天。我满以为把外债还了，就没有牵挂了，也就不绝望了。可是现在又开始绝望了。不过因为有了你，我的绝望仿佛不那么彻底了。

司马峰说：谢谢你！丫丫。我不会让你绝望的，我会给你希望的。

我不想一个人孤独地死去

当我头疼欲裂时，当我视物不清时，当我呕吐不止时，我就有强烈的求医和求生欲望。在过去，特别是奶奶和哥哥走后，我是没有这样的想法的。所以今天早晨起来，当我呕吐不止时，我告诉了芳芳；当慕容泽要带我去检查时，我说再过几天去。我要好好想一想，对于死，我想得很美丽，我不想像奶奶和哥哥那样受尽折磨而死去，我要在我完全清醒、完全美丽的时候去死。以前，我想有一天我要死的时候，我就去西部去沙漠到一个没有人烟的地方，慢慢地死去，让灵魂飞升，让肉体风干。可是今天当我想到死时，峰儿，我不想一个人孤独地死去。

司马峰说：丫丫，你怎么会有这样古怪的想法？你怎么会死？我不让你死。丫丫，是不是你的头疼得厉害了，你才有这样可怕的想法。丫丫，你会没事的，只是头痛，有什么了不起，我的爱会让你更加美丽健康。丫丫，还等什么？让我去见你吧！我会带你到全国最好的医院去检查的。如果你真有问题，我也有经济能力给你治疗。给我机会吧，丫丫。

我说：峰儿，问题还没有那么严重，无论怎样，我们会相见的，不是你来看我，而是我去看你。司马峰说：真的吗？我说：真的，但你一定要好好生活，按原来的计划好好生活，找一个好姑娘成家，这就是你对我最大的爱。

司马峰说：丫丫，你说到底还是不想见我。我说：不是的，我要见你，但我不会成为你的爱人和伴侣。这是根本不可能的。司马峰说：为什么？我说：峰儿，我不想伤害你，也不忍心伤害你，但我要告诉你，我的心已经死了，我的爱也死了。

司马峰说：丫丫，我不要你的心，也不要你的爱，我只要你让我爱你就行。我说：峰儿，你的爱太热烈、太沉重，我接纳不了，承受不了。峰儿，不要这样痴迷好不好？没有我的日子，你是多么幸福快乐，为什么要因为我那么痛苦呢？

司马峰说：丫丫，是的，我曾经是多么潇洒、多么自信、多么出色和优秀，可是在你的面前，我却是这样可怜，仿佛一个被遗弃的孩子，呼喊着要爱。丫丫，没有你，我不能活。我说：峰儿，我们的爱，是这样痛苦不堪，还有什么意义？

司马峰说：是的丫丫，你就不能发发慈悲，让爱你的峰儿不要这么难过？我说：好的峰儿，你真的爱我吗？司马峰说：真的丫丫，让我去见你吧。我说：好，就是比你大两岁，而且是一个绝症患者，你也爱吗？司马峰说：是的。我说：那好，那你就爱吧，到时候你不要后悔。

司马峰说：我永远也不会后悔。丫丫，这是真的吗？我说：真的。司马峰说：那真是太好了。丫丫，我们什么时间见面。我说：峰儿，你爱我可以，但必须听我的话，振作起来，好好工作。不要每天沉迷于网络之中，回到原来的状态。

司马峰说：好的，只要你让我爱你，我立即就会精神百倍。我说：至于什么时候我们见面等我的安排。司马峰说：希望不要太久，好吗？我说：不会太久的。司马峰说：谢谢你。

不久之后的一天，我写稿子时，突然头一晕趴在了桌子上，被慕容泽叫醒后，有一上午时间什么也看不见，这可吓坏了他。我说：小泽，我看不见，真的我什么也看不见。慕容泽说：没事的。姐姐，一会儿就看见了，我这就带你去医院。

慕容泽把我送到省城最权威的一家医院看了医生后，我真的能看见了，医生说：今天不能检查，明天不要吃饭过来检查。我说：小泽，我想可能是我累了。

慕容泽说：是的，你没事的，我们明天过来检查。

慕容泽把我送到司徒芳家后，把司徒芳叫了过去，我来到门口，听到门外的慕容泽对司徒芳说：一定要照顾好姐姐，她今天上午眼睛好长时间看不见。司徒芳紧张地说：太可怕了。慕容泽，丫丫不会有事吧？慕容泽说：芳芳姐，姐姐不会有事的，你不要让她感觉到我们的紧张，好吗？司徒芳说：我知道。

这天晚上，我告诉司马峰说：峰儿，今天上午我写稿子时，突然晕倒了，醒来后就什么看不见了。峰儿，我吓坏了。看不见是件多么可怕的事，芳芳和慕容泽都非常紧张，他们背着我说我的病。司马峰说：那你为什么还不去检查？丫丫，你不是同意我爱你了吗？那就让我带你去检查吧。现在我的工程任务不太大，我完全能离开，让我去看你吧。我说：峰儿，快过年了。你要好好地把工程款要回来，发给工人们，他们都在等着领工资过年。我没事的，我明天就去检查，我会告诉你状况的。如果我没事，我们春节期间见面好吗？

司马峰说：好的，丫丫。那你一定要快点检查。丫丫，我还是很担心，你能不能告诉我你的手机号，或者司徒芳的，或者慕容泽的。我怕你再晕倒了一下子醒不过来，让我到哪里去找你？我说：峰儿，不要，我没有那么严重，再说我的手机一直开着，你不会找不到我的。还有你的手机号，我已经记在我的心里和电话本上。我需要你时，我会给你打的。

司马峰说：丫丫，你为什么就不能给我一点真实呢？我说：峰儿，不要太牵挂我了。我有我的理由。明天我一定去检查，一定告诉你检查结果。司马峰说：好的。丫丫，我等你，我一直在等你。

我把被子捂在嘴上，不敢哭出声来

司马峰来短信说：丫丫，今天有雪，你到医院检查的时候，一定要多穿点衣服，千万不要感冒了。我说：知道了。峰儿，你也要照顾好自己。

司马峰说：我没事，不要为我担心。安心去检查，有什么问题也不要怕，有我做你的后盾，知道了吗？我说：知道了，我们这就去医院。司马峰问：是司徒芳和慕容泽陪你去吗？我说：是的。等我消息。司马峰说：好，我等你消息。

司马峰又来短信问：丫丫，你在哪里？检查了吗？我说：没有，我去的那个医院，让我到省城肿瘤医院去检查。我们刚来到肿瘤医院，就要进去检查了。这里的一名专家是慕容爷爷战友的儿子，这样我们很快就能检查了。司马峰说：那真是太好了。可怜的丫丫，但愿整个世界都为你开绿灯。我说：峰儿，我好害怕，我现在在发抖，我几乎要吓哭了。

司马峰说：丫丫，别害怕，我就在你身边，握着你的手，陪着你检查。我说：峰儿，如果我出不来了，你不要难过，不要找我。

司马峰说：我最亲爱的丫丫，你会没事的，只是个头疼，今天也只是检查。如果检查都能没命了，那谁还敢检查？听话，勇敢一点，我爱你，我陪着你。司徒芳也说：丫丫，别害怕，只是检查一下。慕容泽也说：姐姐不怕，我们就在你身边，还有冷血。

无论司马峰、慕容泽和司徒芳怎么说不怕，进入检查的时候，我还是吓得晕了过去。后来什么也没有发生。慕容泽说：我就说不怕，是吧？我说：我没有感觉，什么也不知道。

我刚刚出来，司马峰就问：丫丫，检查完了吗？我说：完了，我刚出来。司马峰说：你没事吧？我说：没有，但我吓晕了。现在好了，做你的事去吧。

司马峰说：我没事，陪你检查，就是我今天的大事，你没事就好。如果我在你身边，我会一直抱着你，让你感受爱和温暖。我说：谢谢你！峰儿。

司马峰说：丫丫，让我抱着你，你想哭就哭吧，记住我是你的亲人、爱人。我说：峰儿！我哭了。司马峰说：不要发信息了。让我紧紧地抱着你，你好好地休息一下。

专家告诉我们回去休息，明天过来看检查结果。慕容泽把我们送回来后对司徒芳说：芳芳姐，照顾好姐姐，我明天一个人去看结果。司徒芳说：好的，谢谢你了。

第二天一天也没有慕容泽的消息。司徒芳打电话问慕容泽，他说出来了马上就过来告诉我们。可是一直到晚上慕容泽也没有来，晚上我已经睡下了，可听见客厅里有人说话。我把门开了一个小缝儿，看见慕容泽泪流满面地说：今天上午医院的专家说，姐姐的病诊断为脑瘤，还要进一步检查，必须马上住院治疗。芳芳姐，我一听就吓得蒙了。司徒芳说：慕容泽，别说了，千万不要让丫丫听见。

慕容泽说：我知道。所以我白天不敢来告诉你们。我难过得不行就把自己灌醉了。今天元元从美国回来找我，但我没心思见元元，只想着姐姐的病。芳芳姐，我们要有信心，我们一起来帮助姐姐好吗？司徒芳说：当然了。慕容泽，太谢谢你了。我的方寸已乱，你一定要好好想办法找关系，我们一起救丫丫。

听到这里，我几乎要休克了，我赶快把门轻轻地闭上，趴在床上，我把被子捂在嘴上，不敢哭出声来。天哪！正和我想的一样，老天爷这么快就来叫我了。一定是奶奶和哥哥想我想得不行。也好，好在我的外债已剩下没多少了，好在司马峰还没有找到我。既然司徒芳和慕容泽都不想让我知道，那我就装不知道，这样大家的痛苦就会轻一点。可是峰儿……

这次检查我一直清醒地感受着

我知道检查结果后，为了让司徒芳和慕容泽过个安心年，也装得像没事一样，给司马峰发了这样的短信：峰儿，检查结果出来了，医生说我没事，只是普通的头疼，这样你就可以放心做你的事了。司马峰说：是吗？那真是太好了。你没事了，我就能安心处理工程款和工人的工资了。丫丫，除夕那天我到省城去接你好吗？

我说：好的，峰儿。快过年了，我们都有很多事要办。不要为我操心了，好吗？到了晚上我们再联系。司马峰说：好的，一言为定。

我刚给司马峰发完短信，慕容泽就进来说：姐姐，检查结果出来了，说你只是普通的头疼。但是现在医院有一种仪器治头疼特别好，所以专家叔叔让我们去住院，几天以后就可以出院了。这样你也可以去见冷血了。

我知道慕容泽是骗我的，而且说话颠三倒四的，但我不能说破。我说：既然是普通的头疼，那我们就吃点药，过了年再说吧。

慕容泽说：专家叔叔说，就是普通头疼也要再检查一遍，马上治疗，时间长了不好。再说要过年了，说不定什么时间又会疼，我们还是现在就去吧，专家叔叔还等着我们。

司徒芳说：丫丫，听话去吧！我们治好了病，好好过个年。我们已经好多年没在一起过年了，今年又有慕容泽和冷血，一定好玩的。除夕那天，我们把他们都请来，一起过年。

我想了一下说：好的，那我和小泽去，芳芳就不要去了。慕容泽说：这正是我的想法。要过年了，芳芳姐该好好准备了，到时我们好好玩。司徒芳说：也好！那你们先去，我安排一下家里就过去了。

来到医院，我拿出来钱让慕容泽去交住院费，可是慕容泽说爷爷已经给了他一万元，并且说：姐姐，这本来就是爷爷给你的稿费，只是你当时坚持不要，现在用着了，你就不要多想了。我说：我有钱，再说只是普通的头疼，也用不了多少钱，还是用我的吧，要不我就不住院了。慕容泽说：好的。

事情发生变化了，我只好这样给司马峰发短信：峰儿，本来没事的，我好高兴，可是医院的专家说现在有一种新仪器，能在几天内把我的头疼病治好。就这样，他们硬把我送到了医院。司马峰说：是吗？那你就听他们的话，把头疼治好，过年的时候我们好好玩。我说：峰儿，现在想起来，我觉得特别害怕，他们是不是在骗我？是不是我真的检查出了毛病？

司马峰说：不会的，他们不会骗你的。再说你不就是个头疼吗？又不是什么大病。放心吧，你没事的。我说：是啊，但我觉得他们都怪怪的。

司马峰说：你听话，就让新仪器治疗一下吧！我真是希望看到一个健康快乐的漂亮丫丫。我说：这医院好安静，我觉得好害怕。

司马峰说：别害怕，有我陪着你，丫丫。如果你还在怀疑，那你把慕容泽或司徒芳的手机号给我，我打电话问他们。我说：不用了，他们只知道我有个网友叫冷血，但他们不知道你是谁。你这样会吓着他们。

司马峰说：丫丫，我不会吓着他们的，告诉我他们的号吧，我会问出实情的。我说：不要问了，这样他们会认为我不相信他们，而伤心得不再管我了。司马峰说：好吧。那你就听医生的话好好治疗，我每时每刻都和你在一起。我说：峰儿，不知道怎么回事，我现在真的好想你。

司马峰说：丫丫，那我连夜进省城吧。我自己开车，不用几个小时就过去了。好吗？

我说：不要，你赶快处理你的事，我们除夕就可以见面了。没几天的时间了，这么久我们都挺过来了，也不在乎这几天了。司马峰说：那好，让我抱着你睡吧！我说：好的。峰儿，你的怀抱好温暖。

住院的第二天，专家叔叔说要给我做进一步的检查。我想了一下就同意了，虽然我偷听了慕容泽对司徒芳说的话，但毕竟不是专家叔叔给我讲的。再一方面我也希望第一次检查是不准确的，如果我真的只是普通的头疼，那么除夕的时候我就能和司马峰见面了。专家叔叔说：别紧张，一点也不怕，一会儿就过去了。我对司马峰说：峰儿，我又要去检查了。司马峰说：勇敢点，丫丫。一会儿就过去了。我爱你！你会没事的！

这次检查我一直清醒地感受着，我也知道我自己已经很严重了，但是我真的安静下来了。

检查下来后，司徒芳有点发抖地对我说：丫丫，你感觉怎么样？我说：没事的，一点也不疼。医生说治疗几天，我就可以回去了。司徒芳说：那就好，我就说没事，我这就打电话告诉勇勇。我说：回去吧，勇勇和宝宝等着你，我真的没事。慕容泽也说：芳芳姐你回去吧，我陪姐姐。我说：小泽，你送一下芳芳，我想一个人待一会儿。

这时，司马峰发来了短信说：丫丫，检查完了吗？我说：是的。我没事，这下我们可以放心了。司马峰说：真是太好了。你告诉我一个号码，让我给你打电话，我好想用声音为你祝福。我说：不用了。峰儿，我们见面后再好个昏天黑地，说到山无棱，天地合。司马峰说：好的，也不与君绝。

我回到病房后
没有哭也没有绝望

之后，我把手机关掉，我要让自己彻底安静下来，好好想一下如何应付目前的状况。我希望我听见的和感觉到的都是假的，那我就接受司马峰的爱，到司马峰那里去过年，然后开始新的人生。

如果我猜测的是对的，那我怎么面对司徒芳、慕容泽，特别是司马峰，事已至此，我死不足惜。可是可怜的峰儿，将如何度过那没有了我的最初日子，想到这里我哭了：峰儿，你为什么要闯进我的生活？我一直哭到天亮。如果没有司马峰，我知道检查结果后，我不会这么难过的。我甚至会高兴地要去死，因为我想到哥哥居住的那个世界。

慕容泽早晨就过来了，我能看出他也是一夜未眠。慕容泽说：姐姐，好点了吗？我说：好多了。小泽，你忙去吧！专家叔叔说我没事。治疗几天就好了。你赶快把我们的工作做完，我们也可以好好玩几天了。

慕容泽说：好的，姐姐，我陪你去吃饭，然后送你去治疗，之后我就去上班。我说：说不定今天还要检查，我过一会儿再吃饭吧。慕容泽说：不会检查了。姐姐，我们一起吃早饭吧。我说：好的。

医院上班后，报社打电话让慕容泽回去。我说：小泽，你回去吧，姐姐真的没事的。

慕容泽说：我要留下来看检查结果。我说：不用了。姐姐谢谢你。慕容泽说：姐姐，那你多保重，等我过来。慕容泽说着就抱住了我哭了。我心里也万分难过，但还是先克制住，对慕容泽说：回去吧，姐姐没事。慕容泽没有再看我，哭着奔出了病房。

这时，专家叔叔叫我到他的办公室去。我做了一个深呼吸，让自己完全放松安静下来，我的状况让专家叔叔也轻松了很多。他说：我的话可能太残忍，但我必须当面告诉你。我说：您说吧，我没事。

专家叔叔说：你能这样太好了，经过两次检查，基本确定你患的是脑瘤，但有希望治愈。希望你能有一个良好的精神状态，我会帮助你的。我说：谢谢您，我会的。

专家叔叔问：但我必须告诉你治疗费是很高的，你能公费医疗吗？我说：能的。专家叔叔说：那就好。你一定会渡过难关的。一定不要放弃好吗？我说：好的，我不会放弃的。

专家叔叔说：那好，现在已经是腊月二十，又逢过年。我在这里先给你用上最好的药，控制住病情的发展，然后你准备医疗费。准备正月初六之后，到上海去做手术，同意我的安排吗？我说：同意。那我需要准备多少钱？

专家叔叔说：先准备十万元吧。有困难吗？我说：没有。我有钱！专家叔叔说：你真有钱？我说：是的，我有钱，我父母给我留下了很多钱。专家叔叔说：那就好！

我回到病房后，没有哭，也没有绝望。

就这样了，只是此后不能给奶奶、奶妈、爸爸和哥哥上坟了，不能去爱司马峰了，不能报答慕容泽和司徒芳了。丫丫，你本不该来到世上，但老天爷还让你活了三十年，这已经足够了。十万元换一个渺茫的希望，这值吗？再活三十年又当如何？还不是要面对死亡吗？

我给司马峰发信息说：峰儿，新的仪器就是好，治疗两天，我的头真的不太疼了，我想几天后就一定不疼了。司马峰说：那就好。丫丫，我现在正忙着，但我会想你的。等着我吧，除夕那天我去省城接你。我说：谢谢你！峰儿。司马峰说：吻你，丫丫。

围着我给你织的围巾
就像我给你的拥抱和亲吻

腊月二十七日的上午，我悄悄出了医院，买了足够十天吃的药，来到了车站，坐在了回老家的车上。

在车上，我狠心给司马峰发了这样一大篇短信：峰儿，对不起，我们今天突然接到了通知，要到一个秘密的地方去跟踪采访一个案件，至少也需要十天时间。峰儿，如果不发生意外，我们正月初六就回来了，到时候我们再见面。峰儿，千万不要难过，其实我也很难过，但这是工作，没有办法，请原谅。峰儿，我知道你和我一样盼望着除夕的相见。因为我们已经认识半年之久了，在这个过程中，我虽然一直没有对你说什么，但我从心里是非常爱你的。我对于你的思念和难舍不亚于你。我之所以不给你打电话，不和你见面，主要是没有吃准我们这种爱究竟有没有生命力。但当我现在要离开你的时候，我心痛得不能活，至此我才明白，我们的爱是真实的。峰儿，这个年我们不能在一起过了，我感到非常难过。自从我们决定除夕见面后，我就开始给你织一条围巾，因为我的经济状况不佳，不能给你买让我心满意足的礼物，只好给你织一条围巾。本来我也不会织，但我请求芳芳教给我。我不让她替我织，因为这里面的每一针每一线都是由我的爱织成的。峰儿，过去，我看见女孩子们给自己的恋人织围巾时，我觉得特别俗气，我想我要献给心爱之人的是最美的文字。但现在，我不能去见你了，我要让你在围巾中感受我的真实。下雪了，过年了，峰儿，围着我给你织的围巾就像我给你的拥抱和亲吻，让你不会感到寒冷。峰儿，我用白色的纯毛线编了一条两米长、两尺宽的围巾，一头用红毛线织了一个“峰”字，一头用黑毛线织了一个“丫”字。峰儿，我想高大英俊的你，围上这条白色的围巾，一定会更加风流倜傥，潇洒帅气。峰儿，到了冬天，我就换成了一身黑衣服。我想你一定是穿着一身黑色的皮衣皮裤，抑或是双手插在裤兜里，抑或是上衣的口袋里。无论怎样，样子都是那样霸气帅气。峰儿，围上丫丫用爱编织的围巾，你不但成了世界上最帅的美男子，而且能和丫丫每时每刻都在一起。峰儿，看到丫丫的短信后，一定要乖乖地听话，安安静静地和妈妈过年，不要难过，不要愤怒，不要满世界找我，把对丫丫的爱当作一种绵长的深深的思念。峰儿，一定要听话，一定要乖，想丫丫想得不行了就围上围巾，站在阳台上向远方遥望，那我就知道峰儿想丫丫了。峰儿，记住除夕那天到邮局去取围巾，同时给你寄去一张我在周庄拍的照片。那张照片的背景是雨雾朦胧中默默流淌的张矢鱼湖，也就是张翰当年采莼钓鲈的地方。逝者如斯，现在已经什么也看不到了，但西晋明月依旧。如果你用心去看，一定会穿越时空隧道看见湖边垂钓的季鹰先生。照片上的丫丫穿着飘飘欲仙的白衣白裤，瀑布般的长发飘至腰际，头上顶着峰儿送的那把白色雨伞。由于是远景，丫丫的脸部朦胧模糊，只能感到一种忧伤和迷茫，整个人一副弱不禁风的样子。峰儿，我想有围巾和照片，你对丫丫的思念，一定会停止在一种静止状态。我不要你痛苦地呼喊，疯狂地找我。峰儿，如果那样我会不安和心疼的。答应我，峰儿，不要难过，静静等着我！我们很快就会见面的。一定会的。深深吻你。永远爱你的丫丫。

我给慕容泽的留言是：小泽，不要找我。我什么都知道了，我需要时间，我需要一个人好好想一想。这事实太残酷了。但我会接受的。我拿了足够吃十天的药，我不会去死的，正月初六我就回来了。小泽，我的好弟弟。我了解你的心，我知道你看不见姐姐会发疯一般找的，但是我既然狠心走了，就不会让你找到。我知道这样做很残忍，但我不想让你为我难过。小泽，听话，好好过年，好好和元元、爷爷、奶奶过年，我们正月初六见。

我给司徒芳的留言是：芳芳，对不起，我只是想活下去，才选择暂时离开的。我不会有事的，我只是想回老家过年，替我保守秘密，正月初六见。

我还没有给司徒芳把留言发过去，司马峰的短信就过来了：丫丫，你要去哪里？你不能这样，你太残忍了，我要找你，无论走到天涯海角，我也要把你找到。丫丫，快告诉我你在哪里？你要去哪里？为什么会这样呢？我们不是说了除夕相见的吗？我正在高兴地处理工地上的事情，就等着除夕那天去接你，然后把你抱回家，我们一起过年。可是丫丫，你让我怎么办？我现在什么也不能做了，我要绝望死了。丫丫，丫丫快告诉我，你在哪里？你要去哪里？

天哪！司马峰的短信如炸弹一样让我不能承受，他痛苦的吼叫让我心如刀绞。我知道迟早会有这样一天的，我还活着的时候，就让他开始有这样的痛苦经历吧，有一天我不在了，他就不至于痛苦至死绝望了。对不起峰儿，我这样做是为了你好。恨我吧峰儿，希望你的恨超过你的爱，这样你就可以解脱了。我真的不忍心关掉你，可是我必须关掉你，这就是我对你最大的爱。峰儿，你哭吧，你叫吧，你痛苦吧，你绝望吧！但你不要找我，你找不到我。

我狠心地把手机关掉。但我能想象到司马峰的痛苦模样。

把我抱在你温暖的怀抱里吧

坐了六个小时的班车，我终于回到了我的故乡，我过了河，爬上了坡，于傍晚时分回到我亲爱的司家村。

啊，收养我的小山村，只有你才可以这样无私地收留我。我在心里哭喊着，打开了奶妈家的门，点亮油灯，用灶窝里的柴火把炕烧热，然后疲惫不堪地躺在炕上。奶奶、奶妈、奶爸 、哥哥，我回来了，你们都回家来吧，回家来和丫丫一起过年吧，还有那未曾见面的爸爸。我知道不久的将来，我将会和你们生活在一起，但现在的我就好想和你们在一起。奶奶，让我把脚放在你的怀里，给我温暖和爱吧。奶妈，让我再吃一口你香甜的乳汁，我已经一天没有吃东西了。哥哥，把我抱在你温暖的怀抱里吧，我好想要你的亲吻。奶爸，为我守住门吧，我好害怕。我就这样哭泣着，呼喊着，慢慢地睡着了。

直到第二天傍晚，我才慢慢地醒过来，这时，我听见门外有呼叫我的声音，我昏昏沉沉爬起来，来到门外，白雪中有一个高大的人影。

姐姐，你去哪里？是慕容泽，我叫了一声：小泽。那人转过身来扑向了我，把我紧紧抱住：姐姐，姐姐，我终于找到你了。我心疼万分地说：小泽，这么大的雪，你怎么能来呢?

慕容泽哭着说：我也不知道，我的心里只有一个信念，那就是找到你，姐姐。我想你一定是回来了。可是当我站在门口叫你，却听不到你的答应时，我差点绝望而死。姐姐，姐姐，我找到了你，我好高兴。我说：放开姐姐！慕容泽说：不！姐姐，我再也不放开你了。我怕你再会不告而别，那我到哪里去找你。我说：姐姐不会再走了，看来我的决定是错误的。

慕容泽说：是的，姐姐，你不应该这样做，芳芳姐也要急死了，冷血也不知急成了什么样子，我想他也一定会疯狂找你。我说：对不起，对不起！芳芳，我没事的，你们不要找了。小泽，我们现在怎么办？告诉芳芳，说我没事。

慕容泽说：我试了，没有信号，可能是大雪的原因。我说：是啊，是啊，那我们怎么办？慕容泽说：只能这样了。我说：我告诉芳芳说我回家了。慕容泽说：是吗？但是芳芳姐并没有看到你的留言。我说：是啊，是啊。我是给芳芳写留言了，但没有发出去就关机了。

慕容泽说：好了，姐姐，我们进屋吧，不要把你冻坏了。慕容泽拥着我开了门，点亮了油灯。慕容泽说：姐姐，你在屋里等着，我把车里的东西拿回来。我说：车里还有东西？慕容泽说：是的，我们过年用的。我说：你要这里过年？慕容泽说：是的，姐姐，我们现在想回去也回不去了，我是靠信念把车从坡底开上来的，现在开不下去了。

跑了好几趟，才把过年用的东西搬回家。我说：小泽，你这是把超市都搬来了。慕容泽说：是啊，姐姐，我真希望这雪永远不停，那我就可以和姐姐在小山村白头到老了。我说：小泽，都什么时候了，还说这样的玩笑话。

慕容泽说：我不是说玩笑话，是真的。姐姐，你知道我看见你的留言时，是什么感觉吗？觉得整个天都塌下来了，我也直挺挺地倒了下去。奶奶爷爷都吓坏了，正好元元也来家里了，但他们都不知道我怎么了。醒来后，我什么也没有说，赶快上街把过年的东西给爷爷奶奶买好，最后告诉他们说我们有任务要出去了，就开车来了。

慕容泽说：姐姐，我必须找到你，芳芳姐也快疯了，你走的那天下午，她打电话给你的老师，让他到车站接你，可是老师说没有接着。还是我想你一定是回到了小山村，所以就找来了。姐姐，好在我和你来过一趟，要不我也找不到你。我说：小泽，对不起。芳芳，对不起。老师，对不起。其实我看见老师了，但我没有让老师看见我。

慕容泽说：姐姐，你也不要内疚和难过了，事已至此，我们唯有希望天快点放晴，那我们就是步行也要下山给芳芳姐和冷血打电话。我在心里说：峰儿，你现在怎么样？对不起，我没想到事情会搞成这个样子，我本是为你们好的，没想到把你们一个个推进了痛苦的深渊。我不能原谅自己。

慕容泽说：姐姐，别这样好吗？我明天步行下山打电话给他们。今天我们就好好地吃点饭，休息一下好吗？ 我说：好的。

慕容泽说：姐姐，你也是两天没吃饭了吧？我说：是的。慕容泽说：我也是。姐姐，你上炕去躺着，我给你做饭。我说：你烧不了这里的火。慕容泽说：没事的。

乡亲们把拉我的车护送到公路上

我和慕容泽正在做饭时，小山村的乡亲们来了。司徒梅的爸爸、我的叔叔说：丫丫，你回家来过年，我们真是高兴了。这么大的雪，你们的车怎么能上来呢？我说：因为我想你们，所以车就上来了。

初一的一整天，我都头疼得起不来，乡亲们以为我是没有睡好觉，慕容泽有些紧张。我说：没事的，我吃药了。可是吃了药并不起作用。

到了初二还是疼得不行。慕容泽说：姐姐，我们回省城吧！我说：回去人家也不上班，再说雪这么厚，路滑得根本下不去。慕容泽说：我是老司机了，不会有事的。我们走吧。我说：初三再说吧。

初二晚上，我开始一会儿清楚，一会儿糊涂，吓得慕容泽连夜要走。叔叔和婶婶、大妈们都围在我的身边。叔叔看了看漆黑的夜说：孩子，要走，也要等到天亮。丫丫什么时候开始生病的？慕容泽说：有一段时间了。叔叔问：看了吗？慕容泽说：看了，但就是头疼得止不住。叔叔说：可怜的孩子。我的泪水在悄悄地流淌。

初三的早晨，我清醒了一会儿，觉得头疼减轻了，便穿上大衣对叔叔说：叔叔，我们到外面走走。慕容泽说：我陪你去，姐姐。我说：你帮婶婶做饭吧。我有话要对叔叔讲。

我们来到村子的高地，望着白雪茫茫一望无际的后坪。我说：我们的家乡多好，我真的不想离开。叔叔说：那你就不要走了。丫丫，我们会像对自己的孩子一样亲你。我说：我知道。

叔叔说：丫丫，留下吧，你现在有病了，我们好照顾你。我说：谢谢叔叔，但我还要回省城试着治疗一下。叔叔说：丫丫，我看小泽那个孩子很好，他对你也很好，你们就结婚吧，婚礼就在我们村举行，我们给你们操办。

我说：叔叔，你们误会了，小泽还是个孩子，人家早有女朋友了，他只是我的搭档，只是同情我。叔叔说：我们只以为是你的对象。丫丫，就找一个吧。现在果果也走了，你还等什么？有个家，也有人照顾。

我说：现在我不想考虑这件事。叔叔，我有事要拜托你们，如果我不在了，希望你们照顾好奶奶、奶妈、奶爸和爸爸的坟地，把我和哥哥葬在一起，我要永远留在亲人的旁边。我说着就哭了。叔叔说：孩子，不要胡思乱想，现在医学这么发达，你的病一定会治好。丫丫，你安心去治病，你吩咐的事情，我们一定能办到。

我说：我在这里谢谢叔叔了。就在我弯腰鞠躬的时候又晕了过去，吓得叔叔大声呼喊。慕容泽跑出来把我抱回家里，一会儿我又清醒过来了。叔叔说：看来这孩子不能等了。赶快叫村里的人出来推车，我们送丫丫下坡。

司家村的乡亲们把拉我的车护送到坡下的公路上，泪水打湿了我们的心，白雪见证了我们的情。啊，小山村，我很快就会回来的，但愿你们看到我的骨灰时不要难过。

慕容泽说：天哪！这两天我似乎把一生的痛苦都经受了，也让我知道了什么是乡情。姐姐，和你在一起的每一分每一秒都是痛苦的、感动的，但我喜欢这痛苦并感动的感觉。

我什么也不想说，我几乎没有了流泪的力气，头疼的折磨让我一会儿清醒一会儿昏迷。慕容泽说：姐姐，让我永远这样照顾你好吗？我说：小泽，什么也不要说了，姐姐谢谢你。永远。

慕容泽说：姐姐，我不要谢，我要和你在一起。我说：小泽，现在有信号了吗？慕容泽说：现在还没有，一会儿就有了。我说：小泽，姐姐憋得难受，我们下去透透气吧！

把他身上的呢子大衣脱下来盖在我的身上

慕容泽把我从车上扶下来，我趴在路边的一棵树上呕吐起来。这时从路的北边驶来一辆黑色宝马车停在我们的身旁，从车里走出一个身材高大、穿着黑色呢子大衣、戴着墨镜的年轻人。

年轻人说：你们发生了什么？慕容泽说：没有，我姐姐不舒服。年轻人说：需要帮忙吗？慕容泽说：不用。

这时，我觉得头一晕就倒在了公路上，那个年轻人急忙跑过来把我抱起来说：上我的车去我们市里吧。慕容泽说：不用了，我们要回省城。年轻人说：可是你姐姐看上去病得很厉害。我说：没事，谢谢你了。年轻人说：不用，那你们一定要小心。慕容泽说：知道了。谢谢你。

年轻人把我扶进车里，又把他身上的呢子大衣脱下来盖在我的身上。我说：不用，我不冷。年轻人说：我觉得你在发抖。慕容泽说：不用了，盖我的衣服吧！

年轻人说：快走吧！快走吧！救人要紧。我一直闭着眼睛，听年轻人不要大衣了，我着急地睁开眼睛，可是那人已经走向了他的车，就在他进车门的一刹那，他高大的身后露出了一截白色围巾。峰儿！我的心里一惊，可是黑色宝马已经飞驶远去。

慕容泽问：姐姐，你说什么？我说：没什么，我觉得冷。我把上面有着男子汉清香的大衣紧紧地裹在身上。

峰儿，真的是你吗？难道天下还有另外一个围着这样白色围巾的伟岸男人吗？不，峰儿，一定是你。难道你到省城去找我了？自从我不告而别后，你是不是一直发疯地在找我。峰儿，真的是你吗？为什么恰在此时，我的眼睛要闭着而没有看见是你？为什么恰在此时，我要晕倒而让你抱住。我们是有缘，还是无缘？我们是有心灵感应，还是你本来就有一颗善良的心？你为什么会对一个你不认识的陌生人施舍，并把价值不菲的呢子大衣奉送？而你又为什么没有认出是我？峰儿，难道你没有收到我的照片？是啊，照片上的丫丫是那样飘逸，而此时的丫丫是这样的憔悴，飘飘长发也放在了风衣的帽子内，怪不得你没有认出我。峰儿，在人生的关键时刻，在我生命垂危的关键时刻，在你疯狂地找我的关键时刻，我们却擦肩而过，难道我们今生只是有缘而无分吗？

我在心里哭喊着，泪水流湿了黑色呢子大衣的衣领，我的嘴唇就吻在大衣的衣领上。假如是峰儿，那峰儿的嘴唇就在这里。峰儿，我是在吻着你吗？

慕容泽说：姐姐，你怎么样？是不是很难受？你一定要撑住，我们用最快的速度回省城。我说：我没事。小泽，路上有雪，你一定要注意安全。慕容泽说：知道了。姐姐，如果你头疼得不行就哭，就咬我的手臂。我说：谢谢你，我亲爱的弟弟。

由于路上太滑，我们几乎是用了一天的时间，才回到省城。我说：小泽，我们先回芳芳家，明天再去医院吧，我觉得我的头在疼，全身也在疼，特别是胃里难受得要命，好想喝一口芳芳做的面汤。

慕容泽说：姐姐，我们先到医院吧，到医院先用上药，我就放心了。我说：小泽，姐姐一时半会儿不会有事的。慕容泽说：姐姐，再也别说这样的话了，你知道我的心里有多疼吗？我说：对不起，我不说了。

我们怎么会擦肩而过呢

慕容泽把我送到医院，正好专家叔叔在值班，他什么也没有说，赶快给我输上液，用上药。慕容泽给司徒芳打电话说我回来，赶快做点面汤送过来，要我们家乡风味的。

不一会儿，司徒芳和司徒勇就赶过来了，还端着热乎乎的面汤。司徒芳看见我就抱着我哭了起来：丫丫，你到哪里去了？让我们好找好担心啊。我也哭着说：芳芳，我回老家过年去了。司徒芳说：我想到了，我给老师打电话让他到车站去接你，可是没有接到。

我说：我看见老师了，但我没有让老师看见我。我怕老师问我为什么回来。芳芳，对不起，我也是心里太难过了，又不知道怎么好，才选择回家的。司徒芳说：好了好了。过去的就不提了，再也不要这样了，好吗？不管有什么问题，我们大家在一起会有办法的。丫丫，听话，再也不要离开我们了。我说：知道了。

司徒芳问慕容泽说：慕容泽，你怎么会回到我们老家去找？为什么走的时候也不告诉我，到了也不给我们打电话。慕容泽说：我也是凭感觉找的。走的时候我也很迷茫，而且也和家里的人说是有保密工作而关了机。到了你们那个小山村，既没有电话也没有信号，而且大雪纷飞，一点办法也没有，我知道你们着急。司徒勇感慨万千地说：是的，是的，是的，我又爱又恨的小山村。你是那么伤害我们，又这样宽容地收留我们这些漂泊在外的游子。

司徒芳：丫丫，你现在怎么样？我说：好多了，见了你们，喝了你做的家乡风味的面汤，用上了药，我真的觉得不那么疼了。司徒芳说：那就好，那就好。这样吧，我留下来陪丫丫，勇勇回去陪宝宝，慕容泽也赶快回家报个平安。慕容泽说：我不回去，我要留下来陪姐姐。我说：小泽，回去吧，这几天你也累坏了，好好睡一觉再过来陪我。听话。

慕容泽说：这病房里有空床，我就在这睡一觉。我说：这里休息不好，回去吧！要不我再也不让你陪我了。慕容泽说：好吧我回去，我睡一觉就过来。

慕容泽走后，司徒芳对我说：丫丫，你真不该不告而别。我们差一点要急死了。但更难过的是你的峰儿。我说：峰儿，你是怎么知道峰儿的？

司徒芳说：你说的冷血就是司马峰，司马峰就是峰儿。你走的那天下午，他就疯了似的来到了省城，但他找不到你，也找不到我。他找到了报社，也没有问清楚你是否真的出差。是否去执行保密任务。除夕那天，他再次来到省城，终于在医院查到了你的名字，查到了我的手机号码，找到了我家。我说：可怜的峰儿。芳芳，你说峰儿来到你家，这么说你见到他了。

司徒芳说：是的，他来到了我家，他的样子好悲伤、好痛苦。丫丫，他说起你的时候一直在流泪。我说：可怜的峰儿，我真是对不起他。司徒芳说：是啊，我没有见过这么有情义的男人，我觉得他比果果更爱你。如果找不到你，我想他一定会去做和尚或去死的。我说：芳芳，先说他长得什么样子？

司徒芳说：大约和果果一样有一米八五高，身材伟岸，身穿一身湛蓝色西装，外面穿一件黑呢子大衣，脖子上围着你给他织的白色围巾，戴着墨镜，样子帅极了。我说：芳芳，真的是这样吗？司徒芳说：是的，我从来没有见过这样帅气的男子，没想到我们的家乡还有这样英俊的男人。我说：芳芳，他开的什么车？

司徒芳说：黑色宝马。我说：是真的吗？司徒芳说：真的。我说：他什么时间走的？司徒芳说：今天。我说：天哪！峰儿，那么我们在209国道我们家乡的那段路上遇到的人就是你了。峰儿，我们怎么会擦肩而过呢？

司徒芳说：你们见到司马峰了。我说：是的，芳芳，你还能认出这件黑呢大衣吗？司徒芳看了看我身上盖着的黑呢子大衣说：认识，因为他的领子上有一个金色的十字架。果然我们在司马峰大衣的右领口看到一个小小的金色的十字架。

司徒芳说：丫丫，这么说，你和司马峰相遇了，但没有认出来。我说：是的，从我们村下到公路时，我觉得想呕吐就下了车，当我趴在一棵大树上呕吐时，从北面来了一辆黑色宝马车停在了我们身边，从车里走出来一个高大的年轻人，问我们发生了什么，是否需要帮助？这时我突然晕倒了，他急忙跑过来把我抱起来，要带我去市医院，我和慕容泽说不用了，后来他就把他的大衣脱下来盖在浑身发抖的我的身上了。我说谢谢时，他已经走到了他的车前，打开了车门。就在他进车门的刹那间，我从他身后看到一截白色的围巾。我惊叫了一声峰儿，可是那车已经驶远。芳芳，当时我就感觉他是司马峰，可没想到这是真的。

司徒芳说：是真的。丫丫，你就接受他的爱吧，我想他会永远这样爱你的。我被他那男子汉的深爱而感动了。丫丫，一个未曾见过面的网友，能这样深深爱你，真的让我很感动。司马峰从除夕一直等到今天，因为他妈妈从楼上摔下去了，情况很危险，他才不得不回去的。他走的时候留下了一个现在市场上最新款式的手机，手机里存了一千元话费，还留下五千元现金。我不要，可是他扔下就跑了，他说他回去安顿一下，初六的时候一定来看你。

峰儿！我听着司徒芳的话，激动得晕了过去，好久之后才明白过来。我说：芳芳，峰儿他再没有什么给我吗？司徒芳说：当然有，还有一封信。但是丫丫，你好好看，一定不能哭好吗？因为你现在病着，而且非常严重，这样太激动了，会影响你的病情，知道吗？我说：知道了，赶快给我吧。芳芳，我要看峰儿的信。

看完司马峰的信后，我休克了

一个白色的硕大信封内有一沓厚厚的蓝格稿纸，上面写着刚健有力的漂亮钢笔字：

丫丫，你在哪里？你好吗？春节的时候有人陪你吗？我一直在找你，满世界地找，就是找不到。我的心碎了。腊月二十七你给我发信息说，你要出公差，参加秘密行动，不让我除夕那天接你了。

丫丫，你知道我等了整整半年时间，才得到你的允许去见你，可是你又消失了，我真的好难过。我爱你爱得好累好辛苦，不能自拔。我安静下来准备给你回信的时候，发现你已经下线了。

丫丫，半年多了，我们只是靠着这个网名和EP号联系，现在你突然下线了，让我到哪里去找你？你真的好残忍、好狠心啊，你为什么要置我于死地？我那么爱你！能证明你身份的无泪没有了，我的手机屏幕上再也看不到那个亲切的网名了。我到哪里去找你啊，我的整个世界都倒塌了。

丫丫，我对你的了解只是一个“无泪”的网名和“丫丫”的乳名，再什么也不知道了。这个世界上有你吗？难道这半年时间，我一直在梦中？你为什么要离开我，我好难过，我喘不过气来，我觉得天塌下来压在了我的胸口上。

丫丫，我一定要找到你，我挣扎着爬起来，推开正在结算工资的工人们，把桌子上的十几万现金扔下，钻进车里，发疯似的开着车向省城驶来。来到了省城，我不知道去哪里找你。最后我想到了晚报社。可是报社的大门紧闭着，没有一个人，我在大门外敲了好久，才有一个老大爷开了大门说：有什么事情？我说我要找独孤丫丫。老大爷说都放假了。我说有这么一个人吗？老大爷说有。听了老大爷的话，我好高兴，也就是说，丫丫，这个世界上真有你，而且就在报社工作。我问老大爷你的住址和手机号。老大爷说他不知道。我又问老大爷你真的去执行保密任务去了吗？老大爷说经常有这样的事，但是具体情况不知道，因为你是法制栏目的记者。老大爷的话，再次坚定了我找你的信心，再次证明了你没有对我说谎。可是丫丫，天快黑了，我到哪里去找你，家里的电话一次次催我回去，我说我要找你，妈妈说那也要把百十号工人安顿好再找。

丫丫，我爱你，我死不足惜，但那么多的工人要过年啊。于是我一边思念着你，又开着车连夜返回家里。腊月二十九那天，我把工地的事处理完，准备到省城来找你时，妈妈突然打电话说有我的包裹，我这才想起你让我到邮局领取你给我寄的围巾和照片。正是这围巾和照片才让我活到今天。那天我到邮局后，人家早已关门了。我费了好大的劲儿才找到那个包裹，我将两百元人民币放在那个人手上说了声“谢谢大哥”，便飞回到车旁，用最快的速度把包裹撕开。真的有一条两米长、两尺宽的白色纯毛围巾；真的一头织着一个红色的‘峰’字，一头织着一个黑色‘丫’字。我围着围巾在大雪中泪水横流。我亲爱的丫丫，尽管我一时找不到你，但你离我越来越近了。

丫丫，我不是在做梦吧！我呼喊着。丫丫，你怎么知道我穿着一身黑色的皮衣皮裤，难道你能看见我吗？难道你就在我的身边？我把围巾抖开，我要越过漫天大雪拥抱你。我开车跑回家，告诉妈妈说，你给我寄来了围巾，还有照片。妈妈看了你的照片后说，真的是与众不同。还有那把白色的雨伞，丫丫，那是我前世就寄存在周庄的，直到今生才让你找到。

着我，我一直在你温暖的怀抱里。

司马峰激动万分地说：是吗？那个女子是你吗？我怎么没有认出来，没有看到你如瀑的长发。当我抱你时，我的心在痛，我想到了你，但万万没有想到会是你，我抱着你舍不得放下，我要带你回到我们市里看病，但我当时只是同情，因为我没有想到是你。当时我看你的脸色苍白、眼睛深闭，我真的好心痛，原来就是你啊！丫丫，怪不得我的心会那样痛。丫丫，怎么会这样呢？我们怎么会擦肩而过呢？我怎么会在找你的路上，和你擦肩而过？我为什么抱起你又放下你呢？老天爷为什么要让我找到你又放走你呢？丫丫，抱你的感觉真好，可是我却不知道是你。

我说：峰儿，我当时晕车恶心，眼睛睁不开，再说我把头发放进了风衣的帽子里面了，所以你没有认出我，我也是向你说谢谢时，才从你走进车门的那一刹那看见了你甩在身后的白色围巾。我认出了你，可是你的车已经飞驶远去。我们无法叫住你，同时又怕是认错了人，那样我会难过死的。但我感觉到是你，因为我在你的大衣上闻到了我所想象的渴望的你的那种味道。峰儿，你身上的味道好闻极了，这几天我一直和你在一起，你为什么舍得把那么好的呢子大衣盖在一个陌生女子的身上？

司马峰说：不知道，当时我想带你去我们市里看病的愿望很强烈，慕容泽和你断然拒绝，但我就是放心不下，就是觉得难舍，就这样情不自禁地把大衣脱下来盖在了你的身上了。

我说：峰儿，现在什么也说明白了，我们的心都不那么痛了。我们先停下来，有时间再打电话好吗？妈妈需要你的照顾，你也需要好好休息。

司马峰说：不，我好想听你的声音。我盼了半年时间，我想象了无数你的声音。丫丫，你的声音真好听，和我想的一模一样，你的声音那么温柔，那么动听，我没有办法形容。丫丫，你的声音真的让我着迷，让我不能自已。

我说：你也一样。你的声音也让我激动得泪流满面，我仿佛听到了天籁之音，仿佛听到了世界上最美的爱之声。峰儿，我现在无法找到准确的语言来形容我听到你声音的那种感觉，也无法形容你的声音给我带来的生命冲击。峰儿，我会找到，你也会找到，到时候，我们就会准确地找听到对方的声音的那种感觉。

司马峰说：我想那就是世界上爱的最高境界。

我说：是的。认识你、爱上你是我生命的奇迹、人生的辉煌，是我置之死地而后生的灵丹妙药。

司马峰说：谢谢你！认识你，爱上你，使我知道了什么是一见钟情，什么是义无反顾，什么是至死不渝。使我知道了世界上真的有爱，真的有真爱，真的有惊天地泣鬼神的爱，那就是我对你的爱。

我说：峰儿，你的爱，真的让我好感动。真的是我活下去的理由和源泉。峰儿，吻你，我们停下来好吧！

司马峰说：丫丫，你怎么啦？为什么你的声音突然这样无力？你没事吧？丫丫，让我抱着你吻你好吗？

我说：峰儿，我真的没事，只是累了，我们已经说了两个小时话了，我们休息一下好吗？

司马峰说：好的，丫丫，我抱着你休息。

我爱你，我有能力给你治病

和司马峰打完电话，我觉得我不行了，我对芳芳说我想睡一会儿，没想到这一睡就好久也醒不来。这期间我的好友司徒芳，我的搭档慕容泽，为挽救我的生命，做出了一个重大决定。他们没有和我商量，就把我的病情告诉了司马峰。

我每醒来一次，就给司马峰打一次电话，告诉他说我没事。

司马峰说：丫丫，你别瞒我了，我什么都知道了。我知道了你在这个世界上真的没有亲人了。我知道你是奶奶捡回来的，是奶妈奶大的，你没有见过的你的亲生父母，是你的爸爸给了你姓氏，是你的哥哥把你供到大学毕业。我知道你三十岁了，有从小爱你的哥哥，可是后来你的哥哥回到了你的身边，却永远地离开了你。丫丫，我可怜的丫丫，这些我都是听司徒芳告诉我的，你为什么不告诉我呢？我就是你最亲的亲人。你不是孤独的，有我、有司徒姐姐、有慕容兄弟。我们会永远爱你的。丫丫，别害怕，司徒芳和慕容泽已经和专家商量好了，要带你去上海做手术，我现在正在准备钱。丫丫，我爱你，我有能力给你治病。你放心吧，只是工地是固定资产，一下子兑不成现金，家里一些现金，也都用在了妈妈的身上。不过，我会很快把钱准备好，最迟明天我拿过去。等着我，丫丫，我爱你，我一定会救你。你一定要撑住，千万不要再睡着，让我打电话叫不到你。

我说：既然你什么也知道了，那我也就不瞒你了。峰儿，听话，不要准备钱了，我的病我知道，根本没有可能治好，但保守治疗还可以延长一些时间。让我们忘掉我的病好好地爱一场吧！峰儿，我只需要你的爱。我不想你为我花那些无用的钱。我知道你的百万资产其实也是贷款置办的。你还年轻，你的事业也才刚刚起步。这半年因为爱我，对你的事业影响很大，肯定损失也很大。再加上妈妈的病也是需要钱的。峰儿，你太年轻，没有能力承受这么大的压力，没有能力应付两个需要巨资治疗的病人所需的费用。峰儿，听我的话，要是你真的爱我，就不要管我了，让我无忧无虑快快乐乐地好好活一场爱一场，好吗？

司马峰说：丫丫，你说的什么话？没有了生命，这爱还有什么意义。你说得对，我的事业也只刚刚开始，我的资产也是由贷款置办的，但我知道我的实力，我有能力在很短的时间还上贷款，我也有能力挽救我最爱的两个亲人的生命。丫丫，你就放心吧，妈妈这边，有我的表妹和王刚照顾着，你那边也有司徒芳和慕容泽。丫丫，听话，好好地吃药、输液、检查，我会把一切事都处理好。

我说：峰儿，你不要准备钱了，你有时间过来看看我。我不想到上海去做手术，听说有很多脑瘤患者都从没有手术台上下来。峰儿，不要这样快让我离开你，好吗？

司马峰说：丫丫，你不要胡思乱想好吗？你会没事的。听专家说你的脑瘤是良性的，能治愈。听话，千万不要激动，一定要有一颗平静的心，保持良好的精神状态，还有必胜的信心。我爱你，你会没事的。

可是峰儿。我要说的话还没有说出来，我的意识又模糊了。我又一次进入了无意识的世界。

好美丽的沙漠啊，我没有办法用文字形容沙漠的美丽。我和司马峰在沙漠中奔跑着，司马峰穿着白色的衣服，飘飘欲仙。他在前面跑，我在后面追，可是怎么追也追不上，突然一股从天而降的黑风把我罩住了，我觉得胸闷压抑喊不出来。峰儿救我，峰儿救我，我呼喊着惊醒过来，迷迷糊糊中看到司徒芳坐在我的身边哭泣。

司徒芳说：丫丫，你终于醒过来了。你昏迷的时间越来越长了，这段时间，司马峰打来好几次电话，他说他已经筹到了十万元现金，正在送来的路上。丫丫，你是不幸的，但你又是幸福的，知道吗？你从小就有人爱，果果一直把你当宝贝，爱得那样深沉、那样缠绵、那样让人心痛。现在这个司马峰爱你爱得又是这样强烈、这样轰轰烈烈、这样不可拒绝、这样让人感动不已。丫丫，为了爱你的人，你一定要好起来，不是司马峰一个人离不开你，我们也离不开你。还有慕容泽，他的爱那么没有理由，那么绝望，又那么执着。慕容泽说只要你能活着，爱不爱他根本不重要，重要的是他能看见你、听到你的声音，能远距离地爱你，能在精神领域里爱你这就够了。丫丫，记住了吗？昏迷以后一定要想办法醒过来。我说：记住了。芳芳，我一定要活下去，一定要。

司徒芳说：这么说你同意去上海了。我说：是的，我一次次死去又活过来，就是不想去死，就是舍不得你们。我每次昏迷醒来后，更加觉得爱是如此伟大，生命是如此宝贵。我知道慕容泽正在给我联系医院，我知道司马峰正在拼命地赶来给我送钱，我知道芳芳正在牢牢地守着我，我知道我哥哥也正在另一个世界为我祈祷。芳芳，我不想死，我不想……说着说着我又没有感觉了。

不能让司马峰看到我现在的样子

当我再次醒过来时，是傍晚时分，病房里没有开灯，窗外也是灰蒙蒙的，我无法看清这是人世间还是哥哥在的那个世界。我的潜意识里有哥哥和峰儿两个名字。我在心里叫着哥哥和峰儿，嘴里却怎么也发不出声。最后我哭了，我呼喊着：哥哥，峰儿，救救我。

司徒芳抓着我的手说：丫丫，你醒了。我说：芳芳，我这是在哪里？司徒芳说：在病房，你又昏迷了。我说：是啊，我看见哥哥和峰儿了。司徒芳说：丫丫，没有果果，但是司马峰来了。我说：他在哪里？

司徒芳说：他在病房外面，我没有让他进来，我怕吓坏他。再说你不是吩咐说司马峰来了，一定要让你醒着时见他，你要看他怎么抱你和吻你吗？你不是说要把自己打扮漂亮，再让他看你吗？我说：是的，芳芳，赶快扶我起来，给我洗脸梳头、换衣服、抹口红，我不能让司马峰看到我现在的样子。

司徒芳说：好的。那你先给他打个电话，让他等一会儿，他好可怜，开车几个小时，也没有吃饭，就是想见你一面。他已经等了好久了。我拨通了司马峰的手机：峰儿，你真的来了吗？

司马峰说：是的，我真的来了，我来的时间你的病房内还有阳光，现在夜已经到来了。我已经在你的病房外等了两个小时，丫丫，让我进去看你吧。我在窗外看到你无助的样子我好心疼，让我进去抱着你给你爱的力量吧。丫丫，我真的不要再等下去了，让我进去吧。我说：可是峰儿，我还没有洗脸，还没有梳头，还穿着病人的衣服，我不能这样见你。

司马峰说：丫丫，我进去给你洗脸、梳头、换衣服。我喜欢你现在的样子，你什么时候也是我心中最美的女神。你不让我进去，我才会心疼死。司徒芳说：丫丫，就让他进来吧，不要让爱变得太残忍，好吗？我说：好吧！

他几乎是跨越了半年的时光而奔跑到我的病床边的

司徒芳出去的时候，把病房的灯打开了，刹那间，病房一片雪亮。我就那样躺在床上，把眼镜带上，看见门被悄悄地推开，走进来一个穿着黑色皮衣皮裤围着白色围巾的高大英俊的年轻人：峰儿，是我梦中见过无数次的司马峰。他的脸是那么英俊，他的眼神是那么深情，他的脚步是那样轻又那样急。他几乎是跨越了半年的时光而奔跑到我的病床边的。

司马峰说：丫丫，我终于看到你了。他跪在病床边，用洁白修长的双手捧住我的脸说：丫丫，让我好好看看你。我也用手摸摸他的脸说：峰儿，也让我好好看看你。

司马峰抚摸着我的脸说：丫丫，你好美好漂亮，你的样子让我好心疼，你怎么病成了这个样子？说着他把我的眼镜摘掉说：丫丫，你的眼睛这么美丽，为什么要戴眼镜呢？我把眼镜带上说：峰儿，我不戴眼镜看不清楚你。峰儿，你好英俊。你的样子又帅又酷，我好爱你啊。

司马峰说：丫丫，我也好爱你，让我抱抱你吧，好吗？我说：好的。我一直渴望你的怀抱，每天晚上只有在你的怀抱中我才能入睡。司马峰站起来，把皮衣的拉锁拉开脱掉说：丫丫，我怕皮衣凉着你。

脱了皮衣的司马峰，看上去更帅气了，他里面穿着一件大红色的高领羊毛衫，配上白色的围巾，把他本来就白净英俊的面孔衬托得更加漂亮了。他弯下高大的躯体把我紧紧地抱在怀里，然后用围巾把我们两个围在一起。

一个男人的怀抱是这么温暖

司马峰把我整个人都抱在他的怀中，说：丫丫，我的怀抱温暖吗？我说：是的，峰儿。我不知道一个男人的怀抱对他爱的女人来讲是这么的温暖。

司马峰说：丫丫，从此后，有峰儿的怀抱，你再也不会感到寒冷和独孤了。我说：谢谢你！我真的好幸福！

司马峰说：半年多了，我每天都在想着要抱你吻你，今天我终于抱住你了，我亲爱的丫丫。我说：是啊，我每天都说不让你来见我，可是我每天晚上都要你来抱我，其实我的心里是非常爱你的。峰儿，没有你，我一天也活不下去。我以前说的那些话，都是因为我没有吃准我们之间的爱才那样说的。我不知道世界上还会有一个和哥哥一样英俊漂亮的男人爱我。峰儿，你是哥哥派来爱我的吗？

司马峰说：丫丫，是的。你也是你哥哥留下来给我的，因为我从小就做这样一个梦，梦见一个穿着白色衣服披着如瀑长发的女孩扑向了我的怀抱，告诉我说她就是我的爱人。有那么多女孩子追求我，但我发现她们都不是我的梦中女孩。当我在网上认识你以后，特别是知道你叫独孤丫丫后，我一下子就觉得你是我梦中的女孩。丫丫，你给我的那种感觉，我一直说不出来，但我能感觉到。看到你的文字，听到你的声音，现在看到你的样子，把你抱在怀里，我觉得我拥有了整个世界。我也觉得一切的一切都不重要，唯有我们的爱。

我说：峰儿，我们的感觉是一样的，哥哥走后，我心已死，爱已死。可是遇到你以后，特别知道你叫司马峰以后，特别是听你说你也是一米八五，也是身材伟岸、高大英俊，我就觉得我找到了哥哥。我就觉得我哥哥原本就没有离开我，而是把欧阳果果改名为司马峰了。峰儿，只有你和哥哥才配是我的爱人。因为我长得太高了，几乎没有人可以和我同行在人生的道路上，只有你和哥哥。峰儿，你怎么会起一个冷血的网名呢？

司马峰说：因为我喜欢冷血的冷酷和霸气，也喜欢他对爱的执着。可是丫丫，你怎么会起一个无泪的名字啊？

我说：因为哥哥走了，我的泪也哭干了。泪干了，一切也不复存在了。峰儿，你怎么会那样说呢？你是无情的妹妹无泪吧，就是这句话让我把你留下来的，也是这句话让我把自己留在网上的。

司马峰说：我也不知道，我在网上看到无泪这个网名，立即就想她一定是女的，一定是我师兄无情的妹妹，因为我当时的身份是冷血。看到你机智幽默的回答后，我就决定要和你聊天了，于是我马上就告诉了你我的名字。

我说：我留下你、喜欢你还有一个原因，那就是你、我和我哥哥，我们都姓复姓，为什么会有这样的巧事呢？我们三个人都姓复姓，那就是我们有缘分。

司马峰说：是啊，丫丫，经你这么一说，我才想起来你叫独孤丫丫，我叫司马峰。我说：我哥哥叫欧阳果果。司马峰说：丫丫，你说你哥哥叫欧阳果果？我说：是的。不行吗？

司马峰说：不！是觉得特别好听。丫丫，果果，你们真是一对亲兄妹。我说：我们不是亲兄妹。司马峰说：我知道，但你很爱你的果果哥哥不是吗？我说：是的，你没意见吧？

司马峰说：没有！我虽然没有见过果果哥哥，但因为你爱他，所以我非常爱他。丫丫，我爱所有你爱的人。我说：谢谢你！你抱着我，就像我哥哥抱着我一样，我觉得病好多了，头也不太疼了。司马峰说：那好啊，那我就这样抱着你，永远。我说：抱了这么久了，你也累了，放开吧。

司马峰说：丫丫，我一点也不觉得累，抱着你我好幸福，哪里会累呢？我说：可是峰儿……我还没有说出来，我的意识又在一点一点消失。司马峰哭喊着说：丫丫，丫丫，别睡着，我还没有吻你呢！

他把我从另一个世界吻回来了

司马峰哭喊着亲吻着我，一直把我吻醒。我慢慢地睁开眼睛，用微弱的声音说：峰儿，你真的好厉害，硬是把我从另一个世界吻回来了。说着我惨然一笑。

司马峰心疼地说：丫丫，对不起，我们说话说得太久了。你看上去好累好累。这样吧，我们躺下，你在我的怀里好好睡一会儿。我说：峰儿，我不要躺下，我要你给我洗脸、梳头、换衣服，我想和你照一张相，好吗？

司马峰说：好的，我拿着照相机。我说：谢谢你。司马峰把我放到床上，要去洗手间端洗脸盆。我说：峰儿，我要去洗手间照镜子，等打扮好了再出来照相。司马峰说：好的。

司马峰把我抱进洗手间，轻轻地给我洗了脸，然后又把我的长发披散开来，用梳子一下一下梳好，说：丫丫，你的头发好美好香。

洗完脸出来后，司马峰从地上包里拿出了一身水红色的丝织衣服说：丫丫，今晚我不想让你穿黑色的衣服，这是我从国外给你捎回来的，好看吗？这样清新脱俗，配上你如瀑的长发和如玉的面容，会非常美。丫丫，你简直美得让我发疯。我好想把你抱到省城大街上，告诉所有人说你是我的爱人。我说：峰儿，你送给我的这身衣服我太喜欢了，可是我只能穿一下，医院不让穿自己的衣服。

司马峰说：我知道，我们就今天晚上穿一下。来吧，我给你换衣服。司马峰先把我的外衣脱掉，看到我穿的白色羊毛衫时，说：丫丫，你和我想象的一样，我就知道你一定穿着白色的羊毛衫，告诉我内衣是什么颜色。我说：粉红色的。

司马峰说：太对了。我完全猜对了。他看见我脖子上也挂着一个金色十字架时，就说：丫丫，你怎么也有这样一个金色十字架？我说：这是我哥哥留给我的。司马峰说：看来你哥哥和我一样爱你。我说：是的。峰儿，怎么你到处都是十字？大衣上也是，脖子上也是，皮衣上也是。

司马峰说：妈妈让我戴的。妈妈很怕失去我这个儿子。提到妈妈，司马峰眼里全是泪水。

我说：峰儿，对不起。别难过，妈妈，一定会好的。

司马峰说：我知道。丫丫，来，我给你脱裤子。他看到我穿的白色羊毛裤时说：这个我没有猜到，我想你应该穿红色的羊毛裤。我说：峰儿，你怎么什么也猜呢？

司马峰说：是的，因为我爱你，我想知道你的每一件事，每一个细节。你穿着白色的袜子，我猜对了，可是这样鲜亮的红皮鞋，我可没有猜到。丫丫，我喜欢你的红皮鞋，多么新鲜，多么漂亮。我说：我一直穿这样鲜亮的红皮鞋。

司马峰说：以后我每到一个地方都给你买一双漂亮的红皮鞋。司马峰说着把他给我买的那身水红色衣服给我穿上，又把我抱到洗手间的镜子前。只见镜子里面一个娇滴滴的美丽女孩，如瀑的长发，如玉的面容，水红颜色的衣服，美丽的蓝边眼镜。她的身边是一个穿着白色羊毛衫的帅小伙。我说：峰儿，那是我吗？峰儿，你是什么时间换上白色羊毛衫的？

司马峰说：刚才，只有这样，我这个白马王子才能配上你这个水红公主。我说：峰儿，我老了。已经过了浪漫年龄，这样打扮让我不好意思。

司马峰说：丫丫，你天生丽质，看上去很年轻很水灵，就是瘦了一点。但没有关系，你简直就是一个绝世美女。司马峰把我抱着在病房转了一圈，吓得司徒芳和慕容泽推门而进。司徒芳说：司马峰，你要把她转晕了，可不要哭。慕容泽也说：是啊，司马兄，你把姐姐打扮得这么漂亮，你们要进洞房啊？

司马峰说：我就是这样想的，行吗？我们今晚就这样举行婚礼吧。我说：峰儿、小泽不要胡闹了。我只是想趁我还能站起来，我们留点纪念，和你们照几张相片。

司马峰说：我们今晚举行了婚礼，这样我们就可以每时每刻都在一起了。我说：峰儿，别这样。我还没有做好准备，等我病好了，我们举行一个热烈而浪漫的婚礼，好吗？司马峰说：好的。丫丫，只要你高兴，你说什么我都听你的。慕容泽说：姐姐，我们开始照相吧，先给姐姐和司马兄照。

司马峰抱着我，吻着我，背着我，让我坐在他的腿上，依在他的胸前，和他照了几十个姿势的照片，我都累得气喘吁吁了。司徒芳也和我照了十几张各色各样姿势的照片，慕容泽也是。慕容泽说：司马兄，别嫉妒好吗？我和姐姐是姐弟关系。司马峰说：我知道，我非常感谢你对丫丫的照顾和呵护。慕容泽说：谢谢司马兄，谢谢姐夫。

司马峰说：我也谢谢你，我的好兄弟。慕容泽开玩笑说：姐姐出嫁时，我去开箱子，姐夫你给多少开箱钱呢？司马峰说：一万元。慕容泽高兴地说：太好了，谢谢姐姐姐夫，我太爱你们了。姐夫，是不是你和姐姐结婚，就把她带回你们市了，就不让姐姐和我做搭档了？

司马峰说：我当然想了，但是我听丫丫的，她要想回村里住窑洞土炕，我也没有问题。她留在省城工作，我也没问题。慕容泽说：姐夫这么没原则没有自我。司马峰说：是的！爱就是没有原则没有自我的，只要让自己的爱人幸福快乐就行。司徒芳说：我们的丫丫太幸福了。司马峰也抱着我说：丫丫，幸福吗？我说：是的。

我的飘飘长发可以保住了

我突然觉得天旋地转，还没有回答司马峰的话，就进入了昏迷状态。

当我再次醒来时，我们已经是在去上海的路上，慕容泽开着车，司马峰抱着我，司徒芳在一旁坐着。我说：峰儿，我们怎么在车上？司马峰说：丫丫，你醒了，真是太好了。昨天晚上你累了，睡着了，我们就启程去上海了，要不过几天我和慕容泽就要开始上工了，这样我们两人就不能陪你了。司徒芳也说：是的。丫丫，我们到上海去检查一下。如果不用手术，马上就可以回来。慕容泽也说：姐姐，别多想，好好在司马兄的怀里睡觉，我们快到上海了。我说：你们为什么不经过我的同意就来了？

司马峰说：其实，我们几个人也没有来过上海。趁现在时间空闲，我们一起来玩。这样我就可以抱着你了。丫丫，你知道，我是多么想抱你啊。你不是也很想躺在我的怀抱里吗？梦想了多少次，渴望了多少回，现在好了，好好睡吧。什么也不要想。

我能躺在司马峰的怀抱，能和我的好友司徒芳和好搭档慕容泽在一起，当然是我人生的最大幸福。可是我知道，我们这不是去旅游，而是去给我看病，这是需要巨资的。我知道司马峰已经拿来十万元，慕容泽和司徒芳也拿了几万元。可我怎么忍心把他们的十几万元花掉呢？但愿上海的医院也不能治疗我的病，这样司马峰、司徒芳、慕容泽就死心了。

果然到了上海的医院，做了检查后，医生说不能做手术了，我的心终于安静下来了。我的原则是保住我的飘飘长发，再就是不要花他们三个人的钱。我把自己的生死早已置之度外，其实在医院我要求照相留念，心里几乎就是和他们告别，因为说不定哪一次昏迷过去，我就再也不会醒了。好在我的外债已经还完，慕容爷爷的书也进入印刷状态，身后事也跟叔叔和司徒芳交代了。我最后的归宿就是回到司徒村，和哥哥葬在一起。

司马峰给上海医院的专家们跪下来，求给我做手术，可是专家们说这是科学，来不得半点含糊。我说：峰儿，听话，如果我下不了手术台，那你不是就抱不着丫丫了吗？我们要相信科学。现在既然是医生建议我保守治疗，那就说明我的病不要紧。听话，我们就先留下来接受一段时间的保守疗法，说不定会好起来的。

司马峰抱我说：丫丫，你为什么这样冷静？你怎么就不理解我的心情？我说：我一万个理解你的心情，我知道你爱我，可以为我做任何事情。但是峰儿，这里不是建筑工地，这里是医院，我们要听医生的话。

司马峰说：丫丫，我们不在这里看了，我们去国外好吗？你等着我回去把整个建筑公司和家里的房子全卖掉，我要带着你和妈妈去国外治疗。我说：峰儿，你要冷静，我知道我的病，我会没事的。保守治疗一定对我有效，我们的爱感天动地，谁也没有权力把我从你的身边带走。听话，我们就留在这里治疗一段时间吧。司徒芳也说：司马峰，我们和你的心情一样。我们要和丫丫一样有信心。慕容泽也说：司马兄，我们不要绝望。姐姐一定不会有事的，一定会好起来，她那么善良、那么美丽，就是死神也不忍心。

司马峰说：丫丫，那你一定要有信心，绝不要放弃好吗？我爱你，我不能没有你。我说：我会的。我绝不放弃，绝不放弃自己的爱和生命。

我会来接你回家的

正在这时，司马峰的好友王刚打来电话说，司马峰的妈妈的情况不好，让他赶快回去。

司马峰几乎要崩溃了，他抓着自己的头发大声地哭喊着：老天爷，为什么要这样残忍，让我的两个最亲的亲人同时生病，你让我怎么办？一边是给我生命的母亲，一边是让我生命延续下去的爱人。我挣扎着坐起来，把司马峰抱在怀里，抚摸他的脸庞说：峰儿，别难过，别绝望。你先回去看你妈妈，我这里有司徒芳和小泽。你不用担心。

司马峰说：我不能丢下你不管。我说：可是你妈妈情况危急，你要让自己终身遗憾吗？我真的没事，你妈妈的情况好转了，你还可以过来，不是吗？司徒芳也说：是啊，司马峰，你赶快回去吧，这里有我们。慕容泽也说：司马兄，请相信我们吧！我们一定还给你一个完全彻底的好姐姐。

司马峰说：丫丫，那你一定要好好地听话治疗，这里有十万元现金，你先用着，我回去后再打过来。丫丫，你一定要好好地等着我，司徒姐姐，慕容弟弟，我谢谢你们了。司马峰说着给司徒芳和慕容泽深深地鞠了一躬，然后说：丫丫就拜托你们了。

司马峰最后泪流满面地抱着我，直到慕容泽拉开我们，他才依依不舍地说：丫丫，等着我，不要哭，我爱你，我会来接你回家的。我说：去吧！我不哭！我等着你。终于司徒芳和慕容泽把哽咽的司马峰送上车。

司马峰走后，每过一个小时给我打一次电话，报告他路上平安，询问我的病情有没有变化。一回到家里看了妈妈就给我打电话说：丫丫，妈妈的情况真的很严重，我是妈妈唯一的儿子，我想我该陪妈妈最后一段日子。你一定要听话治疗，等妈妈的病情稳定了，我就过去看你，我明天再打给你一些钱。我说：峰儿，好好照顾妈妈，好好陪着妈妈。正月十五过后，你的工地也要开工了，你就不要过来了，我没事的。真的，我们每天都打电话，和在身边一样，我听到你的声音就会安静的。钱也不用打了，这十万元还没有用，保守治疗用不了多少钱。没钱了，我会告诉你。听话，峰儿，一切都会好起来的。妈妈会没事，我也会没事的，你一定要坚强，不要倒下，你倒下了我和妈妈怎么办？你要坚强地做一切事，要多多地挣钱，我和妈妈的幸福全靠你了。

司马峰说：谢谢你！你能这样理解我给我鼓励，我会坚强的，我会好好地挣钱，让你和妈妈幸福的。我说：亲爱的，你能这样，我真是太高兴了。我爱你！

司马峰也说：丫丫，我爱你！不早了，你先睡吧。丫丫，让我抱着你睡。我说：峰儿，我好幸福。

司马峰走后，我开始用药，果然情况一天比一天好。三天后，我让司徒芳回去。司徒芳说：丫丫，让慕容泽回去吧！慕容泽说：芳芳姐，你回去吧，宝宝在家没有人照顾，司徒哥哥还要出车。我还没有开始正式上班，你先回去吧，我要上班的时候，你再来。

司徒芳说：那也好。司徒芳最后拥抱了一下我说：丫丫，不要放弃，你会没事的，我过几天来换慕容泽。

有慕容爷爷和专家叔叔的关系，我们在这家医院的处境很好，更重要的是我的病情在一天天好转。每天司马峰都给我打几次电话，每天晚上都打电话说：丫丫，我爱你。你困了吧？让我抱着你睡。这句话几乎成了我的安眠药。过去的夜晚，我只要看到司马峰发来这样的信息，就可以安然入睡。现在的夜晚，我只要听到司马峰用深情动听的声音说这句话，我就会泪流满面，拥爱而眠。

这天晚上，司马峰打电话说：丫丫，你的情况一天比一天好，我真是太高兴了。我好想过去亲眼看着你好起来。但是你不让，妈妈的情况还很严重，工地也开工了。我说：是的，峰儿，我们这样和在一起没有两样，过去我们听不到声音，没有见过面，那样痛苦不堪。现在我们能听到声音，也见了面，你就不要过来了，好好给妈妈治疗，好好经营工地。

司马峰说：丫丫，如果有可能的话，我接你回来吧。这样，我就可以每天晚上真的抱着你睡了，白天我再到工地上来工作，我有能力给你和妈妈创造一个好的治疗环境，我们可以住最高档的病房。我说：峰儿，我知道，你的怀抱是爱的海洋，只要投入你的怀抱，丫丫就进入了爱的海洋，一切的病痛折磨和绝望情绪就退去了，只留下了幸福。峰儿，如果没有你的怀抱和你的爱，也许我根本就活不到今天。峰儿，今天我想再一次问你，是什么让你这样充满了爱心，是什么让你这样爱我？

司马峰说：不知道，我真的不知道。没有理由，真的没有理由。我想如果有理由了，那么人类可能就不会有发展，世界可能也就不会演绎到今天。我说：你说得很对，峰儿，其实这也是我爱你的原因，你总是能从另一个角度看待爱，总是另辟蹊径地说出你对爱的感受。

司马峰说：其实，过去我也是什么都不懂，认识你以后，我才知道了什么叫爱，才知道了爱就是痛！我说：是的，峰儿。我们的感受是一样的，我们爱着，我们痛苦着，我们爱并痛苦着，我们痛并幸福着。

司马峰：丫丫，夜深了，我好想抱着你，抱着文学家的你和哲学家的你，抱着我的爱人和我的幸福。我说：峰儿，我不是什么文学家、哲学家，我只是一个需要你爱的丫丫。峰儿，治疗这么一段时间，我的病怕真的是好转了，但由于药的副作用，我的样子变得难看了，既不是周庄白色雨伞下的美丽丫丫，也不是医院穿着水红衣服的灵性丫丫。我不想说我现在的样子，我也不敢照镜子看自己。

司马峰说：丫丫，别这样说，你变成了什么样，我都爱你，你都是我的心肝宝贝。我说：当然，但是，我想让你看到最美的自己。我没有在青年少年时遇到你，但我要让你看到金色年华的丫丫。这是我目前不想让你来看我的主要原因。请你理解我的心情，遵守我们的约定，我能让你来的时候，你不来也不行，因为我爱你，我需要你！

司马峰说：丫丫，只要对你的病有好处，我怎么都行，我会强忍自己的思念，让你快乐。 我说：谢谢你，峰儿。我已让慕容泽回去了，现在我一个人完全可以照顾自己。我的头不是那么剧烈地经常疼了，这又让我有了写东西的欲望。峰儿，我现在已经开始写作一部叫《满世界找你》 的书。书的内容就是我们两个人之间发生的故事，我几乎是把我们两个人的短信整理成篇。峰儿，将近一年时间里，我们两个人相互发的短信高达二十多万字，我不知道这是不是网络短信的一个奇迹。我要告诉世人，网络是虚的，但感觉是真的，人是真的，爱也是真的。

同时我也要说网络滋生的爱也是有生命的。

司马峰说：你给书起的名字真好，满世界找你，一句话道破了我们相爱的艰难和曲折。真的丫丫，我曾经找你找得好痛苦、好艰难。丫丫，感谢你这么看重我们这段不寻常的网恋和真爱。只是，丫丫，你千万不要累着自己，不然我们的爱，我们的书，还有什么意义？我说：我知道，我会照顾好自己的。

司马峰说：慕容泽走了，你一个人行吗？我过去吧，我可以把工地托给朋友，把妈妈托给表妹。我说：峰儿，不要，我的情况真的很好，我完全可以自理和照顾好自己，你一定要听我的话，这就是对我最大的照顾和爱。

司马峰：好，我听话。丫丫，夜深了，我抱着你睡吧！我说：好的。你的怀抱好温暖。峰儿，你的怀抱是我爱的天堂。

为了爱，我第二次来了

不久之后的一天，专家大夫给我做了检查后，说我的情况不错，就这样继续保守治疗。闲谈中他告诉我说，他有一个师弟原来也是脑瘤专家，但因他妻子患脑瘤没能救活去世后，便万念俱灰出家到灵山，伤痛过后又开始了在这个领域的探索，还探索出一套对脑瘤病人进行辅助治疗的新方法。我被这个人的爱妻行为所感动，也想到灵山完成我的心愿。我对专家大夫说了我对生死问题的看法，讲了我对爱的理解，讲了我对自己的病不放弃的信心和我要在有生之年把那本叫《满世界找你》的书写出来的愿望。专家大夫也被深深感动了，当即给他的师弟写信推荐我，并吩咐我按时到医院检查，药吃完了就打电话，他会寄给我。

决定到灵山，让我感到一种莫名的轻松和兴奋，我终于不用去医院治疗，因为医院让我觉得自己是一个病人，而且是一个不久于人世的病人。到了灵山，我就可以忘记自己是个病人，好好地爱司马峰，好好地写书。灵山，我去过，曾经为了给哥哥治病，我去灵山求过神水，虽然是迷信行为，最终也没有救活哥哥。如今，我又是为了爱，或者是让自己活下来去爱司马峰，或者是把书写出来留给司马峰，再一次来到灵山。

灵山，为了爱，我第二次来了。这次来了，我就不走了。我到了灵山，找到一个叫“远离红尘”的小旅馆住下，才给司马峰发了短信：峰儿，我来灵山治病了，但怕你紧张、怕你不让、怕你要来送我而没有告诉你。对不起，峰儿。我没事的，只是路途劳累有点头疼，但我已经吃药了。我来灵山找一个高人做辅助治疗，这是专家大夫推荐我来的，这里环境优美，空气清新，也很安静，我很喜欢。峰儿，不要担心。

司马峰马上打过电话来说：丫丫，这么大的决定，你也不告诉我，你让我好担心，我现在马上到灵山去看你吧。你能去灵山，为什么不能回我们的故乡呢？离我们市不远也有一处小灵山，我去接你吧，回到我的身边，我可以天天去小灵山看你。

我说：峰儿，这灵山有专门治疗我的病的大师，我会在这里得到较好的治疗。峰儿，忘记我们的约定了吗？我要等自己恢复了往日的美丽，要把书写出来，才去见你，才和你牵手红地毯，记住了吗？

司马峰难过地说：记住了。丫丫，你的事怎么这样多，开始的时候，是要把慕容爷爷的书写出来，现在又是要把我们的书写出来，才和我牵手红地毯。丫丫，你是观音的手吗？为什么这样难牵到。我说：峰儿，别难过，你一难过，我就心痛，就头疼。就让我按计划进行，好吗？

司马峰说：好的，丫丫，我不难过，你千万不要心痛，不要头疼。我们就按你的计划进行，不就是三五个月吗？从此以后，我就可以永远牵着你的手，再也不放开了。我说：好的，这才是我爱的峰儿。

我爱你，限期是一万年

我在灵山见到大师后，拿出了上海那家医院专家大夫写的信，大师看后，答应让我留下来试一试。大师说：你现在的情况良好，那家医院的药很适合你，我这里只是一种辅助治疗，主要还是你要好好吃药。

我说：我知道，反正我也没有什么地方去，就让我留在这里吧！这里的环境要好一些。我说这些话时，心里十分难过，泪水也在悄悄地流淌。是的，我真的是没有什么地方可去，我不想给任何人添麻烦，也不想让任何人同情和怜悯我，我想一个人度过这余下的日子。一个人独处，我头疼的时候可以哭，想哥哥的时候也可以哭，想峰儿的时候也可以哭。头不疼的时候可以拼命地写书，也可以放肆地给司马峰打电话。我给司马峰打电话说：峰儿，大师答应让我留下来了，你就放心吧，这两天我已习惯了这里的生活。

司马峰说：真是太好了。丫丫，你喜欢就安定下来治疗吧！我好好干活，给你做坚强的后盾。丫丫，你一定要住最好的地方，吃最好的饭菜，用最好的药，缺什么买什么，不用担心钱，我随时都会给你打钱的。我说：峰儿，这里不需要多少钱，药够吃好一段时间了，你不要再打钱了。我知道你很难，妈妈和工地都需要钱。峰儿，真是对不起，所以我一定要赶快好起来，和你一起共度难关。

司马峰说：丫丫，我们的困难是暂时的。我们这么优秀，会创造出很多奇迹和辉煌的。现在你的任务就是好好治病，我有能力把你和妈妈的病治好，也有能力把工程做好。你就放心地治疗吧，我爱你，这就是最强大的动力。我说：峰儿，今天大师给我上了一堂课。他说了三点，一是得了病好不了这个说法不对，病怎么来就会怎么去；二是你要找最信得过的人帮助你；三是何谓生何谓死？人每天都在生死之间徘徊，不必惧怕死，也不必欣喜生。他让我想明白了，再帮助我。我思考了许久，我明白了大师的意思，我最信得过的人，就是我自己。我必须自己帮助自己，然后自强不息地活下来。

司马峰说：你说得对，丫丫。其实一个人只要坚定了信心，就没有做不成的事。你会成功的。丫丫，我支持你。我说：谢谢你！峰儿，我把丘吉尔成功的秘诀——决不放弃，写给了大师。大师看了对我说，其实我的病已经好了一半。

司马峰说：大师一定是被你感动了。真的，丫丫，我也好感动。你真是好样的，你对爱的执着，你为理想而奋斗的精神，让我好钦佩。我说：峰儿，大师是一个身材修长、冷漠英俊的年轻和尚，他和我说话时，目光越过我的头顶，看着远方，仿佛我不存在一样。

司马峰说：丫丫，不要因为这个难过，他是大师，他目视远方和你说话，不是忽略你的存在，而是一种境界。我说：我知道。从明天起，大师叫我忘记自己是个病人和女人，住到他指定的地方，穿上和他们一样的衣服，把头发束起来，和他们做一样的功课。

司马峰说：那好啊，那样丫丫就会和大师一样进入一种崇高的境界。我说：可是，我就再也不能穿我喜欢的白色或者黑色或者你买的水红色的中式衣服了，再也不能披散着飘飘长发了。

司马峰说：丫丫，别难过，那只是暂时的，你的病好了，就会变回原来的样子。你不是喜欢中式衣服吗？大师他们的衣服也是中式的，你穿上一定好看。我说：那不一定。峰儿，用了这么多、这么久的药，我可以说是面目全非了。而且一天天胖起来了，这也是我暂不想和你见面的原因。

司马峰说：丫丫，你想得太多了。我爱你，无论你变成什么样子，我都爱你。你胖了，会更可爱的，我从小就梦想着要个胖胖的媳妇呢！我说：峰儿，我知道你这是在安慰我，但为了活着，为了爱你，再胖我也要治疗下去。

司马峰说：这就对了，这才是我爱的丫丫。丫丫，一切的一切都不要想了。好好地治病，我等着你，你什么时候让我去看你，我再去。但我的心每时每刻都和你在一起。我说：峰儿，我太感谢你了，但我有一个要求，我的限期是半年，如果半年以后，我还不能恢复到过去的样子，那我们就分手吧！

司马峰说：不，丫丫，我爱你，我的限期是一万年。我说：峰儿。司马峰说：丫丫，别说了。再说下去我们又不能自拔了。我们再也不要让对方的心痛了，好吗？就这样说好了，你好好治病，我等着你。

我要去见你，我的心好痛

有一天中午，我刚刚吃过饭，司马峰打来电话说：丫丫，让我去看你吧。我说：峰儿，你怎么了？

司马峰说：我想你！我要去见你！我说：不要，峰儿。我们不是说好了吗？你不是也同意等我病好了再见吗？

司马峰说：不，我要去见你，我想你。我说：我知道。我刚刚开始了大师的治疗，我想大师不会同意的。峰儿，大师说我的病能治好，但我必须听他的话。峰儿，听话好吗？不会太久的，很快我就会好起来，就会回去见你。峰儿，你能听懂我的话吗？

司马峰说：不能，听不懂。我要见你，我想你。我说：峰儿，不要这样好吗？你一定遇到什么事了。峰儿，告诉我，不要让我着急好吗？我们马上就上课了，我们晚上再说好吗？

司马峰说：不，丫丫，我现在就要去见你。我说：峰儿，怎么一下子不听话了呢？峰儿，你已经是大人了，很多艰难的日子，我们都走过来了，现在的一切都好起来了，你怎么又任性起来了？

司马峰说：可是我的心好痛啊！丫丫，我要去见你，我的心好痛。我说：峰儿，你究竟怎么了？告诉我，快点，我要回到课堂了。

司马峰说：不要！我要去见你。我说：峰儿，你再不听话，我让你再也找不到我。

司马峰说：不要丫丫，不要让我找不到你，没有你我不能活。我说：那你听话，有什么事，我们晚上再说，你现在在哪里？

司马峰说：在大街上。我说：峰儿，听话，赶快回到工地上，好吗？说你现在好多了，不再任性了。司马峰说：我现在好多了，不再任性了，但是丫丫，你不要离开我，好吗？我说：我不离开你，我永远爱你。回到工地上好吗？司马峰说：好的！

到了晚上，我打电话问司马峰：峰儿，你中午是怎么回事？司马峰说：丫丫，我没事，只是喝了点酒，有点想你。我说：你为什么喝酒？司马峰说：因为心烦，就和王刚喝了点酒。我说：你为什么心烦，是妈妈的病吗？

司马峰说：不是，我不想告诉你，怕你着急。我没事了。我说：告诉我峰儿，你不说，我才着急呢！司马峰说：丫丫，你千万不要着急，事情已经处理好了。工地上的一个电工在施工过程被电死了，他才二十三岁。虽然不是我们的责任，可是他的父母就他一个儿子，而且年老多病。我看着可怜就给了十万元。我说：啊，峰儿，你做得对。可是你的工地刚刚开工，哪里来的十万元钱呢？

司马峰说：这你不用管，我已经筹到了，而且也处理了。丫丫，我不是心疼钱，是心疼那个年轻的生命。丫丫，你千万不要胡思乱想，我现在已经没事了。

我说：我知道。你一定不要太难过了，人死不能复生。我知道你太年轻，但人生莫测，有些事，是人的意志不能左右的，明白吗？还有，你给我的十万元钱，我一分也没有用，我在上海那家医院用的治疗费和现在用的钱，都是我的工资和单位、报社给报销的。老家有老师，报社有慕容泽，我的医疗费基本都能报销了。我现在把钱给你打过去，你还了刚才借的钱好吗？

司马峰说：丫丫，这就是我不告诉你的原因。那十万元是我给你的治病钱，只能用在你的身上，知道吗？那是我对你的爱，不要再说了好吗？我爱你。我说：我知道，峰儿。我不说了，大师来查房了，我要睡了，吻你。司马峰说：你睡吧，丫丫，让我抱着你睡。我们什么也不要了，什么也不管了，只有我们。

六月二十日结婚

在药物的作用和司马峰爱的滋润下，我的病情得到了很好的控制，身体也在一天天恢复，由肥胖到胖，再到现在的正常身材，基本恢复了我原来的样子。这时慕容泽来看我，高兴地说：姐姐，你又恢复成了漂亮的姐姐。我说：是吗？经过这场病，姐姐是不是变老了？慕容泽说：没有，比过去更美丽了。我说：不要骗姐姐好吗？

慕容泽说：没有。真的，姐姐现在的状态，让我高兴，我想不久姐姐又会和我做搭档了。我说：我好想。但是现在大师说不行。小泽，我有一事相求。

慕容泽说：什么啊，姐姐。还说什么求呢？我说：我用了两个月的时间，终于把《满世界找你》这本书写出来了。我想让你帮忙出版。

慕容泽说：那没问题。我现在也走出来了，我把爱姐姐当成一种幸福和快乐，不再心痛了，所以我最想为姐姐做事了。我说：那就好。你能自己想明白真是对姐姐最大的爱。书的封面和内容我都设计好了。你只要送去正式出版就行了。

慕容泽说：但我有一个条件，那就是我要帮给你付出版费，否则我就不管了。我说：我不能让你出。我有办法。

慕容泽说：姐姐，你这样真的让我和爷爷难过，爷爷的书出来了，而且销路很好，这是我们没想到的。过去的稿费你也没有多要。这次爷爷让我给你拿来几本书和两万元的资金。其实这本书的版权是你的，爷爷不让卖，要不然会有一大笔稿费的。我说：是啊，爷爷的书会有那样好的结果，主要是爷爷的经历和事迹感人。

慕容泽说：主要是姐姐写得好，你看这本书多漂亮。我拿着自己费了很多心血写出来的这本四十多万字的慕容爷爷的回忆录，激动得泪流满面。我在心里说，我总算看到自己的第二本书出版了。哥哥帮助我出版的那本书没有这本书的情况好，但那是我的第一本书。那么从此，就算我不在这个世界了，人们还能从这两本书的作者名字上联系到我。我爱哥哥，但我和哥哥没有走到一起，更没有后代留于人世。我爱司马峰，也不知道这个世界上能否有一个小司马峰或小独孤丫丫诞生。

慕容泽说：姐姐，别难过了。这么高兴的事还不能让你高兴起来吗？我说：不是的，我太激动了。小泽，是你和爷爷给了我一个写书、还债、出书的机会。

慕容泽说：不是的，姐姐，是你的才华和人品成就了你的生命和人生的辉煌。你去年写了一本书，今年才过完前半年你就又写出了另一本书，而且还是重病在身的情况下。姐姐，如果你没有病，也不知会写出多少好的书。我说：小泽，也许我没有病反而写不出来。这是生活逼得我“急功近利”。如果不是为了还债，我也不会有写书挣钱的想法，也就不会有爷爷的书。如果不是你让我上网，我也不会认识司马峰，也不会和司马峰相互发了二十万多字的短信，也就不会有《满世界找你》这本书。

慕容泽说：姐姐说得对，我们生命当中所有的经历都是我们人生的财富。我说：是啊，芳芳、小泽和峰儿，是我生命中最大的财富，是你们的爱挽救了我的生命，成就了我的事业，实现了我的理想。我爱你们，我的姐姐、我的弟弟和我的爱人。

慕容泽说：姐姐，你的爱让我好幸福。慕容泽说着把我拥抱住。我说：谢谢你，小泽。我准备和司马峰在我们认识一周年的六月二十日这天结婚，这本书就是我的嫁妆，你能赶上吗？

慕容泽说：六月二十日，还有两个月，没问题的。姐姐，就用爷爷给你的这两万元做出版费吧，就当是我们送你的嫁妆。我说：也行。

慕容泽说：姐姐不要有顾虑，这本书一定会畅销的，到时候姐姐不想要爷爷的钱，再还给爷爷好吗？我说：好的，只是我这本书只想献给哥哥和司马峰。

慕容泽说：姐姐，你不属于已经到了另一个世界的哥哥一个人的，也不属于司马峰一个人的，你应该属于我们所有爱你的人。我说：不要那样夸张，好吗？

慕容泽说：不是我夸张。姐姐，神仙也挡不住人爱人的。司马峰也不能因为他爱你，就剥夺了别人爱你的权力。我说：小泽，别说了好吗？

慕容泽说：姐姐，我嫉妒司马峰，如果不是姐姐你也那样爱司马峰，我就要和他决斗。我说：小泽，不要胡说了好吗？

我打电话告诉司马峰说《满世界找你》完成了。司马峰高兴地说：丫丫，这么快就完成了？这本书里只有我们两个人是吗？只说我们之间的爱是吗？我说：是的，峰儿。我没有经过你的同意就把我们两个人之间相互发的二十万多字的短信整理成书出版了。

司马峰说：丫丫，不用和我商量，你的想法就是我的想法，我们是一致的、统一的。我最想告诉世人我是多么爱你。我说：我也没有经过你的同意，就把我们的结婚日期定在了六月二十日。

司马峰说：是吗？真的吗？我太高兴了。丫丫，你说我们是在省城，还是市里，还是你的故乡修建一栋房子作为新房呢？我要把房子建成金色的，我要在楼顶写着"司马峰献给独孤丫丫的金屋"，我要金屋藏娇。我说：峰儿，我不喜欢什么金屋，我只要你的爱、你的吻和你的怀抱。我们什么也不要，到时候我拿上我的嫁妆《满世界找你》，带上我的姐姐司徒芳和我的弟弟慕容泽，嫁过去，然后我们去西部去度蜜月好吗？

司马峰说：好的，丫丫，太好了，西部也是我梦想的地方。我们就到西部去度蜜月。我说：峰儿，那我们就这样说定了，你好好做你的工程，我好好治病，到时候，我们爱它个昏天黑地。

司马峰说：好的。我会为这一天做好准备的。我要让我的丫丫成为世界上最幸福的新娘。我说：一言为定。司马峰说：绝不反悔。

你一定不要难过

这天晚上，我的头又在剧烈地疼着，这是我治病以来疼得最厉害的一次，尽管我吃了药，尽管司马峰也在电话里用亲切深情的声音对我说：我亲爱的丫丫，我未来的新娘，让我用深情的怀抱抱着你睡吧！我还是疼得不能入睡。我在网上查了许多和我一样的病例，奇迹太少了，奇迹能发生在我的身上吗？说真的，我现在真的不想死，真的不想离开司马峰。可是我是个唯物主义者，我梦想着奇迹的出现，但我知道这很渺茫，我渴望爱能战胜一切，但我知道爱在死神面前也是无能为力的。爱让死神望而却步，那只是善良的人的一种希望和寄托。我那么爱的哥哥，可是死神还是把我亲爱的哥哥带走了。那时候我和奶奶、哥哥去西部时，我的心里一直有一种不祥的预感，可是我只以为是我要死去了，没有想到是奶奶和哥哥。我等了十几年，可是哥哥自由了，我们相爱的翅膀却折断了。我等了哥哥十几年，最终也没有成为哥哥的新娘。奶奶说哥哥刚回来，让哥哥好好休息一下；等我们从西部回来，奶奶就让我们入洞房，让我成为哥哥的新娘。可是西部没有去成，哥哥也没有成为我的新郎。我可怜的哥哥爱了我一生一世，却最终没有和我拜堂成亲。我侥幸活下来，却又得了这样可怕的病。苍天，你为什么不让我和奶奶、哥哥一起走呢？为什么让我一个人受尽折磨，还又搭上一个无辜的司马峰。

峰儿，我们的爱本身就是一个错误，可是你的一见钟情、你的义无反顾、你的至死不渝，让我无法拒绝，不能自已。峰儿，你爱我爱得好苦好累，我爱你爱得好心痛好内疚。如果不是我，你依然是一个快乐的帅小伙，有一个美好的人生和未来。可是你爱上了我，也就和痛苦绝望接了亲。峰儿，我对不起你，我也许有机会和你拜堂成亲，但我能不能和你进行西部蜜月？能不能和你相守终生？我不知道，现在我的头又开始疼了。是偶尔发作还是已经严重？我也不知道，我一直坚持保守疗法，就是想让你看到完全的我、本来的我，我不想化疗，我怕我的飘飘长发掉完，我怕我明亮的眼睛再也看不到你，我怕我湿润的嘴唇不能再去吻你。我能坚持到今天，是因为我爱你，我在这个世界的事情还未做完。现在我的书也写出来了，我们可以完成最后的心愿了。峰儿，有一天我突然不在了，你一定不要难过。如果我们还没有拜堂成亲，还没有进入洞房，那就希望你把我送回我的老家，把我和我哥哥葬在一起。我不想让我的爱给你带来终生的痛。你还要开始你全新的生活，把我们的爱当作你人生的一段插曲吧。我写的那本书全面地记录了我们之间的爱，是那样凄美，那样感天动地，那样让人心疼，那样让人泪水长流。峰儿，如果那本书真像慕容泽说的那样会畅销，会传到全世界，那么你的爱就达到了最高的境界，你爱丫丫没有白爱。峰儿，不要难过，这只是如果，我相信我们的爱会长久的，我们会幸福美好的，我们会儿孙满堂的，我们会长久相守的，我们会白头到老的，我们会创造奇迹的。峰儿，你是我见的男人中最英俊、最帅气、最善良、最有才华、最有思想，也最会爱人的男人。我能得到你的爱，能成为你的爱人，我的人生就再也没有了遗憾，我死而无憾，我虽死犹生。峰儿，你的爱，让我不能自拔又痴迷留恋，让我痛苦万分又幸福无比，让我激动万分又感动不已。峰儿，你的爱，让我泪水横流又笑容满面。峰儿，你给我的十万元钱，我以你的名字存在了银行。有一天，你看到了我的这封信，就是我已经离开了你。峰儿，我的爱人，没有了我，千万不要难过，这就是你对丫丫最大的最美丽的爱。

我把给司马峰最后的信写好，和那十万的存折存在银行的一个抽屉里，我做了一把金钥匙，寄给了司马峰，让他戴在脖子上，永远地保存好。这把钥匙打开了那个抽屉，就说明我不在了。做这一切的时候，我是那样从容，泪水一直在流着，但我不觉得难过。我实现了我的人生观，我要明明白白地爱，明明白白地活，然后明明白白地死，死得浪漫，死得有诗意，死得不痛苦，要死在最爱的人的怀抱里。在我最爱的人的拥抱和亲吻中闭上眼睛，然后让我灵魂飞翔起来，看着爱我的人们怎样把我的肉体和我的哥哥葬在一起。想说的都写下来留给要留给的人，想做的都想办法做到了。现在的我在这个世界只留下了做新娘和死。死，是不可抗拒的，但我不想在做新娘的时候死去，想在做老奶奶的时候死去。上帝，满足我这个愿望吧。

树洞门楣上的『洞房』二字

六月二十日，很快就到来了，早晨起来，司马峰就打电话过来说：丫丫，你们准备好了吗？灵山到壶口比我们这里远多了，你们一定要早早起程。我爱你！丫丫，我的新娘，我好想早一刻钟抱到你，吻到你。我说：知道了。峰儿，那我们在壶口见吧。我爱你，我也好想早一刻钟做你的新娘。

司马峰说：丫丫，打扮得漂亮一点，让世界为此一振，好吗？我说：好的。峰儿，打扮得帅气一点，让丫丫为此一振，好吗？

司马峰说：好的，丫丫，我有了你就有了整个世界，整个世界会为我喝彩的。我说：我也是，我只要峰儿一个人，我不要整个世界。司马峰：丫丫，我给你，我是你的，永远！

我们只有一辆车，车里只有司徒芳和慕容泽，大师和师兄们把我们送出灵山，我穿了司马峰从国外给我买回来的那身水红的衣裤，丝丝长发飘过腰际，脚上穿的也是司马峰刚从国外给我买回来红色高跟皮鞋。我的嫁妆是《满世界找你》和黑、白两身衣服。

司徒芳说：丫丫，你什么嫁妆也不要，我们只好送你一个摄像、照相两用的数码摄像机了。我说：我什么也不想要，只要姐姐的爱。慕容泽说：姐姐什么嫁妆也不要，我和爷爷只好送你一台笔记本电脑了。我说：你们送我的嫁妆太高级了。我不能接受。司徒芳说：丫丫，你怎么能拒绝我们的礼物呢？慕容泽说：是啊！姐姐，这只是一点心意，我们对你的爱是无法用金钱和物质计算的，无法用语言文字去形容的。

我流着泪说：谢谢你们，我亲爱姐姐和弟弟，我好想活着，好想爱你们！司徒芳说：丫丫，我们会永远在一起的。慕容泽说：姐姐，我们会永远爱你的。

中午时分，我们来到了壶口，远远地我们就看见一排几十辆豪华列车停在壶口岸边，一个高大华丽的典礼台耸立在壶口岸边，上书“山无棱 天地合 也不与君绝 司马峰、独孤丫丫的婚礼仪式”。

身穿白色西服、英俊潇洒、帅气十足的司马峰，来到了我们的车前，打开车门，弯下身来，亲切地把我从车里抱出来，直奔典礼台，各种相机的灯光闪来闪去，二十九门礼炮齐鸣。

泪流满面的司马峰被他很多的同学、同事围着，好久不愿意放下我。他吻着我对我说：丫丫，我爱你，我好幸福，我们终于盼到了今天，我要永远爱你！我说：我也是，我亲爱的峰儿，谢谢你为我做的一切，我一定要好好地活着。司马峰说：丫丫，你不会离开我的。我的爱是霸道的、神圣的、不可侵犯的。我的爱会让你永远健康、美丽。丫丫，我爱你。我说：峰儿，我爱你。我们为爱而生，为爱而活，为爱永不放弃。司马峰说：是的！

在亲朋好友的祝福声中，司马峰把我抱进了他黑色的宝马车中，司马峰要带着我去敦煌度蜜月，我不知道我和司马峰的蜜月会不会像我和哥哥的蜜月一样？我不知道司马峰能不能把我带进那个我从五岁起就开始向往的哥哥一生也没有把我带进去的洞房？我觉得好累好想睡去，蒙眬中，我看见哥哥在那个老枣树下等着我，我看见树洞的门楣上写着“洞房”二字。